ISBN 978-88-6905-007-7
Titolo originale dell'edizione in lingua inglese:
Campari for Breakfast
Transworld Publishers

Traduzione di Luigi Bertolini


Prima edizione HM
aprile 2015

SARA CROWE

# CAMPARI A COLAZIONE

*traduzione di Luigi Bertolini*

HARLEQUIN hm MONDADORI

Ad Allen e Neta

## Zibaldone:

Lo zibaldone non era solo un diario, ma un brogliaccio e un libro della sapienza. Veniva spesso donato per incoraggiare l'apprendimento e favorire lo sviluppo di interessi nei bambini. Un diario privato e personale in cui raccogliere citazioni e commenti, oltre che ritagli, lettere e ricette.
In sostanza, il libro della vita.
Giovanni Rucellai, un poeta italiano dei tempi antichi, descrisse il suo Zibaldone come 'un'insalata di molte erbe'.

## Zibaldone di Coral Garden: Volume 5

*Green Place, 3 giugno 1986*

Ritaglio di giornale, 'Nascite, Matrimoni e Decessi', *Egham Echo*, 20 maggio 1986

> *Evelyn William Garden 1898-1986*
> *Lascia le figlie Coral Elizabeth Garden e Buddleia Rose Bowl*

Benché sia inevitabile, la morte giunge sempre inaspettata. Se avesse saputo che martedì sarebbe morto, sono sicura che avrebbe sistemato tutte le sue cose domenica, come si fa quando ci si deve preparare a un incontro importante.

Mi ha lasciato istruzioni di distruggere le sue carte. Ma siccome la mia macchina tritadocumenti prende solo un foglio alla volta, Buddleia mi è venuta in aiuto accendendo un falò in giardino.

Guardavo quelle meste fiamme che emettevano un sibilo tranquillo, mentre il fumo restava sospeso nei raggi del sole che, in quel mattino instabile, sembrava voler vincere sulle previsioni.

Siamo rimaste a controllare la situazione, nel timore che il vento attizzasse pericolosamente il fuoco. Quattro anni di scritti e documenti, il rogo in cui si consumava la sua vita.

Di tanto in tanto davo qualche colpetto delicato a vecchie cartoline... coniglietti pasquali, angioletti natalizi... Dalle pagine di un'agenda sono scivolate fuori alcune ricevute e un cartoncino di promemoria per un appuntamento dal dentista. Finché, in quell'aria caliginosa, non ho visto Buddleia che raccoglieva una busta. Era caduta lontano dal resto, ai bordi del falò su un letto di foglie dell'autunno precedente. Forse è stata la provvidenza a volercela segnalare, e la curiosità a farcela recuperare – perché lì nascosta nei resti di una semplice busta abbiamo scoperto la verità.

## Zibaldone di Coral Garden: Volume 5

*Green Place, dicembre 1986*

Copia di una lettera:

*Green Place*
*Clockhouse Lane*
*Egham*

*Caro Nicholas,*
*ti scrivo per dirti che avrei molto piacere di ospitare Sue a Green Place. So che sono tempi difficili per voi e desidero umilmente offrirvi il mio aiuto, per quanto posso.*
*La mia dama di compagnia ha una figlia che trascorre le vacanze con noi, e quindi puoi tranquillizzare Sue dicendole che non sarà circondata solo da anziani.*
*Sarei anche felice di concederle una paghetta di £50 al mese, per le piccole necessità a cui potrebbe andare incontro. Sono certa che sarebbe come un raggio di sole per tutti noi, tanto quanto a me piacerebbe poterlo essere per lei.*
*Ti penso con affetto in questo triste momento.*

*Tua*

*Coral*

# *Sue*

*Domenica 4 gennaio 1987*

È stato facile convincere papà a lasciarmi andare. In cuor mio avevo sperato che si opponesse, ma siccome in questo modo avrebbe potuto passare più tempo da solo con Ivana, non l'ha fatto. Anche convincere me è stato facile. Rimanere a Titford o andare a Egham? La maggior parte dei miei amici si prende un anno sabbatico prima di iscriversi all'università, andando a raccogliere le fragole o a vivere in comunità, mentre io voglio fare subito il mio ingresso nella vita, e voglio pure guadagnare un po' di soldi. Titford non ha più niente da offrire a una ragazza ambiziosa come me.

È terribile, anche se comprensibile, che il gusto impeccabile di papà sia del tutto svanito da quando la mamma ci ha lasciato. Dev'essersi sentito così solo che gli sarebbe andata bene qualunque donna. Ha conosciuto Ivana al golf club di Titford. Stava giocando con il capo di papà, che doveva poi portarli a cena. Lei in verità mirava al capo, ma poi ha ceduto alle attenzioni di papà, perché il capo è un individuo di rara noia. Non so molto di lei, a parte il fatto che viene da una qualche zona della Danimarca. È spuntata fuori dal nulla come un peto.

Le sole cose di cui posso davvero andare orgogliosa

fino a oggi sono l'amore per la parola e qualche parente interessante. E la mamma mi ha sempre insegnato a trarre il meglio da quello che ho. Quindi, a ben pensarci, la mia decisione non ha nulla a che vedere con papà o con Ivana. Credo invece che Green Place sarà un buon posto per scrivere.

*Venerdì 9 gennaio*

Zia Coral è la sorella di mia madre, anche se fra loro c'erano ventiquattro anni di differenza (mia madre venne infatti al mondo molto più tardi), il che fa di zia Coral più una nonna che una zia. Lei è quel genere di persona che ama le vecchie cantanti in abiti lunghi e le teiere decorate a fiori, ed è per questo che mi sono presentata alla sua porta all'inizio della settimana con una scatola di tè speciale e un mazzo di narcisi. Sono rimasta un pochino sorpresa quando mi ha aperto, avevo dimenticato quanto è piccola, e quanto è in gamba, ma sa anche stare al mondo e mi ha fatto sentire immediatamente a mio agio.

La mia prima impressione di Green Place non è stata esattamente la prima, perché mi avevano già portato lì da bambina a trovare certi parenti, anche se non ci eravamo più tornati di recente, per via del controverso testamento di mio nonno. Green Place è un edificio di interesse storico-artistico, così grande da dover essere suddiviso in settori, come le nazioni all'interno di un continente. L'Ala Occidentale è la sola a essere riscaldata, e così devo indossare il cappotto nel resto dell'edificio proprio come se dovessi uscire. La casa di Titford in questa ci sta quattrocento volte; non avevo mai fatto caso a quanto è piccola la nostra.

Ci si arriva uscendo dalla B4532 e imboccando

Clockhouse Lane, in fondo alla quale si gira a destra, passando fra due pilastri di mattoni con in cima dei leoni. Quello sulla destra è privo della testa, gli è rimasto solo il corpo con le zampe scheggiate e coperte di muschio, mentre l'altro è intatto e ha un'aria vagamente compiaciuta. Poi si procede per circa un miglio lungo un viale, e dopo la seconda curva appare Green Place. È una visione che sa di favola, sembra una splendida reggia privata, e quando finalmente ci arrivi non hai più la sensazione di essere nel 1987.

Splendidi giardini risalgono da Clockhouse Lane in una festa di colori, e una serie di sentieri diroccati conduce a grandi prati circondati da aiuole di fiori che avrebbero bisogno di essere liberati dai rovi. Una vecchia capanna custodisce mazze e archetti da croquet che hanno conosciuto tempi migliori. Ci sono anche alberi da frutto, giardini rocciosi, filari di rose, un divano a dondolo, e una casetta piena di sedie. La facciata posteriore dell'edificio domina le colline ondulate e gli uccelli si librano in volo nelle correnti d'aria come granelli di polvere nel vento.

Sul retro della casa, fuori dalla cucina, c'è una magnifica terrazza erbosa che sembra unirsi all'orizzonte, con al centro una piscina in cui Delia, la dama di compagnia di zia Coral, va tutti i giorni a nuotare, anche se è gennaio. È una donna di gran cuore, con un che di bohémien, e spesso nuota senza mettersi il costume. Ha una pelle quasi di pesca e profumata, come la pubblicità di un sapone vittoriano, e dei bei capelli castani, anche se è di carnagione decisamente chiara. Due occhi grandi e sconsolati dominano il suo volto tondo, sotto una frangetta da paggio che necessita di un quotidiano ritocco.

Zia Coral è invece molto diversa. Quando è in costume da bagno mostra una bella figura sottile, ma a bordo piscina ne è fin troppo consapevole e così, se sa di avere qualcuno alle spalle – in particolare l'ammiraglio Little, il suo inquilino nonché la luce dei suoi occhi – cammina all'indietro.

La prima volta che l'ammiraglio ha passato la notte a Green Place è stato in occasione di una bufera di neve. Aveva risposto a un annuncio che zia Coral aveva pubblicato su *The Lady* tre mesi dopo la morte del nonno. Diceva: *le stanze richiedono un leggero ammodernamento, ma sono perfette per chi ama stare all'aria aperta. Nell'edificio risiedono anche due signore molto attive*.

Non avevano certo previsto che si trattenesse per la notte, ma era stata una necessità, perché il viale d'accesso era divenuto impraticabile. Così, per precauzione, l'avevano messo a dormire nell'Ala Orientale, non sapendo bene come comportarsi con in casa un *uomo* di cui non avevano referenze. (Sapevano solo che dall'Ala Orientale non sarebbe riuscito a trovare la strada per quella Occidentale.)

L'Ala Orientale è simile al circolo polare artico, anche con una stufa elettrica, coperte e whisky, ma per loro fortuna l'ammiraglio era cresciuto in Marina e amava i grandi spazi, per cui alla fine ha affittato quelle stanze, risparmiando alle signore imbarazzi e rossori.

Ho avuto bisogno di indicazioni per raggiungere i suoi appartamenti. Bisogna salire lo scalone e girare a sinistra sul ballatoio, oltrepassare le camere dei bambini, girare di nuovo a sinistra verso l'Ala Orientale, e poi a destra, seguendo le targhe appese ai muri. I quadri celebrativi ritraggono la famiglia reale davanti a svariati tramonti, e fanno da guida lungo le pareti, nel caso l'ammiraglio si smarrisse.

Quando alla fine si arriva ai suoi appartamenti,

sembra di trovarsi in un club per gentiluomini, con un letto di Napoleone e una raccolta di boccali di ceramica a forma di uomo seduto o di testa maschile che erano appartenuti al padre di zia Coral. Merita una spedizione, anche solo per vedere gli oggetti d'antiquariato.

All'insaputa dell'ammiraglio, zia C si nasconde dietro le tende al mattino, guardandolo di nascosto mentre si allontana in macchina per andare a fare commissioni.

«Oh, Sue» si confida, «non sono ancora morta.»

Voglio sottolineare, a proposito dell'ammiraglio, che è piuttosto duro di comprendonio e totalmente cieco ai sentimenti di zia Coral nei suoi confronti. Lei potrebbe passargli davanti seminuda, la sua pipa gli rimarrebbe salda in bocca.

L'abitudine quotidiana preferita da zia Coral è quella di prendere l'aperitivo con i suoi inquilini prima di cena (specialmente con l'ammiraglio). In inverno si siedono in sala, dove la luce della sera che cala è così bella. La conversazione è punteggiata dai classici rintocchi della pendola sul camino, che ha un ticchettio e un ronzio profondi, e una suoneria di sedici rintocchi seguiti dal numero dell'ora.

La cena è quasi un affare di stato, e viene di norma preparata da Mrs Bunion. A Green Place lei funge da donna delle pulizie, cuoca e governante, venendo più giorni alla settimana. I suoi compiti sono molti e di varia natura, ivi compreso un minimo di giardinaggio. Deve anche occuparsi della *ronda dei pipistrelli*, che a Green Place sono numerosi. Mrs Bunion termina il suo lavoro poco prima di cena, quando lascia qualcosa di saporito sui fornelli e va a compiere l'ultimo atto della sua giornata lavorativa: suonare il gong che richiama tutti a tavola. L'ammiraglio e le signore allora scendono e si riuniscono per un aperitivo prima di sedersi per la cena. Roba distante mille miglia da Titford, dal forno a microonde, da papà e Ivana.

Mrs Bunion viene da una famiglia povera. Da giovane venne mandata a Egham per fare un po' di tirocinio. Ha sviluppato le sue virtù culinarie grazie al crudele capocuoco della scuola media di Egham, ed è convinta di essere caduta in piedi il giorno in cui ha risposto alla chiamata di zia Coral. Fa tutto quello che si mangia a Green Place partendo da zero, anche il pane, e per ogni dessert c'è sempre un po' di crema pasticciera.

Per gli anziani va bene, possono mangiare tutti quei cibi grassi e poi prendere le pillole per il cuore, ma per me non è così semplice, devo fare degli sforzi per mantenere il mio girovita. Disgraziatamente, nulla rende più felice zia Coral che vedermi mangiare, e nulla rende più felice me. Non sono i cinesi a dire *se c'è tristezza nel tuo cuore, devi nutrire lo stomaco?*.

La mia nuova camera da letto, la Camera Grigia, è nell'Ala Occidentale, sopra le camere da letto delle signore. È una stanza nel sottotetto, di quelle che una volta erano riservate alla servitù, e dà sulla piscina. Di notte evoco nel buio i volti dei morti che l'hanno occupata tanto tempo fa. Roba che, se fossi più nervosa e impressionabile, mi verrebbe la pelle d'oca.

La cosa più sconcertante della notte a Green Place, quando tutti dormono, è che Delia impreca nel sonno. A volte sembra che stia per darti venti scudisciate con la sua cuffia per la doccia, e devo ricordarmi di stare tranquilla, che non è niente.

A zia Coral piace molto raccontare come la sua vita fosse incompleta prima di incontrare Delia. Per questo, dopo aver trascorso insieme qualche periodo di vacanza, giusto per fare una prova, le ha offerto una soluzione vantaggiosa perché si trasferisse a vivere qui. Come me, Delia non ha molti soldi, ma è una compagna eccellente e affettuosa per zia Coral, anche se dice *cazzo* nel sonno. Si *complimentano* perfettamente a vicenda: zia Coral è una tradizionalista, una pragmatista, e una nonna al cento per cento, mentre Delia è una persona allegra che riempie la vita a zia Coral. Entrambe si occupano attentamente di me, e si informano costantemente della mia attività di scrittura.

Malgrado le apparenze, e la sua grande casa, credo che zia Coral sia un po' a corto di soldi, per questo affitta delle camere. E adesso deve anche darmi una paghetta. Ma penso che almeno l'ammiraglio le paghi un lauto affitto, la mia paghetta deve provenire da lì.

*Sabato 10 gennaio*

È una notte fredda e tempestosa, come spesso succede in gennaio, e così mi sono avvolta in vecchie coperte, ad ascoltare la pioggia che batte sulla copertura della piscina. Nel silenzio immobile della Camera Grigia, mi invadono la mente i ricordi legati alla mamma. Non riesco a credere che non sia più qui con noi, non riesco a farmene una ragione. Mi sembrerebbe più logico trovarla nascosta nel chiosco della musica, anziché accettare il fatto che se n'è andata.

Il suo nome era Buddleia, come la ben nota pianta delle farfalle, ma preferiva essere chiamata Blue, perché Buddleia può facilmente essere pronunciato in modo scorretto. E poi il blu è il colore di quei fiori, anche se io le facevo notare che in realtà sono piuttosto viola. Su questo, poco prima della fine, avevamo concluso che saremmo rimaste ognuna della propria opinione.

La strada che sale da Clockhouse Lane è, guarda caso, costeggiata da piante di buddleia, con il loro profumo legnoso e non tanto dolce, proprio come lei, che era una donna intensa ma non dolce. Aveva conosciuto il papà in aereo, negli anni Sessanta – lui era un passeggero e lei una hostess – e dopo circa nove mesi sono arrivata io, con in mezzo un matrimonio fulmineo.

Credo che la mamma, nel chiamarmi Sue, abbia voluto ribellarsi a certi nomi troppo modaioli. Penso che lei per prima avrebbe voluto discendere da una tradizione di Sue, Jane e Sarah, più che di Coral e Cameo. Con ciò, aveva comunque un modo di pronunciare Sue che lo faceva apparire un nome di moda: *Soo* diceva, come se fosse il nome di una tranquilla principessa cinese.

La prima volta che sono salita su un aereo con lei avevo quattro anni, e ricordo di essermi molto inquietata perché non riuscivo a stapparmi le orecchie. Stavamo andando in Olanda per una spedizione di acquisto cioccolato, perché a lei concedevano delle tariffe molto economiche sui voli. Ricordo di essermi messa a piangere per il dolore alle orecchie, e lei mi aveva dato dei blocchetti di cioccolato da masticare. Ma io li avevo infilati nelle orecchie.

Lei comunque era la mia più grande sostenitrice e difensora delle mie mancanze, capace di spiegare a Mrs Hughson, la professoressa di matematica, che *Sue non è stupida, è solo che, se sente parlare di algebra, la sua mente se ne va in un'altra direzione*. In questo modo era riuscita a persuadere Mrs Hughson che era lei a non capire *chi ero io*, e che, nell'attimo in cui l'avesse capito, le si sarebbe aperto un nuovo mondo.

Una volta, durante le gare sportive della scuola – avrò avuto all'incirca 7 anni – dovevo correre i novanta metri ed ero la favorita. Mi stavo riscaldando sulla linea di partenza, nervosa ed emozionata, quando ho scorto la mamma in piedi a bordo pista davanti alla folla degli spettatori. Feci una partenza *fulminosa*, lasciandomi indietro tutti, ma nel passare davanti alla mamma provai un certo turbamento e per qualche motivo, invece di finire la gara, mi precipitai nelle sue braccia. Non vi dico l'imbarazzo successivo. La folla rideva sommessamente e uno dei genitori disse che ero un cervello di gallina.

Ma la mamma mi tranquillizzò: «Se fossi stata al tuo posto, e ti avessi visto lì a bordo pista, avrei fatto esattamente lo stesso. È bello vedere che lo sai già – la cosa importante non è vincere, è amare». Riusciva a trasformare le cose più stupide che facevo in qualcosa di sensato e profondo.

Era anche piuttosto scaltra, e rispondeva ai biglietti che lasciavo per le fate senza che io me ne accorgessi. Qualche volta guardo ancora sotto l'innaffiatoio, come una volta.

Ed era anche piuttosto caotica, imbranatissima in cucina, tanto che per scherzo le regalavano in continuazione libri di ricette per cuochi incapaci e mamme senza speranza, fra cui uno intitolato *Questo è un cucchiaio*. Perciò tendeva a fare cose semplici, come i sandwich flosci che mi infilava svelta nel panierino. Non era una madre in senso tecnico, era più una maga.

Essere l'oggetto del suo amore è comunque la cosa più bella che mi sia capitata nella vita. Ovviamente era una cosa che davo per scontata. Non avevo idea che avrebbe potuto svanire.

Mi diceva spesso: «Sei una gioia e una preoccupazione costante».

«Perché una preoccupazione?» le chiedevo.

«Nel caso dovessi perderti» rispondeva. E lo diceva sul serio.

Quando mi chiedono se sono okay dico di sì, ma come posso esserlo davvero? Ho visto mia madre morta in una cassa, e la mia madre viva svanita. Uno però deve dire qualche bugia per mettere la gente a suo agio. Uno deve unirsi al complotto. È un fenomeno curioso, l'indicibile, ed esserne a conoscenza mi fa sentire di avere il doppio degli anni che ho.

Non posso dire quanto faccia male, a volte, e quanto sia stancante essere forte, e che sollievo è poter dire che sono distrutta, anche se solo a un foglio di carta. Ma siamo così inglesi riguardo a questo in Inghilterra, e così tesi a tenerci tutto dentro. A volte mi fa ridere, perché quale occasione è quella giusta per piangere? Credo che in questo gli italiani abbiano ragione. Ho sentito dire che ai funerali fanno venire della gente apposta per organizzare i pianti.

Quando mi affanno sotto queste nuvole cupe e sono piena di nostalgie senza speranza, ciò che mi salva è scrivere. Per un po' riesco a pensare ad altro, e non devo essere Sue Bowl.

## Il berretto della suora non vede mai la luce del giorno

UN BOZZETTO
di Sue Bowl

Era un berretto blu con delle ciliegie decorate che parevano il distintivo di una scuola. Lo appoggiò sullo scaffale più in alto perché le ricordasse la sua vecchia vita.

La stanza era come quella di tutte le altre, un letto, un libro e una candela. Aveva tre tonache, una a lavare, una nell'armadio e una da indossare.

«Fedora! Sei sempre in ritardo!» gridò la Madre superiora. «Perché hai sempre la testa fra le nuvole?»

«Perché sono con Gesù, Madre» rispose Fedora.

«Allora non hai scuse» rispose la Madre superiora, affrettandosi per la preghiera del mattutino.

Fedora lanciò un'occhiata al berretto che aveva in testa al suo arrivo, e che adesso si nascondeva all'ombra dello scaffale più in alto. I giorni di prima erano spariti per sempre, e i giorni nuovi dovevano ancora arrivare.

*Domenica 11 gennaio*

Stasera, dopo cena, mi stavo intrattenendo con i miei nuovi coinquilini, mentre il fuoco cercava di crescere e l'ammiraglio si godeva la sua pipa, quando zia Coral ha avuto una di quelle sue intuizioni che ti inchiodano, come spesso le succede in momenti simili, in seguito a un bel bicchierino di gin.

«Sue, credo che tu provenga da un'epoca passata, che tu non abbia niente a che vedere con la tua generazione» ha detto. «Mi ricordi un tempo in cui le fragole erano di stagione, e le mutande erano larghe...»

«Ma sempre allacciate» ha aggiunto Delia.

Le guance mi hanno tradito e sono arrossita. È irritante accorgersi che sono tutti così sicuri di avere a che fare con una specie di novizia sessuale. In realtà ho avuto diverse esperienze di desiderio nella mia mente e mi eccitano con facilità i poeti. E a Titford ho rischiato di baciare almeno una volta. Quindi Ivana ha un bel dire che sono molto innocente per la mia età (come se lei di innocenza ne sapesse qualcosa), ma non è affatto così. Questo, però, è un argomento che non intendo approfondire.

«Oh, ho i miei metodi» ho detto, cercando di spostare la conversazione dall'argomento delle mutande con una risposta enigmatica, mentre il rossore s'impadroniva del mio volto.

«È dell'amore che ti piace scrivere?» ha chiesto Delia.

Ero sicura che la mia risposta le avesse tirate fuori pista, ma Delia è riuscita a tornare sull'argomento.

«Oh no, non proprio dell'amore» ho detto. «Ho un libro con cui mi esercito a scrivere, niente di che, è un puro divertimento.»

«Per esempio?» mi ha chiesto.

«Be'» ho cercato di rispondere, con il rossore che mi invadeva il petto, «facciamo finta che hai una serie di oggetti in valigia...»

«In valigia?» mi ha interrotto zia Coral.

«Il punto di partenza è un'immaginaria vacanza» ho spiegato, «e dall'altra parte hai una serie di attività a cui vuoi dedicarti quando arrivi: allora devi provare a unire cose molto diverse. Tipo, se hai *libro*, *penna* e *infradito* in valigia, e *surfare*, *danzare* e *saltare* fra le attività, puoi provare a scrivere una frase come: *Stava surfando tra le pagine del libro*, o *gli infradito di Cara saltavano sotto i suoi piedi*, o ancora *la penna danzava sul foglio*.»

«Chi è Cara?» ha chiesto zia Coral.

«È solo un esempio» le ho risposto. Non volevo dirle che Cara è il nome che ho scelto per l'eroina di un racconto che devo ancora scrivere.

«Ah ah! Così si può dire che i piedi danzano negli infradito o che i libri saltano giù dagli scaffali? Allora è un libro per principianti» ha detto zia Coral.

Si può immaginare come questa rivelazione mi abbia lasciato senza respiro.

A quel punto è corsa nel suo studio a prendere un manuale che considera l'autorità mondiale in materia di scrittura, e così sono salita in camera con *The Dorcas Tree* di Mr Benjamin O'Carroll sotto il braccio.

«Ne parliamo domattina dopo che gli avrai dato un'occhiata» mi ha gridato dietro zia Coral. «Sarebbe anche bello che facessimo quattro chiacchiere, io e te» aggiunse, prima di tornare ai suoi inquilini davanti al camino.

Mi sento così fortunata di essere finita in una casa dove c'è chi conosce e apprezza le parole. È proprio un altro mondo rispetto a Titford, dove ho subito un grave scacco per uno scrittore il giorno in cui Ivana ha avuto la disgraziata idea di leggere un mio racconto. Nessuno doveva leggerli, e lei ben lo sapeva, ma si è infilata sotto il mio letto mentre io ero a fare gli esami e ha trovato le mie carte segrete. Veramente una brutta vicenda, ma a peggiorare le cose ha avuto perfino l'audacia di farmene una recensione.

«Uno spasso!» ha concluso. Tanto per sminuire il mio lavoro. Io avevo cercato di essere *mannianima*, di aprirle il mio cuore e perdonare, ma a quel punto ero sconvolta perché aveva letto il mio racconto, e più ancora ero distrutta perché l'aveva preso per una commedia, mentre era un dramma ambientato in una prigione elisabettiana.

Per me, scrivere è più importante di ogni altra cosa, anche se a volte dubito che a qualcuno possano interessare le *rimuginazioni* di una diciassettenne che vive a Titford.

Seduta sul letto nella Camera Grigia a scrivere un altro po' del racconto a cui sto lavorando, lascio correre la mente alla discussione di poco fa sulle mutande allacciate, una questione che mi assilla gravemente. L'amore è un fatto così privato e impossibile, mi chiedo come ognuno di noi sia potuto venire al mondo.

## Cara

UN BOZZETTO
di Sue Bowl

Cara girò la testa verso la nuova alba. L'infanzia si distendeva alle sue spalle, fuori dalla portata della sua morbida mano. Ciò che le si distendeva davanti era un mondo di uomini che l'avrebbero sconfitta. Le bruciavano gli occhi per le lacrime versate al pensiero di essere strappata a sua madre. Eppure suo padre, uomo crudele per aver deciso di mandarla via così giovane, non aveva detto niente, continuando ad affilare i suoi coltelli. All'improvviso, dalle colline in lontananza, il suo amato spaniel nero le corse incontro.

«Keeper, devi tornare a casa» gridò Cara con il cuore infranto.

Si distese sul rude terreno e così gli zoccoli le saltarono via dai piedi.

*Venerdì 16 gennaio*

| **BABYSITTER** |
|---|
| Ottime referenze su richiesta |
| Contattare S. Bowl |
| Egham 69950 |

Su consiglio di Delia ho appeso questo avviso nell'ufficio postale offrendomi come babysitter per A) liberarmi economicamente e B) permettermi di incontrare nuove persone. Delia mi ha detto che sua figlia, Loudolle, lo fa durante le vacanze e si fa un po' di soldini extra. (Loudolle sta ad *Alpen*, in Colorado, e frequenta un istituto molto costoso dove insegnano le buone maniere e come si sta al mondo, il che è curioso se penso che Delia è piuttosto tirata con i soldi.) Quindi, appena sistemata, ho appeso l'avviso e mi sono registrata presso un'agenzia di lavoro interinale di nome *Pronto*. E nel giro di una settimana mi hanno chiamato. La vita può davvero essere un turbine – chi avrebbe mai pensato che in sole due settimane avrei lasciato Titford, cambiato casa e trovato un lavoro.

È un lavoro in un caffè che mi impegna solo al mattino, cosa che mi è sembrata alquanto *chique*, per cui si può immaginare la mia delusione quando sono arrivata per la prima volta al *Toastie*. L'ubicazione è in uno scenario urbano, di fronte a un gommista. Il locale sembra un po' una mensa, ed è l'ultimo di una serie di negozi che circondano una rotonda a cinque uscite appena fuori dall'A30.

Non mi hanno fatto un vero e proprio colloquio di lavoro, non c'è stata una commissione esaminatrice, e non mi hanno nemmeno troppo torchiato, ma alla fine di quella giornata ho comunque dovuto incontrare la proprietaria, Mrs Fry, nell'appartamento della sua famiglia a Egham. Aveva l'aria di volersi concentrare sul lavoro senza perdersi in chiacchiere, e mi ha subito offerto il posto, cosa che a me è parso un segno del destino. In quell'attimo, tutto il tempo e i tormenti spesi a cercare di apparire intelligente hanno acquistato un senso.

E così, benché non sia il più sciccoso dei ristoranti, devo farmi animo e lavorare perché, da un punto di vista finanziario, non posso vivere con £12,50 alla settimana, perlomeno non se voglio avere dei bei vestiti. Il ruolo è quello di apprendista cameriera e prevede il prezioso compenso di £2 l'ora, che per quattro ore al giorno, per tre giorni la settimana, rimpolpa la mia paghetta di £24, portandola oltre £36. Non c'è da stare allegri, ma se penso al privilegio di lavorare corpo a corpo con un bel gruppetto di uomini *avenenti*, devo confessare che l'avrei fatto anche gratis!

Mrs Fry ha tre figli, che ho conosciuto quella volta a casa sua. Icarus è di gran lunga il più bello, e se dovesse mostrare un qualche interesse per me, dico subito che ci cascherei! Ma anche Sandy e Joe non sono affatto male! Mrs Fry ha poi una figlia, la povera, piccola Mary-Margaret, che è uguale sputata a Mickey Rooney. La vita sa essere ingiusta.

Sandy, il più grande, è qui in vacanza dall'università, mentre Mary-Margaret, la più piccola, va ancora a scuola. Joe l'ha appena finita, come me, mentre Icarus è un *motociclettaro* part-time. Sia Joe che Icarus lavorano al *Toastie*. È in momenti simili che vorrei tanto non oscillare tra *magritudine* e paffutezza.

Mi sono quasi dimenticata di dire che ieri compivo diciassette anni. Perché nei *secreti* recessi della mia mente avevo paura di come mi sarei sentita in un giorno simile in un mondo senza la mamma. Ma non è nello stile di Green Place lasciar passare inosservato un compleanno e così, con molta discrezione, all'ora del tè Mrs Bunion ci ha offerto una torta al cioccolato con le candeline, e a seguire del gelato. A quel punto le signore mi hanno regalato un in-folio bianco per scriverci i miei pensieri. L'ammiraglio ci ha invece fatto dono di se stesso, e si è presentato in pantaloni di lana spigata per farci compagnia e assaggiare la torta.

Con il dono del nuovo lavoro, il mio umore è straordinariamente alto. Non vedo l'ora di capire come si fa. Comincio lunedì!

*Mercoledì 21 gennaio*

Come vola il tempo al *Toastie*. Mi sembra di esserci stata per anni!

Lavoro part-time, da lunedì a mercoledì, cominciando alle sette per finire alle 11, a meno che Mrs Fry non abbia bisogno che faccia un po' di straordinario. Siamo in cinque a lavorare alle prime colazioni: Mrs Fry sta in prima linea, grida gli ordini e incassa i soldi, mentre Icarus frigge bacon, uova e pomodori, Joe prepara i cappuccini, e io mi occupo di tostare il pane. Muesli, frutta e altri extra devono essere trattati insieme al resto, cosa che crea un certo scompiglio. Nina Scrafferton è l'ultima del personale, e lavora a tempo pieno. Tiene i capelli così corti che tutti la chiamano Michael.

Mrs Fry si definisce una *excattolica*, o qualcosa del genere, ma per essere una persona religiosa ci sfrutta fino al midollo. Io l'ho denominata una campanella vivente, perché è tutta un mazzo di chiavi e catenelle. Vedeste come rabbrividisco al suono di quella chincaglieria – anche se poi è una fortuna, perché la senti sempre arrivare prima di trovartela davanti.

Alle nove e mezzo abbandono il tostapane e vado in cucina per imburrare gli ordini da asporto, sotto la supervisione di Mrs Fry che mi salta addosso se metto troppo burro. Quando baguette, panini e sandwich sono pronti, vengono caricati sul furgone del *Toastie* per essere consegnati nei sobborghi di Egham a impiegati affamati che non potrebbero mai immaginarsi dove umilmente origina il loro pranzo.

Questo è ciò a cui donne come Ivana si riferiscono quando parlano di "esperienza della vita", anche se lei non l'ha mai provata. Me la vedo oziare in giro per Titford con le sue scarpe da guida, e mi viene da sputare.

È stato Joe ad aiutarmi più degli altri in questi primi giorni. Se fai bruciare un'infornata di toast quando in sala c'è una coda di clienti, ottieni un effetto a catena per cui resti indietro con le ordinazioni, e questo vuol dire che nel giro di pochi minuti al pubblico della prima colazione arriveranno toast freddi, o toast pronti quando hanno già finito di mangiare. Possono trascorrere intere mattine rimanendo indietro con i toast, senza mai riuscire a recuperare il tempo perso, mentre cerchi di preparare anche i sandwich, e ti precipiti ogni volta che Mrs Fry ti chiama. Joe mi è stato di grande sostegno, al punto di mettere a rischio i cappuccini per correre ad aiutarmi.

Mrs Fry non è molto paziente e mi costringe a girare per i tavoli per scusarmi se i toast non sono arrivati in tempo, poi me ne addebita il prezzo sullo stipendio. Nina Scrafferton mi ha detto che alcuni apprendisti, prima di me, sono crollati.

Icarus non mi ha detto una parola, ma ho spesso sentito il suo sguardo su di me. Ha due occhi spaventosamente azzurri che mi lasciano senza fiato. L'unica volta che mi ha rivolto la parola nel corso di questa orribile settimana è stato per chiedere se mi piacciono i toast e ho il sospetto che mi stesse prendendo in giro. In realtà adoro i toast e posso mangiarne sei di fila, ma non glielo avrei mai rivelato, mandando in frantumi tutte le sue illusioni. D'altra parte, non avrei mai detto niente contro i toast, perché è con i toast che sua madre si guadagna da vivere. Così sono rimasta indecisa su cosa dire, e alla fine non ho detto niente, perché la sua presenza mi lascia senza parole. Ha i capelli scuri sempre arruffati, ed è alto più di un metro e ottanta, e per quanto ritenga i pantaloni attillati una cosa banale per un uomo, trovo che a Icarus stanno bene.

*Giovedì 22 gen*

Ogni mattina verso le undici c'è un momento di calma a Green Place, quando zia Coral e Delia sono fuori a fare compere e l'ammiraglio se ne va al club. Così, dopo il mio turno al *Toastie* ieri mattina, ho deciso di tornare a letto nella Camera Grigia e di darmi un po' da fare con Mr O'Carroll. Nel primo capitolo suggerisce di entrare a fare parte di un gruppo di scrittori. Mi sembra un ottimo sistema per progredire nella professione di scrittore, perché è molto difficile fare il redattore di se stessi. Ma essendo nuova nella zona, non conosco abbastanza gente da formare un gruppo.

A pagina 5 dice: *Una volta riunito il gruppo e nominato il capo, provate il seguente esercizio: scrivere una lettera indirizzata a se stessi da un parente o un amico che vi deve delle scuse. È un esercizio salutare, che mira a farvi superare i vostri blocchi. Poi scambiatevi le lettere e discutetele.* In mancanza di un gruppo, ho deciso di fare tutto da me. Ecco la lettera:

*Cara Sue,*
*perdona la stupida donna che ti scrive, volevo solo dirti che mi scuso per avere letto la tua storia personale, e che mi scuso anche di averla fraintesa. È tutta colpa del fatto che sono un'idiota e che non ho alcuna esperienza della vita. Ho sbagliato a cercare sotto il tuo letto e a guardare nelle tue cose private. Sono una donna stupida e ridicola e ti chiedo perdono.*
*Ma più di tutto mi scuso perché sto con tuo padre. Capisco che è passato decisamente troppo poco tempo dalla morte di tua madre perché io abbia una storia con lui, e ti chiedo profondamente scusa. Lui lo fa perché è molto solo, ma io non ho giustificazioni.*
*Non c'era niente fra noi prima che tua madre morisse. Hai la mia parola d'onore.*

*Perdonami.*

*Ivana*

A quel punto ho capito perché il libro suggerisce di lavorare in gruppo, perché ho passato il resto della mattinata a piangere. Il comportamento di Ivana e papà, e il loro rapporto tutto speciale con la realtà sono come una spina nel mio cuore, che sanguina ininterrottamente. Non so come farò a sapere cosa c'è stato davvero tra loro, e quando è cominciato tutto. Nessuno mi dirà mai la verità.

Ero ancora nella Camera Grigia quando ho sentito zia Coral e Delia rientrare. Uno dei problemi che pone il vivere in casa d'altri sta nel fatto che non puoi ritirarti in camera tua tutto il giorno, almeno se tutti sanno che ci sei, così mi sono asciugata la faccia e sono scesa.

Erano in cucina a scaricare la spesa e in un nanosecondo hanno notato i miei occhi rossi. Credo che zia Coral sia stata tentata di chiamare un'ambulanza. Ha lasciato cadere la borsa che aveva in mano e mi ha abbracciato.

«Oh, cara! Delia, del cioccolato, presto!»

Non c'è niente al mondo di così destabilizzante come la gentilezza, e così mi sono ritrovata a raccontare di tutto quello che avevo deciso di tenere per me: la mamma, il papà, Ivana, i toast, pagina 5, la lettera.

«Posso vederla?» mi ha chiesto zia Coral, e a dispetto del fatto che sono una persona molto discreta, non ho esitato ad andare a prenderla. Il mio cuore aveva bisogno di sfogarsi, anche con degli anziani.

«Pensiamo prima agli aspetti positivi. Sei una splendida ragazza» ha detto zia Coral dopo aver letto la lettera, lanciandosi chiaramente in missione di soccorso.

«Splendida ragazza, questo è positivo» ha detto Delia.

«E Ivana è una donna all'ultima spiaggia, per quanto riguarda la possibilità di avere una relazione con un uomo» ha detto zia Coral. «Ha due divorzi alle spalle, e non dev'essere facile per lei. Donne così non possono fare a meno di saltare addosso a ogni uomo che compaia all'orizzonte.»

«E tu dovresti saperlo» ha detto Delia, cosa che mi è sembrata un tantino ingiusta nei confronti di zia Coral – la quale, ovviamente, se vedesse sventolare bandiera verde salterebbe addosso all'ammiraglio.

«Quello che sto cercando di dire» ha continuato impassibile zia Coral, «è che non ci si deve sposare troppo spesso, altrimenti si finisce per essere considerati dei personaggi coloriti. D'altra parte, va anche detto che abbiamo tutti un cuore affamato.»

«Non puoi farmi sentire addolorata per Ivana» ho detto.

«No» ha risposto, «ma ti posso aiutare se ci provi. Sei molto giovane, ma sei anche abbastanza grande da sapere che la vita è crudele. Quanto a tuo padre, è vero che un uomo afflitto da un grande dolore ha desiderio di un po' di conforto. Possiamo parlarne con calma più tardi, noi due sole» ha detto, lanciando un'occhiataccia a Delia, che non capiva mai quando era il momento di smetterla con le sue facezie.

Ho impregnato il suo cardigan beige con le mie lacrime, poi è tornato a splendere il sole anche per me. Zia Coral è di una saggezza che va oltre la sua età.

«Adesso» ha continuato, «io credo che non dovresti assolutamente provare a fare questa specie di lavoro sulle emozioni da sola, e quindi, mancando il gruppo, Delia e io ne faremo le veci. Sempre che tu voglia proseguire il corso, beninteso.»

«Scriverò una lettera a me stessa il cui mittente è il mio ex marito» ha detto Delia, «così potremo farci insieme una bella risata.»

«Posso anche mettere un avviso all'ufficio postale per cercare altri membri» ha detto zia Coral. Erano prese dall'entusiasmo, e io con loro. Poco dopo stavano già discutendo animatamente su come l'avremmo chiamato, e dove ci saremmo riuniti, e quando, e che genere di spuntini avremmo potuto offrire. A guardarle, chiunque avrebbe pensato che non avevano molto da fare.

Quando l'ammiraglio è rientrato, è passato dalla cucina per sfoderare la sua pipa ed è rimasto contagiato da quello stato di euforia.

«Il vostro gruppo accetta la presenza di gentiluomini?» ha chiesto.

Il pensiero di lavorare sulle emozioni in un gruppo

comprendente l'ammiraglio era qualcosa a cui zia Coral non poteva certo resistere. «Altroché!» è esplosa.

A mio giudizio, l'ammiraglio Avery Little è un uomo difficile e zia Coral sbaglia a non avere occhi che per lui. Dopo cena, quando andiamo a rilassarci in sala, anche se sta con noi l'ammiraglio non partecipa mai davvero alla conversazione, tutto preso dalla sua pipa e dai libri. Di conseguenza, si perde i dettagli succosi di cui noi signore parliamo, per intervenire solo quando la conversazione scivola su qualcosa di veramente noioso e insignificante, come decidere quali siano i migliori parcheggi di Egham. Devo però riconoscere che non gli è sfuggito il fatto che avevo pianto, e si è gentilmente proposto di accompagnarmi al *Toastie* la settimana prossima, perché non debba prendere l'autobus.

## Zibaldone di Coral Garden: Volume 1

*Green Place, 22 maggio 1929*
*(Sette anni oggi)*

Ambarabà ciccì coccò, sono le sette e in piedi già sto. Sono una che si sveglia presto, un'allodola, non una civetta come gli altri, e così mi costringono a stare a letto fino alle sette. Mi hanno anche regalato una sveglia per il mio compleanno. Ho imparato a leggere l'ora dal topolino che corre intorno al quadrante, prima c'era solo il rumore delle pantofole di mamma a dirmi che era un momento garbato per alzarsi. La lancetta lunga deve stare diritta verso l'alto, e quella corta deve trovarsi più o meno dove si troverebbe il naso di un topolino se stesse fuggendo dalla cima. E poi la seconda lancetta deve stare con quella lunga, e non un tic prima.

**Compleanno: notizie**
Papà oggi mi ha chiamato nel suo studio appena prima di colazione. Ero preoccupata temendo di trovarmi nei guai, perché mi aveva scoperto sveglia e in giro per casa alle sei meno un quarto. Ho bussato alla porta e la grande maniglia si è girata. Mi aspettavo una sgridata, ma era lì sereno in maglietta e pigiama, e mi ha regalato questo zibaldone. Ci ha già messo dei ritagli per me, parlano di una cosa chiamata Impero Britannico.

La mamma mi ha comprato un vestitino alla marinara in popeline blu fiordaliso, con delle ancore puntute sulle tasche. Oltre a una nuova mantellina e a dei nuovi calzoncini da mettere quando portiamo a spasso i cani. La mamma dice che le ragazze di Green Place sono come dei figurini, sempre e comunque.

**Natura: notizie**

Poco fa c'era un verme che avanzava lento sul tubo fuori dalla mia finestra, ma prima che riuscissi a prenderlo, Terry e Ross si sono messi a litigare. Ross invidia Terry per svariate ragioni, non ultima il suo lucente manto rosso. Dobbiamo applicare ai punti calvi di Ross una crema per gli eczemi, mentre quel fortunato di Terry dorme in lavanderia. A me spiace per Ross, perché lo trattano tutti come un cane, mentre Terry viene trattato più come il terzo figlio. Mamma e papà hanno comprato Terry dal Centro di Soccorso per red setter, mentre io e Cameo abbiamo trovato Ross randagio, implorando perché gli venisse data una casa. Cameo è così affabile, si fa ballare mamma e papà su un dito, eppure ha solo due anni! Anche quando la porto a spasso in giardino nella sua carrozzina mi fa davvero buona compagnia.

# *Sue*

*Lunedì 26 gennaio*

Be', avreste dovuto vedere le loro facce quando sono scesa dalla Bentley al *Toastie* stamattina! Mrs Fry ha strabuzzato gli occhi come se fosse malata.

«Ti vengo a prendere alle undici, Sue. Non vedo l'ora di cominciare il Gruppo!» ha gridato l'ammiraglio parcheggiando.

«Grazie mille» ho risposto.

«Avery Little è sempre d'aiuto!» ha sbraitato, ripetendo il suo motto.

Così, mentre mi avvicinavo al tostapane nel mio settimo giorno da apprendista, godevo del trionfo che quel mattino mi aveva regalato. Ero scesa da una Bentley, e in una Bentley sarei ripartita, e benché fossero tutti molto più vecchi di me, avevo un gruppo.

Mi sono diretta senza indugio al tostapane mentre Mrs Fry, ovviamente, continuava a guardarmi stralunata.

«Chi era quel tipo?» mi ha chiesto Joe, allungandomi un cappuccino con un ricciolo di cioccolato che costituiva la sua firma.

«Tuo nonno?» ha chiesto Michael.

Icarus mi ha fatto la stessa domanda, ma in silenzio. E con dei pantaloni più belli.

«Quello? È l'ammiraglio» ho detto. Mrs Fry era al limite.

Ho pensato di chiedere a Joe se voleva unirsi al Gruppo, ma anche se è ben più che un gentiluomo con me, credo che sia ancora troppo giovane per questo genere di cose. Sì, abbiamo la stessa età, ma sappiamo tutti che i ragazzi sono più indietro.

Il povero Joe è uno che non ha padronanza del suo corpo. È perfino più alto di Icarus ma non ugualmente ben fatto. Non riesco a vedere Joe nello stesso modo in cui vedo Icarus, perché per una come me, cioè una abbastanza robusta, Joe è il tipo di ragazzo a cui potrei fare male, mentre Icarus è piuttosto il tipo di ragazzo che ti sbatte sul pavimento e ti rapisce i sensi senza battere ciglio.

*Venerdì 30 gennaio*

**Inaugurazione del Gruppo di scrittura di Egham**

Zia Coral ha suggerito che il Gruppo di scrittura appena formato debba riunirsi quando ci sia la disponibilità di tutti, in certi venerdì dopo cena. A me sembra una buona idea, anche se l'idea del dopo cena mi spaventa, perché a quell'ora non sono in grado di fare molto più che digerire e dormire. Zia Coral ha anche deciso, dopo averci pensato a lungo, che dovremmo riunirci nella veranda, da dove si gode un'ampia vista che spazia oltre la piscina e arriva fino a Egham. Così stasera, dopo un'altra sontuosa cena di Mrs Bunion, zia Coral, Delia, l'ammiraglio e io abbiamo proceduto alla cerimonia di insediamento.

Zia Coral si è liberamente offerta di fare il capo, e io mi sono tolta un peso perché temevo di doverlo fare io. Ma tutti sanno che i guru migliori sono persone che hanno vissuto.

«Buonasera, Gruppo» ha detto zia Coral.

«Buonasera, zia Coral» abbiamo risposto in coro (perché tutti, anche l'ammiraglio, ci siamo abituati a chiamarla così. Dev'essere stata la mia grande influenza!). Stava incorniciata tra i vetri della veranda, con le luci che si accendevano nelle case lontane e le brillavano intorno. Ci siamo seduti a un tavolo di vimini e, per quanto zia Coral avesse provveduto al riscaldamento, sentivo comunque il bisogno di un cappello.

«Per il nostro incontro inaugurale ho scelto degli esercizi preparatori dal libro di Mr O'Carroll» ha detto. «Alla luce dell'angosciante lettera di Ivana che Sue ha scritto, ho pensato che sarebbe meglio lasciare per un prossimo incontro il lavoro sulle emozioni più profonde, e limitarci stasera ai giochi e al divertimento.»

«Ma io voglio scrivere una lettera a me stessa mandata dal mio ex marito» ha detto Delia.

«La prossima volta» ha ribadito zia Coral con molta fermezza. «Quindi stasera abbiamo un programma in due punti: 1. *Giochi e divertimento con dialogo*. 2. *Giochi e divertimento con il tuo innamorato segreto*.»

Ho battuto questi titoli con la mia macchina per scrivere.

«Allora» ha continuato, dando un'occhiata di tanto in tanto ai suoi appunti, «per cominciare partiamo da *Giochi e divertimento con dialogo*. Questo esercizio mira a farci imparare come ottenere dei dialoghi che saltano fuori dalla pagina. Spesso, ciò che rende vivo un personaggio è il fatto che sei in grado di parlare il suo gergo. A volte può essere dovuto alla balbuzie, o a un tic, o a un modo particolare di pronunciare alcune lettere, altre volte si tratta proprio di un linguaggio quotidiano molto basso, del tipo che non vorresti mai dover ripetere. Quindi, voglio che immaginiate un personaggio e che scriviate un paio di battute di dialogo, poi ci scambieremo quello che avete scritto.»

La pioggia batteva sul tetto della veranda come il suono della creazione in atto.

«Molto bene» ha detto zia Coral quando abbiamo finito, «da chi cominciamo? Delia?»

Delia si è alzata in piedi e ha letto a voce alta: «Maledizione, fuori dalle balle».

«Bene» ha detto zia Coral. «Ma dobbiamo sapere qualcosa di più su chi sta parlando. Sue?»

«"Cazzo" disse Fiona, "non mi sono mai rotta così il cazzo in tutta la mia vita di merda"» ho detto.

Colta di sorpresa e in imbarazzo zia Coral non sapeva come commentare quel mio pezzo di bravura, poi ha detto: «Bene. A te Avery».

«Bastardo!» ha gridato l'ammiraglio.

Zia Coral si è fermata per prendere fiato e ha guardato i propri appunti, non sapendo bene come proseguire. «Apprezzo lo sforzo» ha detto alla fine, «ma forse è un tantino poco originale.»

Devo ammettere che a questo punto mi sono chiesta quanto il nostro gruppo avrebbe potuto essere utile alla mia carriera di scrittrice, ma poi ho pensato di dargli un'altra possibilità. Dopotutto si stavano dando da fare solo per me, e un gruppo di vecchi bohémien è sempre meglio che nessun gruppo.

«Bene» ha continuato zia Coral, «adesso vediamo di farci coinvolgere un po' di più. Voglio che pensiate al vostro innamorato segreto...»

«E se uno non ce l'ha?» ha chiesto Delia.

«Può sempre inventarselo. Voglio che pensiate al vostro innamorato segreto e che buttiate giù qualche frase su cosa provate davvero nei suoi confronti. E non temete, non vi obbligherò a leggerle davanti a tutti.»

Il rumore della creazione ha nuovamente riempito la veranda, mentre noi scrivevamo alla luce di vecchie abat-jour con le frange. Fuori, i contorni di Egham si confondevano in una mesta foschia.

«Ora» ha detto zia Coral quando tutti abbiamo finito, «chi vuole leggere a voce alta?»

Guardava piena di aspettative l'ammiraglio, forse sperando che le avesse scritto un'ode, ma né lui né Delia hanno fatto una piega e hanno continuato a guardarsi le scarpe, così mi sono alzata e ho letto: «*Non ti conosco da tanto mio adorato, irsuto, non fa alcuna differenza. Ogniqualvolta mi sei vicino sento intorno il profumo dei fiori. So che non dovrei dirtelo, irsuto, non posso nasconderlo, perché anche una tua fugace apparizione perdurerà tutto il giorno delicata nella mia mente.*»

«Splendido, Sue» ha detto zia Coral, «davvero splendido, bel lavoro. Due domande, tuttavia. La prima: chi è il tuo innamorato segreto? Sono sicura che moriamo tutti dalla voglia di saperlo. E la seconda: cosa intendi con *irsuto*?»

«Allora, primo: il mio innamorato segreto me lo sono inventato. Secondo: irsuto vuole dire *ciononostante*, ovviamente.»

«Ma irsuto non vuole dire ciononostante» ha detto Delia. «Irsuto significa peloso.»

In quell'attimo mi è venuto da pensare a tutte le volte che ho usato quella parola a sproposito, rendendomi conto con orrore della mia stupidità. Ma poi ho volto il pensiero in positivo, considerando che il Gruppo mi aveva in qualche modo promosso.

Al tempo stesso la mia mente navigava con Icarus. Avevo appena detto di essermelo inventato, quando invece è ben più che reale. Ma mi chiedevo: che cosa succederebbe se le cose stessero in maniera opposta? Se ciò che ho inventato diventasse vero? Be', *questo* sì che sarebbe interessante. Ho buttato giù una fantasia personale mentre Delia e l'ammiraglio leggevano le loro opere. Eccola:

## Le ferite dell'amore

di Sue Bowl

Era il 27 gennaio e stavamo come sempre seduti in sala dopo cena, quando all'improvviso l'ammiraglio entrò di corsa nella stanza.

«È per Icarus Fry. Venite subito» gridò.

«Cos'è successo?» chiesero zia Coral e Delia precipitandosi nell'ingresso.

«L'ho fatto cadere dalla bicicletta» rispose l'ammiraglio.

Allora trasportammo Icarus in una stanza dell'Ala Occidentale e l'ammiraglio andò a chiamare il dottore. Era molto tardi. Zia Coral e Delia si addormentarono immediatamente sulle loro sedie, con la testa ciondoloni. Ma io vegliai su Icarus che giaceva ferito sul letto, e lo cullai fra le mie braccia. Avrei potuto restare così per sempre, ma lui si risvegliò, mostrando una certa eccitazione. Perso nel calore del mio gesto, cominciò ad agitarsi dolcemente. Quanto vorrei che il dottore non fosse mai venuto.

«Be', il mio innamorato segreto è Marlon Brando» ha detto Delia, riportandomi alla realtà. «Non si può giudicare un libro dalla copertina» ha aggiunto.

Molto tempo dopo la fine del Gruppo, ero sotto le coperte al buio e cercavo di immaginare delle figure guardando le forme dei mobili quando il battito familiare di una mano sensibile alla porta mi ha fatto trasalire. Zia Coral è sgattaiolata dentro la stanza e si è seduta sul mio letto. Mi ha ispezionato la faccia in cerca di un segno di vita, così ho finto di dormire, come faccio sempre quando non ho voglia di chiacchierare. La farsa ormai era in atto e non potevo più cambiare idea quando, tra le palpebre socchiuse, ho notato che aveva in mano dei fogli e che aveva messo i suoi occhiali speciali, quelli che le ingrandivano gli occhi facendola somigliare a una civetta.

Dopo un po' se n'è andata, chiudendosi la porta alle spalle e controllando con mano esperta che la serratura non facesse il solito fracasso. Chissà cosa voleva?

## Zibaldone di Coral Garden: Volume 1

*Green Place, 29 settembre 1930*

*(Otto anni)*

***Scrittura***

Ho deciso di comimciare a usare la vecchia macchima da scrivere della mamma per il mio motiziario memsile alla famiglia. Il solo difetto è che mamca la lettera prima della M. La mamma era un po' imquieta per questo, e mi ha detto di non scrivere allo zio Meal.

***Pepsi***

Oggi siamo andati a fare una passeggiata. Cameo era nella sua carrozzina e io tenevo Terry e Ross al guinzaglio. Siamo andati al chiosco di Donal Brown al parco e la mamma ci ha comprato una lattina di Pepsi, che abbiamo bevuto con due cannucce!

***Governare la casa***

Secondo la mamma, Mrs Morris (la nostra governante) va in fondo al giardino per parlare con le fate. Questo perché al momento succede che abbiamo quattro cameriere al lavoro qui da noi, due al piano di sopra e due di sotto, e tutt'e quattro si chiamano Mary. La mamma è convinta che Mrs Morris le abbia scelte apposta, che lei assume solo ragazze di nome Mary. Ma non è vero, le chiamiamo tutti Mary perché la mamma non ricorda mai i nomi di nessuno.

***Papà***

Ero in sala con papà, come sempre, prima di andare a letto, e stavo facendo delle operazioni di aritmetica. Papà mi fa sempre fare un po' di compiti prima di andare a dormire, anche se io preferirei di gran lunga che qualcuno mi leggesse *Winnie-the-Pooh*. Sono proprio rare le volte che mi concede di deviare dal sentiero del sapere. Ma stasera un povero merlo si è schiantato contro la finestra, e così abbiamo abbandonato l'aritmetica e siamo corsi a seppellirlo, raccogliendolo da dove era caduto a terra. Papà ha detto qualche parola di conforto, perché io ero proprio angosciata. Ha detto che dovevo cercare di non preoccuparmi perché lui era sicuro che il merlo era così stordito che l'ultima cosa di cui si sarebbe ricordato era volare.

Finita la cerimonia abbiamo fatto una passeggiatina serale nel giardino di Green Place. Mi ha detto il nome di tutti i fiori e mi ha spiegato come le rose sbocciano una dopo l'altra, così che ce n'è sempre una fiorita. Mi ha detto che le margherite di San Michele si chiamano così perché sono in piena fioritura il giorno della festa di San Michele. Mi ha detto che i tassi scavano in cerca di nidi d'ape sottoterra, e che gli scoiattoli cacciano il pesce nello stagno. È bellissimo stare con papà, anche se con lui la vita è una continua lezione. Gli ho chiesto il nome della pianta viola che segna i confini di Green Place e mi ha risposto che si chiama buddleia. Ha anche detto che le piace crescere di fianco ai binari della ferrovia, dove i treni in corsa buttano in aria i suoi semi, che vengono raccolti dal vento e dispersi lontano.

# *Sue*

*Martedì 3 febbraio 1987*

Febbraio è un mese che porta in sé la promessa dell'anno che verrà, con i germogli ancora chiusi che spingono i loro piccoli getti fuori dal terreno.

Al *Toastie*, io e Joe abbiamo ingranato, cosa piuttosto interessante perché pensavo di potermela intendere con Nina Scrafferton, che si è invece rivelata una ragazza chiusa e priva di solidarietà femminile. Forse mi vede come una concorrente perché anche a lei piace Icarus. Lo si capisce dal fatto che rifiorisce ogni volta che lui le rivolge la parola, e che ride a tutte le sue battute. Poi, quando Icarus esce dalla stanza, è come se lei smettesse all'improvviso di esistere. Conosco quella sindrome, perché succede anche a me. Uno sguardo di Icarus può mantenermi alto il morale per giorni.

Nel tentativo di sviluppare il business, la settimana scorsa ci siamo presentati al lavoro vestiti in modo elegante per il compleanno di Mrs Fry, che ha fatto una foto di tutto lo staff e ne ha poi dato una copia a ciascuno. Così ho messo le mani su una foto di Icarus, anche se è un po' in ombra. Ho appeso la foto nella Camera Grigia all'altezza degli occhi quando sono a letto, in modo che Icarus sia l'ultima cosa che vedo andando a dormire e la prima al risveglio. Zia Coral ha *inarcuato* le sopracciglia con aria dubbiosa, perché nella foto si vede soprattutto Mrs Fry vestita un po' da puttanella. Ma a guardare attentamente si scorge l'occhio destro di Icarus.

Ho passato diverse ore a contemplare quell'occhio e così è davvero deprimente quando Icarus mi evita. Non che sia un tipo di molte parole, ma temo che questo me lo renda ancora più affascinante. Ormai è quasi un mese che lavoro al Toastie e non so ancora se i miei sentimenti sono corrisposti, ma vivo costantemente nell'agonia della speranza.

Come ho detto, Joe è l'opposto di Icarus e parla sempre con me, almeno quando Mrs Fry non sta guardando. Per qualche motivo, sconosciuto perfino a lei stessa, non approva che i suoi ragazzi facciano amicizie.

«Ma di cosa ti interessi esattamente?» mi ha chiesto Joe una mattina della scorsa settimana, mentre era alle prese con lo schiumalatte.

«Mi piace scrivere» ho risposto.

«Caschi male, allora» ha detto, «perché a me invece piace leggere.» È un ragazzo interessante, ma piuttosto conformista e ha un'intera collezione di camicie a scacchi.

Dopo il lavoro mi sono intensamente dedicata alle vicende dei personaggi principali, i protagonisti del mio libro: Cara, Pretafer, Fiona e Keeper. Cara è una ragazza di campagna, semplice e magra come un chiodo, mentre Pretafer è una bellissima ereditiera del Diciassettesimo secolo e la *nemecisti* di Cara. Fiona è l'amica e la serva di Cara costretta a vestirsi sempre a lutto, e Keeper è lo spaniel di Cara.

*Mercoledì 11 febbraio*

È finalmente successa una cosa che da tanto desideravo succedesse. Ma è anche successa una cosa che non volevo succedesse.

Siccome è mercoledì, oggi è stato il mio ultimo giorno della settimana al *Toastie*. Erano quasi le dieci e aspettavo di finire il turno e di tornare a Green Place, come al solito, per mettermi a scrivere.

«Vengono a trovarti i tuoi genitori?» mi ha chiesto Joe mentre tribolavamo con i toast, la schiuma e il vapore.

«No» ho risposto. «A papà non piace lasciare la sua casa a Titford, e mia mamma è... non è più viva.»

Non ho volutamente usato la parola con la M – non mi piace, e poi so che avrebbe potuto impressionare un ragazzo ancora così fortunato da avere sua madre che si affaccendava al banco.

«Mi dispiace molto» ha detto Joe. «Quan... quando è deceduta?»

«In settembre» ho risposto.

Mi ha stretto la mano sopra il tostapane. «Io ho perso mio padre quando avevo dieci anni, capisco cosa stai provando.»

«Mi dispiace molto» ho detto, e poi c'è stato un attimo di silenzio. Joe sembrava non sapere più cosa dire.

«Cos'è successo?» ha poi ripreso, inaspettatamente. «Era malata?»

«No, si è suicidata» ho spiegato.

Povero Joe, era così sconvolto che nel volgere di un minuto i cappuccini si sono raffreddati, le fette di pane tostato si sono indurite e tutto è rimasto immobile.

Nella vita, però, nulla finisce, tranne l'amore. Si va avanti lottando e niente si ferma, neanche per un momento. La vita dentro di te è cambiata per sempre, ma la vita fuori di te va avanti come prima, e tu devi continuare a vivere ogni giorno con quel mistero.

«Vuoi andare a casa?» mi ha chiesto, con aria compunta.

«No, non ce n'è bisogno» ho risposto, «ma adesso basta parlare di questo.»

Mi ha stretto di nuovo la mano, poi ha cambiato atteggiamento. «Sandy fa una festa sabato sera» ha buttato lì, «mi chiedevo se non ti farebbe piacere venire.»

«Che peccato, non posso» ho detto, «viene a trovarmi mio padre.» Poi mi sono resa conto di avergli appena detto che a papà non piace lasciare la sua casa, ma mi era uscito di bocca prima che il mio redattore interno potesse intervenire. Il fatto è che non potevo rischiare di dire sì a Joe e segarmi ogni possibilità con Icarus.

«Oh, certo» ha detto Joe sorridendo, prima di tornare a occuparsi della schiuma dei cappuccini.

Se a Titford un ragazzo come Joe mi avesse chiesto di uscire, mi sarei buttata a pesce, ma a questo riguardo Icarus mi aveva trasformato in meno di quattro settimane, e senza aver detto una parola. Come dicono nei classici, il linguaggio dell'amore è muto. Come Icarus riesca a dirmi così tanto senza dire nulla è una specie di magia.

È stato quindi per così dire un miracolo quando, mezz'ora più tardi, mentre stavo in cucina a imburrare il pane, Icarus mi è scivolato alle spalle e ha detto: «Mio fratello Sandy fa una festa sabato sera, Sue. Mi chiedevo se non ti farebbe piacere venire». La temperatura all'interno della cucina è schizzata alle stelle, e mi tremavano le ginocchia. Mi sono aggrappata al bancone senza girarmi a guardarlo a causa delle mie guance fuori controllo. Era il massimo che mi avesse mai detto. Più di una parola, più di una frase e *molto* più di una domanda. Questa è vita, e all'improvviso *può* proprio succedere.

«Ne sarei felice» ho risposto, forse in modo un po' troppo precipitoso.

«Ottimo» ha detto. «Allora ci vediamo sabato, dalle sei e mezzo a mezzanotte.» Mi ha messo in mano un tovagliolino con l'indirizzo di un bar e in un nanosecondo era già sparito. C'era scritto: *Sabato 14 febbraio, festa per il compleanno di Sandy al* Christine's. Il 14 febbraio! Ma è il giorno di San Valentino! Già l'avermi invitato è segno che a Icarus io piaccio, ma avermi invitato per san Valentino è così *ardito*. Sono così su di giri che potrei buttarmi in una fontana con i vestiti addosso.

Tornando a casa dal *Toastie*, ogni albero, ogni fiore, perfino i semi nella terra cantavano il mio nome. *Sue Bowl*, dicevano, *ecco che passa Sue*, e i muratori fischiavano mettendo due dita in bocca. I germogli di febbraio si aprivano un varco nel terreno, minacciando di fiorire all'improvviso sotto un cielo radioso come il sole. C'era solo un piccolo problema... cos'avrei detto a Joe?

A casa sono andata subito a controllare nell'armadio, spalancando le ante. Solo scamiciati, nient'altro che scamiciati. Bella fortuna essere nella fase degli scamiciati quando hai in programma un appuntamento con Icarus. Per un attimo ho sentito la forte tentazione di bruciare tutti i miei risparmi in un vestito irresistibile, ma poi mi sono sdraiata sul letto nella Camera Grigia e l'ho fissato nell'occhio. Avrei potuto rimanere così per tutta la vita, ma ho sentito l'ammiraglio che mi chiamava.

«Sue, Sue, c'è tuo padre al telefono.»

Sono corsa giù nell'ingresso e ho afferrato la cornetta, con la mente ancora immersa nei pensieri dell'amore nascente. Sentivo i tacchi di Ivana in sottofondo, un'altra voce nel catalogo di lamentele che nutrivo per quella donna.

«Ciao tesoro» ha detto papà con il suo tono di voce squillante. «Come stai?»

«Benissimo.»

«Bene, allora ascolta: Ivana e io abbiamo deciso di venire sabato e di portarti fuori a cena.»

## Affidata alle cure di Keeper

UN BOZZETTO
di Sue Bowl

Cara cadde in ginocchio e abbracciò il suo Keeper. Lui ululò alla luna mentre lei piangeva in preda alla tristezza e inzuppava il suo pelo di lacrime.

«Cosa sono queste fantasie!» gridò in uno stato di abominevole confusione.

Benché la notte fosse scura e senza stelle, Keeper tenne a bada le ombre. Non lontano, nella dispensa, la domestica era ancora all'opera.

«Cazzo» disse Fiona, «non mi sono mai così rotta il cazzo in tutta la mia vita di merda.»

*Venerdì 13 febbraio*

Ho fatto un sogno la notte scorsa che mi ha fatto arrossire, perché nel sogno compariva Icarus Fry. Dopo tutte le mie preoccupazioni per il doppio invito, è stato un sollievo svegliarsi da un sogno che credo fosse erotico. Ero seduta, quasi sdraiata, in un cesto attaccato al manubrio della bicicletta di Icarus. Scendevamo a rotta di collo da una strada di campagna e, come può succedere solo nei sogni, Icarus era vestito da francese, con il basco blu e una maglietta a righe, mentre la sua bicicletta aveva delle trecce di cipolla intorno alle ruote. Ai nostri fianchi scorrevano pascoli da sogno, ruscelli spumeggianti, qualche pecora. Lui teneva le gambe aperte, lontano dai pedali, e io mi tenevo in equilibrio nel cesto, con il vestito che fluttuava nel vento e le gambe fuori, leggera come una piuma. Ma andavamo così veloci che siamo usciti di strada, finendo in un cumulo di fieno. Purtroppo a quel punto mi sono svegliata.

Mi ci sono voluti alcuni minuti per riprendermi, poi mi sono vestita e sono scesa per fare colazione. Quando ho finito, zia Coral mi ha mandato di sopra, nel suo bagno, a prenderle un cotton fioc per le orecchie. Credo che volesse distrarmi dalle mie preoccupazioni in merito al doppio invito. Era la prima volta che mi trovavo sola nella sua stanza e non ho potuto fare a meno di dare un'occhiatina. Ci sono dei mobili speciali, un cassettone alto e stretto e un piccolo comò che zia C usa come toeletta. C'è anche una sedia intarsiata di un famoso ebanista del Settecento, Robert Manwaring. Zia C mi ha detto che era un concorrente di Mr Chippendale, e un seguace della *Regola delli cinque ordini d'architettura* (NB: ho fatto una piccola ricerca, è uno dei più famosi libri d'architettura di tutti i tempi. Venne scritto nel 1562 da Jacopo Barozzi da Vignola, che fu assistente di Michelangelo, e diventò un inatteso successo perché è pieno di disegni e praticamente privo di testo.)

Il copriletto è una trapunta di satin rosa con dei fiocchi verde oliva e oro, e sopra la testiera è appeso un pannello con un monogramma contenente le lettere C E G. Anche sul cuscino c'è un monogramma, ma con le iniziali B R G della mamma. Sono rimasta per un istante senza fiato, pensando che in fondo non era solo mia madre e che zia Coral aveva perso una sorella. Ogni tanto me ne dimentico, perché in vita sono sempre state un po' distanti, vista la differenza d'età. Zia C non viveva già più in casa quando è nata mia madre.

C'è anche una vecchia scrivania di legno sotto la finestra, piena di carte e dominata da una macchina per scrivere, con il libro di Mr O'Carroll aperto di fianco. Gli appunti erano un delirio di cambiamenti e correzioni. Ho scorto anche una lista di cose da fare posata sul suo diario. Diceva:

***Da fare**:*
*-Scrivere testamento*
*-Isolare la cassetta delle lettere*
*-Chiamare Dean Martin*
*-Rubriche*

Devo ammettere che il pensiero di Zia Coral morta mi ha fatto vacillare dentro. Lei è il mio salvatore e sulla terra non c'è niente di magico come la sua dedizione. Lei mi fa anche sentire la persona più affascinante che sia mai venuta al mondo – e commenta la mia grafia, facendo il panegirico del modo in cui scrivo le *y* e le *g*, apprezzando il mio caratteristico scivolare sotto la riga per poi tornarci di nuovo sopra. Quando ha finito di fare i suoi commenti io mi sento di valere un milione di dollari, come se potessi costruirmi una *fulcida* carriera solo sulle mie *y* e le mie *g*.

Per scuotermi dai pensieri morbosi sulla sua perdita, sono entrata nella stanza da bagno per prenderle i cotton fioc. Lì c'è una tazza realizzata dai Fratelli Adam per la Contessa di Derby. Non è collegata con l'impianto di scarico, e fa da bizzarro vaso di fiori. Ho aperto il suo armadietto e lì, fra le prevedibili pastiglie digestive e le creme personali tipiche di una donna della sua età, ho scoperto il segreto dei suoi splendidi capelli, cioè alcune scatole di tinte speciali: *n° 353, Volpe argentea dell'Artico*. Sulla scatola c'è la foto di una donna anziana e un po' volpina che ferma il traffico andando in scooter. E stata un'intrusione così intima nei pensieri privati di zia Coral che mi si è spezzato il cuore per lei. Ma diversamente dalla donna sulla scatola, che ha i capelli corti con la frangia, zia Coral tiene i suoi raccolti in una crocchia a volte tenuta su con una matita, perché è spesso a corto di forcine e mollette.

Quando le ho dato il cotton fioc era sola nella veranda a preparare il Gruppo di stasera.

«Grazie» mi ha detto, alleviando la pressione nell'orecchio. Poi ha avvolto il cotton fioc in un fazzolettino pulito e lo ha chiuso nella borsetta. A quel punto ha cominciato a strofinarsi il mento, come se avesse la barba. Sembrava volermi dire qualcosa – qualcosa di molto difficile evidentemente – ma non ha fatto in tempo a pronunciare una sola parola, perché siamo stati interrotti dagli altri membri del Gruppo. Subito ha preso in mano i propri appunti, agendo con assoluta professionalità, ma l'espressione sul suo volto raccontava cento storie. Devo ricordarmi di chiederle cos'avesse in testa.

**Il Gruppo Irsuto di Egham**
*Sulla passione*

«A mio parere, Cenerentola è la più bella storia che

sia mai stata raccontata» ha iniziato zia Coral quando il gruppo al completo si è finalmente riunito stasera. «Ora, nel corso di questa riunione del Gruppo Irsuto di Egham, Benjamin O'Carroll e io cominceremo col chiedervi di riflettere su: A) il mito, e B) il genere.» (Come si vede, abbiamo deciso di chiamarci il Gruppo Irsuto di Egham. Abbiamo cominciato a dirlo per ridere, ma poi ci è rimasto attaccato!)

«Come può un mito come Cenerentola valere anche per l'oggi?» ha continuato zia Coral. «E come possono i miti accordarsi con i generi? Per esempio, Cenerentola potrebbe tranquillamente stare nel genere della narrativa sentimentale.» Ha battuto un dito sui suoi appunti. «In quanto autori, dobbiamo riflettere bene sui generi. Anche se non dobbiamo mai dimenticarci del fatto che, al di là del genere che abbiamo scelto, che si tratti di un thriller, di un giallo o di un libro di viaggi, dobbiamo scrivere libri che si vendano.»

«O libri sporchi» ha detto Delia. «Il sesso è l'argomento che da sempre si vende di più.»

L'ammiraglio ha borbottato qualcosa senza togliersi la pipa di bocca.

«Può anche farti ridere, Avery» ha detto zia C, «ma Delia ha sottolineato un punto molto interessante – il sesso è l'argomento che da sempre si vende di più.»

Non è una buona notizia per me, che non sono proprio un'esperta in materia. È una cosa terribile da confessare, ma non sono neanche stata *veramente* baciata fino a oggi.

«Tuttavia, scrivere buoni libri» ha continuato zia C, «non è solo legato al genere o alla vicenda narrata. Ci sono altri fattori.» Andava come un treno, e io battevo a macchina come una dannata. «Non credo che Charlotte Brontë avrebbe venduto così tanto se da qualche parte nei suoi libri ci fosse stato scritto che era nata a

Bognor. Intendo dire, uno scrittore deve crearsi un'immagine ugualmente vendibile, una specie di pennacchio che attiri i lettori. Quindi, anche se siamo ancora in una fase iniziale, vale la pena considerare cosa potrete dire di voi stessi, all'occorrenza.»

«Sue Bowl è nata a Titford e ha studiato a Egham sotto la supervisione di Benjamin O'Carroll» ho proposto.

«Temo che questo non attirerà molti lettori» ha detto Delia. «Invece, cosa diresti di una cosa più rapida, tipo... nativa dello Hampshire, Sue Bowl eccetera?»

*Nativa dello Hampshire* – bello! Mi sono vista nel futuro, il quadretto ideale di una scrittrice di narrativa sentimentale, che bada serenamente a qualche pecora indossando gli stivali di gomma prima di tornare alla sua macchina per scrivere di fianco alla vecchia cucina a gas, con le foto appese al muro in cui trovare ispirazione, e una tovaglia con il monogramma.

«Nativa della Malesia» ha continuato Delia, «Delia Shoot ha fatto sesso ogni notte negli ultimi sessantadue an...»

«Va bene, va bene» l'ha interrotta zia Coral, «avete afferrato il concetto.» Poi all'improvviso ha buttato per terra i suoi appunti. «Abbandonando il programma iniziale, come Benjamin O'Carroll caldamente raccomanda ai guru di fare, perché non usiamo il sesso per l'esercizio di questa lezione, e scriviamo qualche riga ispirandoci alle nostre passioni?»

Ho il forte sospetto che zia Coral abbia colto un'occasione inattesa per costringere l'ammiraglio a parlare di sesso, usando il Gruppo Irsuto di Egham come pretesto. Che ragazza intelligente!

In quell'attimo è entrata Mrs Bunion con un vassoio di stuzzichini. «Vi ho preparato qualcosa, Miss Coral, vuole che suoni il gong prima di uscire?»

E ha fatto un piccolo inchino. Mrs Bunion è l'unica a chiamare zia Coral *Miss Coral*. È perché pensa che sia il modo appropriato di rivolgersi alla padrona in una casa di queste dimensioni. Anche se si conoscono ormai dal 1968, e a zia Coral non darebbe nessun fastidio essere chiamata zia Coral.

«Grazie, Pat, vedremo di arrangiarci» ha detto zia Coral. È l'unica a chiamare Mrs Bunion *Pat*. Per tutti gli altri, Mrs Bunion è Mrs Bunion dalla nascita.

Mrs B ha depositato gli stuzzichini sul tavolo, poi ha fatto un ultimo inchino e si è chiusa la porta della veranda alle spalle, evitando attentamente di fare rumore. Mi sono chiesta se ammettere che le mie idee sulla passione sono solo frutto di immaginazione, e che non sono qualificata a scrivere di questo argomento. Delia e l'ammiraglio erano affascinati, mentre io mi sono sentita come un'imbrogliona.

«Sue» ha chiesto zia Coral con sorprendente telepatia, «hai qualche problema?»

«È che non sono tanto informata sull'argomento» ho risposto.

Gli altri membri del gruppo hanno smesso di scrivere e mi hanno fissato, ma zia Coral è venuta in mio soccorso.

«Dov'è finita la tua immaginazione, Sue? Sono sicura che devi aver provato una passione, magari anche solo un ardente desiderio.»

È ben vero che ho provato un ardente desiderio nei confronti di Icarus. Forse la passione non è solo il risultato finale e l'unione di due persone, ma anche quello che la precede. Non ci avevo mai pensato in questo modo. Zia Coral è stata davvero brava a suggerirmelo.

«Del resto» ha continuato, «credo che l'immaginazione sia di gran lunga superiore alla realtà, un'opinione che sono convinta Benjamin O'Carroll condividerebbe.

Magari potresti scrivergli direttamente e farti rassicurare da lui. Per esempio, so che descrivi l'Oceano Pacifico dicendo che è blu e probabilmente non l'hai mai visto. È lo stesso con le emozioni impalpabili: sai, anche quando non sai.» Poi ha bevuto un sorso del suo gin.

Devo riconoscere che mi ha un pochino sconcertata, ma forse il pensiero di Mr O'Carroll potrebbe essermi d'aiuto – sempre che lui accetti di rispondere a una sua ammiratrice.

Di colpo, senza il minimo preavviso, l'ammiraglio si è alzato, spingendo rumorosamente indietro la sedia, e senza che nessuno gliel'avesse chiesto, si è preparato a leggere la sua passione. Zia Coral ha davvero dovuto riaversi, perché era sbalordita e deliziata.

«*Sul desiderio*» ha iniziato l'ammiraglio, facendo poi un respiro profondo. «*Sono davanti al tuo cancello e aspetto il momento in cui mi chiederai di avvicinarmi. Oh! Lascia che io ti guidi per boschi ombrosi e freschi, tu perla fra i coralli, tu cara esile dama.*»

Be', zia Coral è quasi caduta dalla sedia e aveva le guance in fiamme, proprio come è successo a me quando Icarus mi ha invitato alla festa. Ma era voluto l'uso della parola *corallo*? O è stata una crudele trovata?

Certo è che per la prima volta zia C è rimasta senza parole. Per un attimo ho pensato che potesse perfino svenire. Che tipo imprevedibile quest'ammiraglio!

«Ma è bellissimo, Avery» ha detto Delia, venendo in soccorso di zia Coral. «Adesso, ascoltate quello che ho scritto io, a proposito di una cosa che desidero fare da quando abbiamo dato vita al Gruppo.» Si è schiarita la gola e si è alzata, tenendo in mano la borsa per sicurezza.

*«Caro Ralph,*
*sei un tale disgustoso bastardo che non so da che parte cominciare. Ogni santo giorno la mia rabbia cresce senza fine. Ripugnante buonannulla, io mi scaglio contro le ingiustizie che mi hai costretto a patire.*
*Lasciarmi per una di venticinque anni è un calcio nei denti, ma lasciarmi praticamente senza mezzi è la cosa più abbietta, miserabile e sporca che potessi immaginare. E l'offesa è tanto maggiore considerando che quella non è nemmeno una bellezza da schianto, ma un'insulsa trippetta. Certo, il fatto che sia giovane fa sentire giovane anche te, ma tu fai pena al suo fianco con il tuo nuovo tatuaggio e i tuoi jeans strappati. Non inganni nessuno, vecchio bastardo, brutto e puzzolente.*
*Potresti in qualche modo riscattarti un po' mandandomi dei soldi, così da potermi sistemare le ginocchia e vestire dignitosamente Loudolle.*
*Povero disgraziato che non sei altro, ti odio con tutto il cuore.*
*D»*

Alla fine Delia tremava e questa volta è toccato a zia Coral intervenire.

«C'è della vera passione nella lettera di Delia, che migliora nettamente verso la fine» ha detto, porgendo a Delia della crema di ceci e delle carote per cercare di consolarla.

«Grazie, ma sto bene così» ha detto Delia. «Anzi, mi sento molto meglio.»

Ancora una volta il silenzio e una violenta emozione si sono impadroniti degli Irsutisti di Egham, per cui ci siamo avventati sulla crema di ceci come se fosse la cosa più logica da fare.

A quel punto ho deciso di leggere il mio esercizio, anche se mi sembrava stupido. Dopotutto ero fra amici, due dei quali si erano già messi a nudo.

«Si incontrarono alle quattro e andarono in albergo. Lui ordinò dello Champagne, e fecero sesso per trentasei ore, poi uscirono a fare shopping. Lui la prese incessantemente, sbattendola sul pavimento. Lei aveva sempre desiderato un vestito in una scatola e lui glielo regalò, anche se costava una fortuna, e poi tornarono in albergo e ordinarono altro Champagne a quelli del servizio in camera e fecero ancora sesso ininterrottamente.
Fu solo nell'attimo di lasciarsi che la colse il dolore di rimanere senza di lui anche solo per un istante, e così dovettero fare sesso un'altra volta.»

Come mai tutti quei silenzi nel Gruppo, stasera? Se non avessi conosciuto bene zia Coral, avrei giurato che stava piangendo. Ovviamente il mio scritto doveva averla toccata. Era un bel complimento. Ecco perché voglio scrivere.

«Splendido, Sue, davvero splendido» ha detto. «Ottimo lavoro, pieno di desiderio, oh, me li vedo mano nella mano, e poi la voglia e la passione, è di una precisione, vorrei dire, matematica. In quanto scrittori, a volte dobbiamo condividere le cose che ci piace immaginare in privato. Splendido, davvero, ottimo lavoro.»

Sapevo che le sue lodi erano un tantino *in disparte*, anche se il mio scritto non mancava di energia.

«E tu, niente?» ha chiesto Delia.

«I guru non fanno gli esercizi ma sovrintendono e commentano» ha detto zia Coral, con un'occhiata ammonitrice.

«Ma io ti ho visto scrivere...»

«Bene, credo che per stasera abbiamo finito. Sono sicura che abbiamo tutti mille cose da fare. Se qualcuno volesse poi raggiungermi in sala, più tardi, Pat ha acceso il fuoco. Adesso scusatemi ma devo telefonare a Dean Martin.»

Siamo usciti tutti in silenzio dalla veranda per andarcene ciascuno nella propria camera, in questa casa gargantuesca dove sotto il minacciante tetto scorre tanto desiderio. Un desiderio che non sembra smettere mai, e al quale sembra impossibile sottrarsi. Oh, amore, amore, sono così pronta a conoscerti! Vieni in mio aiuto e fammi vivere nel tuo splendore.

*Sabato 14 febbraio (San Valentino)*
*Ore 15,45*

La mamma e io ci siamo sempre scambiate dei biglietti di San Valentino, nel caso non dovessimo riceverne da altri. Io da altri non ne ho mai ricevuti. (Anche se un anno ne ricevetti due. Fu l'anno in cui alla fine mi confessò di essersi lasciata prendere la mano.)

Ho passato intere ore a decidere come comportarmi e cosa fare stasera, e oggi la giornata mi è sembrata lunga una settimana. È strano come essere innamorati alteri la percezione del tempo.

Per poter finire la cena abbastanza presto e avere un po' di tempo per me e Icarus, ho persuaso papà e Ivana a prenotare il ristorante ben prima di quanto avrebbero voluto, alle cinque. Non potevano combinare di nuovo tutto un'altra sera, perché hanno un volo per Venezia domattina presto. Così zia C mi ha suggerito di dire che avevo un precedente impegno, cosa a cui alla fine si sono arresi, dopo una lotta telefonica.

Il piano d'azione che zia Coral ha escogitato per me è il seguente: l'ammiraglio verrà a prendermi al ristorante alle sei e mezzo precise, e mi accompagnerà alla festa entro le sette. Questo mi concederà circa tre ore con Icarus per l'amore. Nel frattempo zia Coral intratterrà papà e Ivana a Green Place. Poi l'ammiraglio verrà di nuovo a prendermi alle dieci, mantenendosi la possibilità di tornare a bersi un cognac con gli altri in sala, prima che papà e Ivana se ne vadano a prendere il loro aereo. Almeno sulla carta sembra funzionare.

Sono stata così in ansia su come vestirmi che a un certo punto stavo per decidere di non andare. Ho pensato di spendere una mezza fortuna per un vestito nuovo, ma zia Coral mi ha esortato a non farlo.

«I ragazzi sono dei porcellini e penso che prima di spendere tutti i tuoi soldi dovresti capire se lui se lo merita» mi ha detto.

*Icarus Fry un porcellino?* Come se lei potesse giudicare, diamine. Lei trova attraente l'ammiraglio!

Alla fine mi sono decisa per il più irresistibile dei miei scamiciati, da accoppiare a un paio delle sgargianti scarpe con i tacchi di zia Coral – anche se ho dovuto lasciarci dentro tutta la notte delle patate bagnate, perché zia Coral ha detto che così si sarebbero un po' smollate. Delia mi ha dato una mano con i capelli e il trucco. Spero che Icarus veda oltre la confezione.

*Domenica 15 febbraio*
*Mattino*

Ieri alle quattro sono scesa in sala per un aperitivo con gli altri. Non sapevo quale sensazione fosse la peggiore, se l'idea di rivedere papà con Ivana, o l'ansia per l'impressione che avrei fatto a Icarus. Come gli sarei sembrata, come avrei camminato, se avrei sudato, tutte quelle cose di cui una ragazza tiene conto quando deve incontrare un potenziale futuro marito.

Ho continuato a pensare a come sarebbe stata brava la mamma in tutto questo. La sua mancanza cresce al galoppo. Lei mi mandava a scuola con un imbarazzante nastro nei capelli, ma io non me lo sono mai tolto appena se ne andava, perché me l'aveva messo lei. Era la sua impronta. È stato lo stesso ieri sera con la pettinatura di Delia. Mi aveva messo i bigodini e mi aveva poi pettinato per ottenere un effetto gonfio, come segno di grande amicizia. In genere ho i miei capelli alla maschietta che porto da quando ero piccola. Mi dico sempre che prima o poi me li faccio crescere e mi faccio dei riccioli *ammalanti*, ma poi lascio perdere. Zia C dice che così si asciugano prima. Insomma, l'acconciatura di Delia era un po' troppo vistosa per i miei gusti.

Quando sono entrata in sala, è stato come uno splendido sogno. L'ammiraglio si è alzato in piedi e le signore hanno trattenuto il fiato.

«Oh, Sue!» ha detto zia Coral, ed è corsa a prendere la macchina fotografica.

«Sei uno schianto» ha aggiunto Delia.

«Da perdere la testa» ha detto l'ammiraglio, andando al mobile bar per prepararmi un vermut.

È strano come due anziane signore e un vecchio maschietto possano farti sentire in forma e a tuo agio, molto più di un qualunque giovane, anche se non sono così ingenua da non capire che un conto è se zia Coral mi trova carina, e un altro è se lo pensa Icarus. E quella a cui stavo per andare non era una festina per ragazzi, era una vera e propria festa da adulti, di sera e con il bar. Ecco di cosa i poeti hanno sempre parlato: oh, amore, amore.

Il solo dubbio che non avevo ancora risolto era cosa avrei detto a Joe, ma ho deciso che me ne sarei occupata quando fosse arrivato il momento.

Alle cinque meno un quarto, quando l'ammiraglio mi ha portato a Egham, era già buio. Gli alberi scorrevano veloci nei finestrini della Bentley, scuri e lucenti. Il cielo era umido, ma sentivo l'estate in arrivo, e nel magico crepuscolo le prime stelle si pavoneggiavano nella sera incipiente.

Ho guardato l'ammiraglio e per uno strano secondo ho pensato che fosse la mamma. Per guidare lei metteva dei guanti con un buco sul dorso della mano e un bottone automatico. Mi guardava da sopra la spalla e mi sorrideva, come il volto di una donna bellissima in un calendario femminile.

L'ammiraglio mi ha depositato puntualissimo e se ne è andato al club, gridando dal finestrino: «Avery Little è sempre d'aiuto». Non perde occasione di ripetere il suo motto.

Alle 5.23 stavo ancora aspettando che papà e Ivana arrivassero. Il maître mi aveva portato del pane e avevo quasi finito il cestino quando finalmente sono comparsi. Ivana si è avvicinata a piccoli passi, civettuola come sempre, e papà l'ha seguita, e abbiamo tutti ordinato una minestra.

Mentre io mi affrettavo a finirla per potermene andare in tempo, ho notato che Ivana portava dei guanti bianchi. Di più, la sua intera mise era un trionfo di pizzi. A Titford è famosa per le sue stupide scelte modaiole, ma ho trovato molto strano che non si fosse tolta i guanti per mangiare la minestra, con il cucchiaio che le scivolava di mano.

«Perché tiene i guanti?» ho chiesto a papà quando lei è andata un attimo in bagno.

«Sono contento che tu me l'abbia chiesto, tesoro» mi

ha risposto. «Volevamo che tu fossi la prima a saperlo. Ivana e io siamo ufficialmente fidanzati.»

L'ha detto come se niente fosse, come uno potrebbe dire *passami l'aceto*.

«Non capisco» ho detto, «cosa c'entra questo con i guanti?»

«Tesoro, c'è sotto un anello, ma lei è sensibile e non vuole urtare i tuoi sentimenti, quindi ha pensato di nasconderlo.»

Ivana è tornata dal bagno e papà ha annuito in quel loro insopportabile linguaggio amoroso, allora lei si è tolta i guanti sfoderando un anello con diamante all'anulare.

«Ta-da!» ha esclamato, sventolandomelo sotto il naso.

Avrei voluto strappargielo dal dito, ma non era possibile visto che stavamo in un ristorante.

«Scusatemi» ho detto. Ma non era la mia voce, era quella della buona educazione, quella che mi permette di continuare a stare in società.

«Scusatemi» ho ripetuto. E sono scappata in bagno dove sono esplosa. Mi sono aggrappata a un lavandino e poi, in una valle di lacrime, sono tornati a scorrere i ricordi.

Mi sono ricordata delle prime uscite al cinema di papà e Ivana l'estate scorsa, quando sostenevano di essere solo due patiti di film noir (ma anche alla mamma piacevano i film noir).

Sapevo che la mamma sapeva che papà vedeva spesso Ivana, ma non mi ha mai fatto capire se *sapeva*. Però il giorno in cui è morta, papà e Ivana erano insieme a un *convegno*, anche se Ivana non aveva niente a che fare con l'azienda e non parlava bene l'inglese. Poco prima che rientrassero, la mamma è entrata nella biblioteca di Titford ed è andata alla sezione di poesia, e dopo aver ingoiato le pillole si è sdraiata sul pavimento per dormire. L'ha trovata il bibliotecario, e hanno chiamato i dottori, ma era ormai troppo tardi. E lei non ci ha nemmeno lasciato una parola di spiegazione.

La mia mente può riportarmi in un lampo a quell'orribile giorno a Titford, e a quella macchina della polizia di fronte a casa nostra, e alla cupa espressione sui volti degli agenti all'interno...

Ma non mi trovavo a Titford, mi trovavo nel bagno di un ristorante a Egham, e la fredda ceramica del lavandino mi ha riportato al presente, e ho dovuto ridarmi un contegno. Non ricordo esattamente tutti i particolari degli eventi che sono seguiti, ricordo solo che in qualche modo sono tornata al tavolo e che a un certo punto l'ammiraglio è venuto a prendermi. E che papà e Ivana hanno continuato la cena come se non fosse successo nulla.

Quanto mi fa rabbia il fatto che si siano fidanzati. Anzi, il semplice fatto che stiano insieme. Mi mancano le parole. È spregevole, spaventoso, sleale, atroce, disgustoso, perfido, sbagliato. La mia povera mamma, condotta a quel gesto disperato dall'infedeltà di mio padre, e adesso la sua memoria viene spazzata via, come se lei non fosse mai esistita.

Non fosse stato per Icarus che mi stava aspettando, sarei sicuramente tornata a casa. Ma come ho detto prima, ho capito che la vita va avanti e la festa di Sandy mi attendeva. In un luogo trendy come il *Christine's*, un locale grande e pieno di motociclisti, perché Sandy fa parte di una gang. L'ammiraglio si è offerto di accompagnarmi dentro ma sapevo che sarebbe stato imbarazzante, così sono entrata da sola e mi sono messa ad aspettare al bar. Di Icarus nessuna traccia.

Poco dopo dall'ombra è spuntato Joe, che mi ha raggiunto al bar con il portafoglio in mano. «Alla fine allora hai deciso di venire!» ha detto, senza fiato per aver ballato fino a quel momento.

«Due drink» ha poi chiesto al barman.

«Che tipo di drink?» è stata la risposta.

«Due bicchieri di vino» ha detto Joe, dopo avermi guardato come se fosse un cowboy galante sempre più interessato. Poi mi ha condotto nel ventre del locale dove ci siamo seduti a un tavolo iniziando a gridare.

«Tutto a posto?» mi ha chiesto.

«Ti sembra di no?» gli ho risposto.

«Sei incantevole... ma un po' pallida.»

Breve attimo di silenzio, poi: «Qual è il tuo film preferito?» mi ha chiesto, del tutto *inopinativamente*.

«*E.T.*» ho risposto esitante.

«Ma dai» ha detto, «io sono dovuto stare un giorno a casa da scuola dopo averlo visto.»

A quel punto il dj ha messo *Walk Like an Egyptian* delle Bangles e Joe ha fatto una specie di danza egiziana sulla sedia, alzando le braccia sopra la testa e facendo roteare gli occhi come la cantante. Ma a me non è proprio venuto in mente di unirmi a lui, e così ha smesso, sempre più in imbarazzo.

«Be', dimmi se c'è qualcosa che non va, Sue. Possiamo sempre andare in un posto più tranquillo.»

Mi sono guardata nello specchietto e ho visto che avevo un'aria sbattuta come non mai. Il trucco aveva delle sbavature, i capelli erano tutti arruffati, e la notizia bomba di papà e Ivana sembrava avermi fatto salire la febbre.

«Dov'è Icarus?» ho chiesto, e ancora una volta non ho sentito la mia voce, che stava sicuramente nascosta da qualche parte.

«Icarus?» ha detto Joe. «Non credo che venga.»

L'ho fissato impalata.

«Sai, esce con Michael... hanno avuto una specie di rottura.»

«Ma se è stato lui...» e senza minimamente pensare a come non ferire i suoi sentimenti la verità è venuta a galla, «se è stato lui a chiedermi di venire. E non ha mai disdetto.»

«Oh, tesoro, mi spiace» ha detto Joe. Anche se sincero, non sembrava così dispiaciuto. «Vuoi ballare?»

E così eccomi lì, a ballare con Joe, mentre Icarus era chissà dove. Tutte le speranze e le aspettative di poco prima erano svanite, non mi era rimasto niente. Ho avuto una visione della quarta di copertina del mio primo libro. Mentre Joe ballava sfrenato, l'ho vista chiaramente. Diceva: *Sua madre è morta, il suo cuore è spezzato, la sua vita è in brandelli. Cos'altro attende Sue Bowl, nativa dello Hampshire?*.

Poi, quando stavo per chiedere a Joe di riaccompagnarmi a casa, ho scorto Icarus dall'altra parte della sala. Si stava sbaciucchiando con una ragazza dai capelli lunghi e lucenti.

«Quella non è Michael» ho detto. La sala ha cominciato a girarmi intorno mentre loro si avvicinavano a noi, investendoci con il loro bagliore. Lui era al di là dell'umano e lei... era una ninfa. Mi sono sentita debole. La sua chioma splendeva, le sue spalle splendevano, i suoi polpacci splendevano. Sembrava che le fate avessero vegliato tutta la notte per lucidarla. Potevo vedermi riflessa nel bagliore dei suoi capelli castani.

«Ciao Sue» ha detto Icarus. «Ti presento...»

«Loudolle. Loudolle Shoot» ha detto lei.

È tutto quello che ricordo fino a stamattina presto, quando mi sono svegliata infreddolita nel letto rosa di zia Coral, dopo essere svenuta alla festa. Credo che Joe abbia chiamato zia Coral e che la Bentley abbia funto da ambulanza. Sono stati tutti fantastici. Anche papà e Ivana, che sono rimasti a guardarmi fino a stamattina, prima di squagliarsela in vacanza. Ma non avrei avuto voglia di vederli.

Dopo la colazione sono stata trasportata qui nella Camera Grigia, e zia Coral mi ha messo un quaderno e una penna sul comodino. Dove ci sono dei fiori con un biglietto che dice:

*Guarisci presto, Sue.*
*Con amore, Joe.*

Zia Coral mi ha detto che ero completamente incosciente, e non solo: in preda alla febbre ho strappato la fotografia del personale del *Toastie* in cui fissavo l'occhio di Icarus. I resti sono sparpagliati sotto il letto in mezzo a Kleenex usati. Fine della vicenda.

Devo essermi riaddormentata più tardi, perché mi sono svegliata all'ora di pranzo. Stavo girando il cuscino umido quando ho sentito una voce fuori dalla porta.

«Devo portarlo dentro, mamma, o lasciarlo qui?» Sembrava una pronuncia americana.

Quando la porta si è aperta ho fatto finta di dormire, ma ho sbirciato e visto qualcuno con un vassoio. Era la ninfa della festa. Non avevo fatto due più due fino a quel momento. Era la figlia di Delia, con quel nome strano. Era Loudolle, venuta da *Alpen*. Anche in abito da giorno era splendida. Senza trucco, era pronta per essere fotografata. Ma c'erano un paio di ciocche fuori posto nei suoi capelli, quanto bastava a farla apparire umana.

Ha deposto il vassoio di fianco al letto e si è messa a ficcanasare fra le mie cose, aprendo i miei cassetti e guardando con disprezzo i miei vestiti. Poi si è piegata per guardare sotto il letto dove erano rimasti i frammenti della foto. Mi batteva forte il cuore, perché non avevo ancora controllato per vedere se l'occhio di Icarus era rimasto intatto. Ha rovistato un po', sbuffando rumorosamente sotto il letto, prima di rialzarsi e sgattaiolare fuori dalla stanza.

Appena è uscita, ho tirato su i frammenti strappati e ho scoperto che l'occhio di Icarus era ormai separato dal resto della foto. Allora ho cercato di rimetterlo *in situ* con gli altri frammenti, ma poi ho desistito e ho infilato l'occhio solitario sotto il cuscino, per sicurezza. Non potevo mica buttarlo via.

Per qualche ragione non mi pare strano che la ninfa mi abbia perquisito, e lo capisco con tutti i sei sensi.

Quando il sole è calato e si è fatta sera, e ti morde il freddo e la pioggia ti bagna, devi stare fermo finché passa. Mi sento come se fossi in un vaso di terracotta pieno di erbacce e fiori insieme, ma le erbacce stanno soffocando i fiori, ne ammazzano la dolcezza e il profumo, e tutto fa male.

*Susan Bowl*
*Gruppo Irsuto di Egham*
*Green Place*
*Egham*
*Surrey*

*Domenica 15 febbraio 1987*

*Caro Mr O'Carroll*
*spero che non se ne avrà a male se le scrivo, ma sto lavorando con l'ausilio del suo bellissimo libro,* The Dorcas Tree, *e mi chiedo se lei non possa aiutarmi in qualcosa di molto importante.*
*Ho appena vissuto un grande trauma personale e non*

*mi resta che aggrapparmi all'unica cosa che mi è rimasta, cioè scrivere. La domanda che continuamente mi pongo è questa: meglio per lo scrittore principiante scrivere delle proprie esperienze o basarsi sull'immaginazione?*
*Fino a poco tempo fa non conoscevo i coinvolgimenti romantici, ma ora ho avuto la sfortuna di saperne più del necessario in tema di crepacuore. Tuttavia, questa "esperienza della vita" non ha influito positivamente sulla mia scrittura, come lasciano intendere i poeti, e sarei ansiosa di conoscere la sua opinione, perché mi sento confusa e impedita.*
*Lei ha molti ammiratori a Egham.*
*Aspetto con impazienza la sua risposta, quando avrà tempo per farlo.*

*Sua*
*Susan Bowl*

*Domenica 22 febbraio*

È passata una settimana da quella sera, la fine delle speranze e dei sogni. Ogni giorno non ho avuto coscienza che del freddo, e dell'odore delle uova per la prima colazione. Ma zia Coral mi ha appena detto qualcosa che mi ha fatto davvero balzare sul mio letto di dolore.

Verso le quattro si è intrufolata in punta di piedi nella mia stanza, tenendo stretti un fascio di documenti e il suo zibaldone. Ricordo di aver pensato che forse non era il momento adatto per la nostalgia, quando mi ha messo la sua mano fredda sulla fronte.

«Vivrai» ha detto, prima che il dispiacere le si disegnasse sul volto, perché battute simili non sono più ammesse. «Come ti senti?»

«Molto meglio, pronta a tornare in sella» ho detto.

«Bene. Allora ti va se parliamo un po'?»

«Perché?» le ho chiesto, perché avrei davvero preferito tornare a *convalescenziare*.

«Abbiamo bisogno di fare quattro chiacchiere, e non si trova mai il momento» ha detto.

«Certo, scusami» ho risposto.

«Sue, c'è una cosa che voglio dirti. E non voglio che tu venga a saperla da altri. Voglio che tu la ascolti da me. Non so se tua madre ti ha detto...» Per un attimo non è riuscita a continuare. Ha posato i documenti, uno dei quali ho potuto vedere che era suddiviso in punti.

«Sarà un piccolo shock per te, e infatti non ho mai saputo come dirtelo. E non ho mai saputo con certezza se tua madre te l'abbia detto prima di morire...»

«Detto cosa?» ho esclamato.

«Non so da che parte cominciare, ma io non sono la sorella di tua madre.»

«Non sei la sorella di mia madre? E allora chi diavolo sei?»

«La tua prozia. E Cameo era tua nonna.»

«Scusa, ma proprio non capisco. Pensavo che nonna Pearl fosse mia nonna, non è così?»

«Lo pensavo anch'io, e invece no. Vedi» ha continuato, «Pearl non era la mamma di tua mamma come abbiamo sempre pensato. Era in realtà la tua bisnonna. La tua vera nonna era in realtà mia sorella Cameo, cioè la mamma di tua mamma.»

«Ma mia mamma resta mia mamma» ho detto, facendo fatica a seguirla.

«Sì, tua madre resta tua madre... Guarda, quando è morto mio padre, tua madre mi ha aiutato a sistemare le sue cose e abbiamo fatto un falò per bruciare delle sue carte. È stato mentre facevamo questo che tua madre ha trovato il suo certificato di nascita.»

«E lì c'era scritto che Cameo era la mamma di mia mamma, e non mia nonna Pearl?»

«Esattamente» ha detto zia Coral. «È stato un colpo terribile.»

«Tu non ne sapevi niente?»

«Nessuno ne sapeva niente, e Buddleia ne è rimasta molto turbata.»

Senza bisogno che le facessi delle domande, è andata avanti mescolando i ricordi a caso.

«Naturalmente, guardando indietro c'erano un sacco di cose che non avevano senso, ma è successo subito dopo la guerra. A quel tempo eri così felice di essere vivo che non ti facevi troppe domande, soprattutto se non avevi motivo di non credere a ciò che ti avevano detto.»

Ho guardato fuori dalla finestra una stella isolata che si era dimenticata di se stessa nella luce del giorno. Sembrava quasi divertita da ciò che considerava una vicenda pressoché insignificante.

«Ma se Cameo era la mamma di mia mamma, allora chi era il padre di mia madre?»

«Il maggiore Jack Laine» ha risposto zia Coral, come se quel nome fosse cacca di cane. «Ha abbandonato Cameo e sua figlia.»

Si è infilata gli occhiali e mi ha mostrato il certificato, sperando di rassicurarmi, anche se il suo sguardo esprimeva tutto il contrario. «Mi spiace davvero tanto» ha detto.

«Vuoi dire che non ti sei accorta che tua madre non era incinta di mia madre, e che lo era invece Cameo?» ho gridato.

«Ero al college, non ero lì, e non ho potuto *vedere*.»

«Non sei mai tornata a casa per nove mesi?»

«Sì, sono tornata...» Ha esitato, come se qualcuno

avesse pigiato il tasto pausa, ma io credo che sia stato perché lei stessa non riusciva a crederci.

«Vedi, nonna Pearl ha avuto tre aborti spontanei dopo aver dato alla luce Cameo, e così Buddleia ci è sembrata un miracolo, perché eravamo convinti che non avrebbe più potuto avere figli. E poi quell'inverno fu uno dei più freddi che io ricordi, e si stava tutti infagottati. Sono tornata a casa solo una volta – non c'erano treni perché mancava il carbone. Mi venne detto che la mamma non si era resa conto di essere incinta. Era anche una donna piuttosto corpulenta. Dopodiché, appena nata Buddleia, la portò in Australia. All'epoca non riuscii mai a capire perché, ma ora penso che abbia voluto sottrarre Buddleia alla curiosità dei vicini.»

Sapevo già che la mia bisnonna Pearl aveva lasciato l'Inghilterra dopo la guerra, portando la mamma nel Bush *in un anno sabbatico*, scoprendo di preferire una cassa, una gavetta e un bel falò a una sala da pranzo con sedie e porcellane.

«Ma perché fingere?» ho chiesto. «Mi sembra una vera follia.»

«Erano vittoriani, la rispettabilità stava sopra tutto. Il matrimonio era la cosa più importante per una ragazza. Impossibile tirare avanti con una figlia illegittima, Cameo sarebbe stata messa al bando. La cosa ironica è che hanno affrontato tutte quelle tribolazioni quando Cameo...» Si è fermata per un attimo, ma senza volerlo.

«Quando Cameo?»

«Quando Cameo non ce l'ha fatta» ha concluso, con voce soffocata.

Stava cercando di mettere in ordine i pezzi, come me. E ho pensato che non era il caso di fare altre domande su Cameo.

«Il peggio è che Buddleia non ha *mai creduto* che io

non sapessi il segreto di Cameo, e le ultime parole che mi ha detto sono state piuttosto dure.»

«Tu hai almeno avuto delle ultime parole» ho detto. «Io neanche quelle.»

«In verità... anche tu hai qualcosa.» E mi ha dato un foglio di carta. Sono impietrita pensando che me l'aveva tenuto nascosto fino a quel momento. «È di Buddleia.»

«Mio Dio!» ho esclamato. Mi sono messa seduta sul letto, con il corpo privo di energia, e ho letto quella lettera d'un fiato, scorrendo la riga successiva in cerca di un indizio prima ancora di essere giunta in fondo alla riga che stavo leggendo.

*12 giugno 1986*

*Cara Coral,*
*volevo solo farti sapere dove sono arrivata con le ricerche: purtroppo non molto lontano. I registri di* St Catherine's *sono conservati in sezioni suddivise per colore. Verde per i matrimoni, rosso per le nascite e nero per i decessi. Ho trovato solo due maggiori Jack Laine, ma uno è morto e l'altro è classificato come* idiota. *Ci possono però essere centinaia di maggiori Laine in giro, ancora vivi e che non si sono mai sposati, e che ovviamente non sono nati maggiori.*
*E così non ne so molto di più di chi sono veramente.*
*L'unica, si direbbe.*
*Buddleia.*

«Ma questo non ci dice niente. Questo è solo un frammento nella ricerca del suo vero padre. Non è un arrivederci, o una spiegazione di perché ha fatto quello che ha fatto.»

«Io invece credo che lo sia» ha detto zia Coral. I suoi

occhi erano coperti da un velo di lacrime, come si addice a una signora, anche se lei cercava di cacciarle indietro.

«Immaginati di scoprire che tutta la tua infanzia è stata una bugia, che nessuno era chi diceva di essere. Immaginati di scoprire che tuo padre non è tuo padre, e che il tuo *vero* padre, che non hai mai conosciuto, può essere morto, o essere un idiota. Io credo che questo possa averla spinta oltre il limite. E che sia morta pensando che io sapessi la verità e che gliel'avessi tenuta sempre nascosta. Ma io *non* sapevo. E tutto questo mi angoscia.»

«Capisco, si chiama opera non ultimata» ho detto.

A quel punto, lo sforzo di trattenere le emozioni è stato più grande di lei e ha dovuto lasciar scorrere le sue vere lacrime, non quelle ammesse in società, ma quei lacrimoni pieni di sofferenza che non si possono governare. Non avevo mai visto zia Coral così disperata.

«Non so perché mi abbiano tenuto tutto nascosto» ha detto. «Ma sospetto che prima o poi, quando si tratta di segreti come questo, viene un momento in cui è troppo tardi per dire la verità.»

«Quindi il maggiore Laine, dovunque si trovi, è mio...»

«Tuo nonno» ha concluso zia Coral.

«Ma tu pensi che lui *sapesse* di essere il padre di mia madre?» ho chiesto. «Pensi che ci sia una possibilità che non lo sapesse? C'è una legge che impone di rivelare chi è il padre?»

«Sono tutte domande legittime, Sue, e la risposta è che non so, anche se credo che gli fosse stato detto visto che Cameo l'aveva citato nel certificato di nascita. Era troppo tardi per recuperare qualche altro documento dal fuoco, altrimenti avremmo forse trovato delle lettere in grado di chiarire molte cose. Comunque, il risultato è che ho proseguito la sua ricerca, e non potendo rintracciare ogni Laine in tutto il paese e chiedergli se è un maggiore, mi sono messa a setacciare gli elenchi del telefono. C'è un Jeremy Laine non lontano da qui, un produttore televisivo mi pare, e un Dave Laine a Buswater. Ma sono convinta che si tratti solo di coincidenze, per cui ho intenzione di mettere un annuncio sull'*Echo* e vedere se così qualcuno viene indotto a farsi vivo.»

«Ancora non capisco perché il bisnonno Evelyn abbia conservato il certificato, se voleva che rimanesse tutto un segreto.»

«Forse perché non si sa mai. Deve avere avuto le sue buone ragioni, anche se non potremo venirle a sapere. No, temo proprio che a questo punto non mi resti altra testimonianza del passato.» Si riferiva al suo zibaldone.

Poi si è ripresa, ha aperto la finestra per fare entrare un po' d'aria fresca, e mi ha aggiustato i capelli. Era tornata a essere la donna forte che tutti conoscono.

Io comunque non riesco ancora a capire perché la mamma abbia deciso di morire, e cosa ancora più pertinente, perché non mi abbia detto nulla. Zia Coral però è convinta che sia inutile cercare un vero motivo.

## Zibaldone di Coral Garden: Volume 5

Ritaglio di giornale, *Annunci personali*, *Egham Echo*, 23 febbraio 1987

> *Miss Coral Garden, residente a Green Place, Clockhouse Lane, Egham, desidera mettersi in contatto con il maggiore Jack Laine, che intorno al 1947 ha avuto occasione di conoscere la famiglia Garden. È gradito ogni tipo di informazione. Si prega di contattare C. Garden all'indirizzo suindicato. Tel. 69950.*

## Zibaldone di Coral Garden: Volume 1

*Green Place, Natale 1932*
*(Dieci anni)*

***Notizie***

Cameo ha avuto un terribile incidente. È caduta e una racchetta da sci le si è infilata in un occhio. La mamma non smette di piangere. Ha regalato a Cameo una casa di bambola per Natale, sperando di aiutarla a riprendersi. Sembra un po' quella che venne realizzata per la regina Mary, quella che rese famose le case di bambola. Ha mobili in stile e le luci funzionanti.

I chirurghi hanno valutato i rischi di un possibile danno al cervello nel caso dovessero operarla ancora, e Cameo soffre ancora moltissimo. Può anche darsi che alla fine dovrà mettersi un occhio finto. Hanno dovuto tagliarle una bella ciocca di capelli sul davanti, cosa che l'ha profondamente demoralizzata. Tanto che per solidarietà me li sono tagliati anch'io. Anche la mamma si è offerta di fare lo stesso, ma a quel punto papà ha cominciato a innervosirsi. Ha detto che non sarebbe stato adatto a una signora.

Cameo è davvero stoica, le piace mettere gli occhiali da sole, e quando va a letto dice che va a chiudere un occhio. Ha fatto un bellissimo disegno di un gatto che vive in una pattumiera. Noi lo chiamiamo Guido, ma i nostri vicini lo chiamano con un altro nome. Siamo tutti molto orgogliosi.

Adesso sono in disgrazia per via della casa di bambola. Non intendevo romperla. Volevo solo vedere come funzionavano le luci, così il giorno di Santo Stefano le ho strappate fuori tutte. Non ho avuto la possibilità di rimetterle al loro posto prima che la mamma entrasse e mi scoprisse. Cameo è stata comprensiva, ma onestamente non poteva vedere cos'avevo combinato. La mamma invece si è arrabbiata da morire, come quella volta che ho piegato le posate per fare una cassetta degli attrezzi.

Per castigo ho dovuto pulire l'intera collezione di Toby Jugs di papà, quei boccali che raffigurano dei volti umani. Sono la sua grande passione, e tra i venticinque che possiede ne mostra orgoglioso due che risalgono al 1760! I Toby Jugs sono modellati su un famoso bevitore del tempo, Henry Elwes, conosciuto anche come Toby Fillpot, ed è per questo che questi boccali vengono anche chiamati Fillpots. Papà è innamorato di questo periodo storico, e sa a memoria tutte le vecchie canzoni. Mentre pulivo mi ha fatto imparare le parole di *Oh Good Ale thou art my darling*, che adesso non riesco più a scollarmi dalla mente. Comunque, questo significa che non può essere così arrabbiato con me per la faccenda della casa di bambola, il che mi rincuora. Essere tenuta fuori dal suo studio è il castigo peggiore che mi possa capitare.

***Il regalo di Natale più bello***

Una nuova bambola di nome Karis che dice *mamma*. La sua voce è creata da un palloncino e due barre di ceramica che, quando le schiacci, comprimono il palloncino facendo uscire l'aria fuori nel suono *mamma*. Un leggero spostamento delle barre fa uscire l'aria in modo da formare il suono *pipì*. È una cosa che fa ridere moltissimo Cameo.

***Notizie locali***

Arthur Longquist, un ragazzino del posto, ha trovato per caso una fornitura di Lipton e ha avviato un'attività commerciale vendendo le bustine dalla sua bici, che è diventata il suo negozio. Ovviamente ne abbiamo comprate alcune, sapendo che la sua famiglia è in stato di bisogno. Ma a me non sfugge l'ironia, visto che papà possiede mezza Ceylon, e che probabilmente il tè è giunto fin qui a bordo di una delle nostre navi. Abbiamo anche chiuso un occhio sul fatto che Longquist si è servito del nostro latte sulla porta. Papà ripete sempre che dobbiamo fare quello che possiamo per i poveri, e che questo gli eviterà di aspettare in coda per ricevere i sussidi pubblici. Con ciò Arthur, ne sono convinta, pensa che essere dei privilegiati significhi anche non saper contare.

# Sue

*Merc. 25 febbraio*

Sono guarita, quanto è bastato a farmi tornare al *Toastie* lunedì, ma quello che non sapevo è che mentre io ero malata Loudolle mi ha sostituito, e che con lei al tostapane c'è stato un consistente aumento di clienti maschi. E siccome un buon salario è la ragione di vita di Loudolle, così come quella di Mrs Fry è far prosperare il business, sono stata immediatamente relegata in cucina per il resto delle vacanze.

È chiaro che Mrs Fry sbava per Loudolle, dice che è una *maniera* d'oro. Ovunque Loudolle vada, gli occhi di Icarus la seguono. E non è una grande consolazione per me sapere che *io* ho il suo occhio sotto il cuscino.

Ho anche capito perché Delia è così tirata coi soldi – perché Loudolle frequenta una scuola di buone maniere ad *Alpen*. Ha sviluppato un forte accento americano, ed è una cosa stupida se si pensa che è cresciuta a Ealing e che ha fatto un anno di college. So di gente che ha trascorso lunghi anni all'estero ed è rimasta squisitamente inglese. Tutto in Loudolle implica un desiderio di affinare, anche il suo nome, in fondo, alla nascita faceva Lucinda. Quando avrà finito di affinare non sarà rimasto più niente dell'originale.

Il rimpasto al *Toastie*, e le ore solitarie a cui sono

costretta in cucina, mi hanno concesso fin troppo tempo per pensare alla perdita della mamma. Stamattina, mentre imburravo in piedi un esercito di sandwich, mi è tornato in mente il momento in cui è successo.

Ero con degli amici alla fermata dell'autobus quando la mamma è morta, e guardavamo dei ragazzi che facevano pattinaggio a rotelle. La cosa buffa è che io avevo una strana sensazione, e all'improvviso, senza un motivo particolare, mi è venuta una gran voglia di un certo tipo di zucchero che piaceva alla mamma, una cosa del tutto insensata. Quando sono tornata a casa dalla fermata dell'autobus e papà è rientrato dal suo *convegno* con Ivana, la polizia era già arrivata.

Il nostro medico di fiducia, il dottor Louden, ha chiesto se c'erano stati altri suicidi in famiglia, come se fosse qualcosa di ereditario e non un gesto disperato. Gli ho spiegato che era un imprevedibile gesto disperato, ma il dottore ha detto che a volte il suicidio non è un gesto disperato, a volte è un gesto di vendetta.

«Sue» ha detto all'improvviso la voce di Joe. «Lascia che ti aiuti.»

Mi ha messo un braccio intorno alle spalle e con grande delicatezza mi ha offerto il suo fazzoletto, perché se anche le mie mani continuavano a muoversi sopra il pane, non mi ero accorta di aver bagnato i sandwich. Mi ero completamente dimenticata che mi trovavo al *Toastie*, ero regredita a un periodo precedente.

Joe è stato così carino con me, mi ha aiutato a reimburrare cercando di tenere distratta Mrs Fry, e io mi sono sentita così grata che gli ho chiesto di venire a Green Place per uno spuntino oggi pomeriggio, quando ha finito il turno.

Appena tornata a casa ho fatto qualcosa di imprevisto: sono andata subito in camera e ho trasferito l'occhio di Icarus dal mio cuscino al cassetto delle calze, cosa che mi è sembrata un progresso dal punto di vista emotivo.

Quando zia Coral e Delia sono rientrate dalla spesa, ho detto loro che sarebbe venuto Joe, cosa che le ha messe subito in agitazione. Si sono precipitate a tirare fuori i centrini e a metterli sul tavolo, hanno scelto dei biscotti croccanti e, dopo una lunga consultazione, Delia ha deciso di preparare dei brownies. Prima che Joe arrivasse, alle quattro, sono salite in camera e si sono cambiate. Zia Coral si è messa un vestito di chiffon, Delia invece un caftano. Il profumo dell'una combinandosi con il profumo dell'altra lasciava nell'aria una scia di rose, lillà e muschio fusi insieme. Non escludo che le sentissero a molte miglia di distanza – perché in verità non era un effluvio, era piuttosto un pugno nello stomaco.

«Non è il mio ragazzo» ho cercato di spiegare, vedendo i loro sforzi. Ma senza risultato. Un giovane in visita era la scusa di cui avevano bisogno per alzare il volume.

Anche Joe si era cambiato, si è presentato con una camicia a fiori e i pantaloni col risvolto. Stava tutto prendendo un'altra piega, da invito improvvisato ad appuntamento formale con vestiti appropriati. L'ho portato in veranda e zia Coral ha continuato a entrare per controllare la temperatura, lasciandosi dietro nugoli di profumo. Anche la sua ombra aveva un buon aroma.

«Raggiungeteci in sala appena possibile» ha detto, con una perentoria occhiata d'intesa.

«È tua nonna?» ha chiesto Joe.

«No, è mia zia» ho risposto. «O meglio, prozia. La sorella della mamma di mia mamma.»

Era tutto tranquillo nella veranda, a parte i rumori all'esterno dell'ammiraglio che tagliava come una furia l'edera in eccesso. Eravamo proprio al limite fra pomeriggio e crepuscolo, perché ora i giorni lottano per durare più a lungo. Siamo rimasti seduti e in silenzio per un po', eravamo entrambi imbarazzati e non sapevamo cosa dire. Poi, come spesso succede in situazioni simili, abbiamo cominciato a parlare nello stesso istante.

«Sono contento che tu sia guarita dal tuo raffreddore» ha detto Joe.

«Vuoi un biscotto?» ho detto io.

Poi ho rimediato. «Sì, sono rimasta praticamente chiusa in un vaso di miele medicinale.»

«Allora non mi dispiacerebbe essere un'ape» ha risposto, provocando un nuovo silenzio imbarazzato.

«Che casa incredibile» ha detto nel vuoto della veranda. Cosa potevo rispondergli?

«Sì» ho detto. E sono di nuovo ammutolita.

«Non è che dobbiamo parlarne, se non ne hai voglia» ha detto.

Ma io sentivo di dovergli una spiegazione per i sandwich della mattina. «Mio padre si sposerà con la sua fidanzata» ho detto, «quando la mamma non è morta nemmeno da un anno.»

Joe è rimasto zitto, nessuno dei due sapeva cosa dire, poi lui ha scosso la testa e ha pronunciato il mio nome, nient'altro: «Sue».

C'è stato qualcosa nel modo in cui l'ha detto che ha lasciato trapelare chi sono io per lui, e cioè una persona che gli è molto cara. Mi sono resa subito conto che la cosa mi piaceva. Tutto questo è da adulti.

Mi ha dato un buffetto sulla mano, e ovviamente, in quel preciso istante, è comparsa zia Coral con i brownies. Né lei né Delia avevano resistito e ci avevano raggiunto in veranda, perché non potevano più aspettare che fossimo noi a raggiungerle in sala. Ho anche quasi indovinato cosa stava per succedere, perché ormai le conosco e so come agiscono quando l'eccitazione sale.

«Abbiamo pensato di riunire il Gruppo stasera. E ci chiedevamo se a questo giovanotto non farebbe piacere partecipare.»

**Il Gruppo Irsuto di Egham**
*Giochi di parole*

Le nostre parole preferite:

ZIA CORAL: concierge, rinfrescare, cashmere

L'AMMIRAGLIO: valzer, madornale, amoreggiare

DELIA: tribale, croccante, toga

JOE: nemesi, delizioso, lavanda

IO: ceppo, principessa, coriandoli

ICARUS: burger

LOUDOLLE: mondano, scintillante, chambray

Per prima cosa abbiamo discusso delle nostre parole preferite, poi zia Coral ci ha chiesto di incorporarle in un breve componimento poetico. Ci aveva promesso di lasciar fuori il lavoro sulle emozioni per evitare possibili imbarazzi.

«Qualcuno di voi ha visto Loudolle?» ha chiesto Delia. «Doveva rientrare per l'ora del tè.»

Joe si è messo in apprensione. «È andata a bere un

tè con mio fratello, credo» ha detto. Ma a me non è sembrato molto credibile.

Ancora non capisco perché sia venuta alla festa di Sandy. Non è il tipo di gente con cui Loudolle sembra interessata a socializzare.

«Va bene» ha detto zia Coral, «senza ulteriori indugi, vorrei dividervi in gruppi di due, in cui ciascuno deve usare le parole preferite dell'altro. Voglio che scriviate un breve componimento poetico uno per l'altro.»

Come sempre, era ingegnosa nel programmare le lezioni, che ci portavano sempre a capofitto nel sentimentale. Mi stavo chiedendo cos'avrei potuto fare con le parole di Joe, quando il Gruppo Irsuto di Egham, così come l'avevo conosciuto fino a quel momento, ha cessato di esistere, perché Loudolle ha fatto il suo ingresso con Icarus.

«Scusa il ritardo, mamma» ha detto lei. «Cosa state facendo?»

«Un gruppo di lavoro» ha risposto Delia. «Vuoi unirti a noi?»

«Fantastico» ha detto Loudolle. «Ma non durerà troppo a lungo, spero.»

Non ci sarà più un luogo o un momento sacro, d'ora in poi? Quella ragazza è dappertutto. Nella mia casa, nel mio lavoro, nella mia vita amorosa, e adesso anche nel nucleo centrale del Gruppo.

Zia Coral ha fatto del proprio meglio per essere gentile e ha ripetuto il programma per loro. Io lavoravo con Joe, Delia stava con l'ammiraglio e ovviamente Loudolle aveva Icarus.

«Ma a Icarus viene in mente solo una parola» ha detto Loudolle dopo qualche minuto, «e questa parola è *burger*.»

«È una sfida che dovrai risolvere da te» ha detto zia Coral, rischiando di sollevare un vespaio. Voleva chiaramente mostrare il suo disappunto per il modo in cui Loudolle si era introdotta nel Gruppo. Curiosamente, tuttavia, per quanto Icarus mi sembrasse sempre avvenente, ho pensato che Loudolle avesse avuto la peggio. Mi sono sentita molto sollevata nel trovargli finalmente un difetto.

Quando abbiamo iniziato il nostro esercizio c'era molta tensione nella stanza. Delia ovviamente era risentita con zia Coral per aver dato a Loudolle un compito così difficile, e fra loro si capiva che rimanevano molte cose in sospeso. Loudolle mi lanciava delle occhiatacce e continuava ad accarezzare il ginocchio di Icarus sotto al tavolo. I soli non impegnati in dispute silenziose erano l'ammiraglio e Joe, che procedevano sereni con i loro componimenti. L'ammiraglio aveva le mani sporche di edera e sudava. Zia Coral si era seduta vicino alla finestra, con tutti i fiori bene in vista dopo la potatura dell'edera fatta dall'ammiraglio.

L'esercizio di poesia si è rivelato un mezzo fallimento, perché né Icarus né Loudolle sono riusciti a farlo. Benché non fossi proprio soddisfatta del mio, l'ho letto comunque al Gruppo.

La lavanda si spande deliziosa sulla toga
E tu, lo so, sei la mia *nemecisti*.

«Non si dice *nemecisti*» ha osservato Loudolle, «si dice *nemesi*.»

«E invece io dico *nemecisti*, che è un incrocio fra *nemesi*, cioè *avversario*, e *cisti*, cioè *sacca piena di veleno*. Io preferisco *nemecisti* perché mi sembra una parola più forte. Non dice solo che si tratta di un avversario, ma di un avversario pieno zeppo di veleno.»

«Non essere ridicola» ha detto Loudolle, «è del tutto senza senso.»

«Penso che Sue abbia ragione» è intervenuto Joe. «Dà una maggiore profondità al significato abituale, lo... *Sueggia*.»

«*Sueggia?*» ha esclamato Loudolle. «Anche questa è una nuova parola?»

Joe ha esitato prima di rispondere, si sentiva un po' spiazzato davanti a quel serpente a sonagli. Io invece ero ammirata – mi sembrava un bel gesto di coraggio da parte sua cercare di difendermi.

«Be', è una parola che ho tutto il diritto di usare» ha poi detto, «e sono felice che sia... *Sueggiante*.»

Zia Coral ha battuto le mani per distrarci come un professore di geografia. I due membri ospiti ovviamente non erano preparati, e così, con molta generosità, ci ha fatto passare ad altro.

«Questo mi sembra il momento adatto per dirvi che ho dei piani a lungo termine. Ho deciso di far partecipare il Gruppo Irsuto di Egham a una gara di scrittura. Dovrete scrivere un racconto. I risultati verranno giudicati in dicembre al gala dell'Associazione degli Escursionisti.» C'è stato un breve ma intenso applauso, mentre lei sorrideva radiosa. «I membri vi parteciperanno individualmente, ma ci saranno anche premi di gruppo. Sarà comunque nominato un vincitore assoluto, con un sostanzioso premio in denaro. I testi sottoposti non dovranno superare le dieci cartelle e dovranno cominciare con la frase: *Lui, o lei, si svegliò*. I nuovi membri del Gruppo sono naturalmente invitati a partecipare, ma in questo caso è richiesto un impegno totale.»

Finito di spiegare le regole si è seduta a sorseggiare il suo gin. «Credo che per oggi abbiamo finito.»

Benché avesse interrotto bruscamente la riunione, mi fidavo dell'istinto di zia Coral. Loudolle era fonte di disordine, Delia non sembrava contenta e l'ammiraglio aveva bisogno di un bagno. Tutte cose che impediscono la creatività.

«Posso solo leggerti quello che ho scritto?» mi ha chiesto Joe mentre lo accompagnavo fuori in coda al Gruppo. Gli ho detto di sì, e siamo rientrati in veranda. Era così nervoso che è inciampato.

«Preferirei sedermi con te su un ceppo di quercia, immersi nel fogliame come in una pioggia di coriandoli, piuttosto che con la principessa di tutte le Americhe sul suo trono scintillante.»

«È bellissimo, Joe» ho detto. Ma in realtà ero piuttosto imbarazzata.

Questo è l'inizio del mio racconto per il gala. Ho scelto come ambientazione il Seicento perché è il mio preferito:

## Brackencliffe

RACCONTO
di Sue Bowl

Si svegliò sul terreno che riprendeva a vivere sotto la brina luccicante. Chiamò Keeper e insieme si misero in viaggio. Salì in alto, ancora più in alto, con il vento che le riempiva la gonna e Keeper sempre dietro, fino al limite della scogliera, dove si trovava l'edificio gargantuesco. Era dunque questa Brackencliffe, la casa più in alto di tutto il promontorio. Sapeva che qui, nella casa dell'abbondanza, avrebbe trovato un lavoro.

Cara sbirciò dalla finestra e spiò la bellissima Pretafer Gibbon che ballava, tenuta stretta fra le braccia di Van Day. Era di una bellezza struggente, ma anche molto frivola.

Knight Van Day abitava a un tiro di schioppo, per questo veniva di sovente a intrattenere Pretafer. Ricco, annoiato e silenzioso, ma dice il pubblicano: “l’abito non fa il monaco”.

## Zibaldone di Coral Garden: Volume 1

*Green Place, luglio 1933*
*(Undici anni)*

### *Il* London Aeroplane Club

Cameo e io siamo appena tornate da una gita scolastica in cui abbiamo visto le ultime novità nel campo dell'aviazione.

Il *Percival Gull* ha le ali che si piegano e si dice che sia il miglior aereo leggero mai costruito. Ha una velocità di atterraggio di 70 chilometri all'ora, tre sedili e dei colori meravigliosi. È completamente equipaggiato, con una bussola che rende facile e sicuro volare nella nebbia, e la sua capacità di atterrare dolcemente è garanzia di minimi rimbalzi.

Cameo ne è rimasta sedotta e sta pensando di diventare pilota. Vuole seguire le orme di Amy Johnson, la prima donna a volare in solitaria dall'Inghilterra all'Australia.

Io, invece, preferisco rimanere saldamente attaccata al suolo!

Il bollettino meteorologico dell'*Airfield News* diceva: *Un fronte atlantico rasenterà le coste e toccherà le contee intorno a Londra*. Per tutto il viaggio di ritorno Cameo si è mostrata molto agitata.

### *Il giardino*

Mamma e papà hanno incoraggiato dei piani per modificare alcune aiuole. Molte piante di lavanda sono così vecchie che sono diventate bianche, come la testa di un vecchio. E nella sua inconfondibile superbia, papà preferisce la lavanda francese. Così adesso abbiamo lavanda bianca a sinistra e lavanda francese a destra, scolorito e vibrante opposti. Un milione di pallide farfalle svolazzano nei cespugli, sono le cosiddette cavolaie. Nel suo appezzamento la mamma ha messo una profusione di colori, dimenticandosi il nome di tutto, ma l'effetto è allegro e vivace come lei.

A me piace tutto quello che ha un profumo, perché sono molto interessata a inventare dei profumi. Adoro il garofano dei poeti, mentre Cameo predilige le cose di legno, e tutte le erbe. In un momento drammatico ha detto che le sarebbe piaciuto rotolarsi nella menta, ma la mamma ha replicato che a Green Place le ragazze stanno sempre in piedi (figuriamoci!).

***Animali***

Cameo ha salvato un altro animale – un vecchio cavallo che ha battezzato Alto. Era stato abbandonato tra i binari del treno e il mare, ed era rimasto a pascolare vicino alle dune di sabbia umida finché il capostazione ha capito che non aveva un padrone. Ma quando l'ha scoperto, nessuno voleva prendersi il povero Alto, e quindi avrebbero dovuto abbatterlo. È stato in quel momento che Cameo ha saputo tutto e l'ha fatto trasferire nel nostro paddock. Adesso pascola lì, e sembra non avere una preoccupazione al mondo. Cameo è la santa patrona dei vecchi animali.

# *Sue*

*Martedì 17 marzo*

Oggi ho ricevuto una lettera da Aileen Edgeley. Aileen starà per un anno in Australia a raccogliere fragole. Eravamo vicine di casa a Titford, ed è stata la mia prima amica per la vita. Aileen e io passavamo tutto il tempo insieme. Non era solo mia vicina, ma anche mia compagna di scuola e in qualche modo sorella. Le piaceva vestirsi come la regina e a me piaceva vestirmi di stracci e servirle degli sciroppi di frutta, poi ci nascondevamo dietro il divano e ci davamo la Comunione. È stato il più bel periodo della mia vita.

Gli Edgeley erano piuttosto poveri, e Aileen mortificava sua madre mettendosi fuori dalla porta di casa a chiedere l'elemosina. La vedevo spesso perché noi abitavamo due portoni più in giù. C'era anche chi chiamava Mrs Edgeley e diceva: «Aileen sta di nuovo chiedendo l'elemosina», allora Mrs Edgeley si precipitava fuori per tirare dentro Aileen e il suo cappello pieno di monete.

Mr Edgeley è più vecchio di Mrs Edgeley, ma per tutta la nostra infanzia è stata Mrs Edgeley a comandarci a bacchetta. L'unico desiderio di Aileen era quello di avere un cane, ma Mrs Edgeley glielo ha sempre negato, e così per molti anni Aileen ha avuto solo un cagnolino giocattolo. Nei weekend, se faceva bel tempo, lo portavamo fuori, e mia madre metteva fuori una scodella per lui. Papà era molto paziente con Aileen e non si arrabbiava quando ci fermavamo per fargli fare la pipì.

Nella sua lettera Aileen mi dà la grande notizia che suo padre ha trovato una nuova compagna di ballo. Ma bisogna che spieghi perché è una notizia: Mrs Edgeley è la seconda moglie di Mr Edgeley, ma la seconda Mrs Edgeley non sa ballare. Così la mamma e Mr Edgeley sono stati compagni di ballo per diversi anni. Andavano a ballare con religiosa devozione alla casa comunale. Era una cosa che alla mamma piaceva da impazzire.

Ho risposto ad Aileen e l'ho ringraziata per avermi messo al corrente. Lo capisco: anche i compagni di ballo devono andare avanti. Le ho riferito le ultime novità a proposito di papà e Ivana, e le ho raccontato come io abbia deciso di *scomunicarmi* da loro. Non voglio più sentirli, né vederli, né parlare con loro, e ho scritto a papà per dirglielo. Zia Coral è d'accordo che ho bisogno di tempo e spazio per fare chiarezza nei miei sentimenti, e che loro devono rispettare come mi sento. Quell'esile donna è la mia roccia.

Per fortuna il mio racconto per la gara di scrittura mi sta dando uno scopo in questi momenti difficili. Butto giù qualcosa ogni sera, a meno che non sia troppo stanca a causa del *Toastie*. Ho notato che Cara e Pretafer somigliano vagamente a me e a Loudolle. In Fiona probabilmente c'è qualcosa di Michael, e Keeper è il cane che ho sempre sognato (anche se zia Coral dice che rappresenta Joe!). Knight Van Day – non c'è storia, è Icarus. Adesso capisco quando dicono che scrivendo si fa sempre dell'autobiografia.

È un enorme sollievo sapere che Icarus e Loudolle

hanno deciso di non partecipare al Gruppo, anche se Loudolle vuole partecipare alla gara di scrittura, perché ci sono in ballo dei soldi per il vincitore. Già mi costa avere Loudolle tra i piedi al lavoro e in casa, per non dire poi della mia tana. Si è messa a girare per Green Place in un bikini d'argento, facendoci sentire tutti inadeguati. Manco fosse chissà quale stella del cinema.

Una sera, bevendo un cognac in sala, zia Coral ha detto che in base ai suoi studi di biologia *se una ragazza che ha finito la scuola va in giro per un po' in bikini, nel volgere di poco un ragazzo commetterà peccato*.

L'ammiraglio non sta nella pelle quando vede Loudolle in tutta la sua bellezza, e scappa in bagno a rinfrescarsi ogni volta che Loudolle si butta in piscina. Zia C può anche aver detto che è del tutto normale che i ragazzi pecchino, perché è nella loro natura, ma l'ammiraglio dovrebbe essere ormai cresciuto per questo genere di comportamento. Non è naturale per un uomo della sua età. Poi torna sbuffando nella veranda e, come conseguenza di questa infatuazione, il suo racconto è un cumulo di stupidaggini sul bel mondo e l'alta società. Mi viene una gran tristezza se penso alla *perla fra i coralli*, e non è passato neanche tanto tempo. So che zia C porta sempre con sé nella borsa quel foglietto di carta, perché l'ho vista che lo guardava di nascosto.

Stranamente, e sorprendentemente, se Loudolle è riuscita a far girare la testa all'ammiraglio, per quanto riguarda il giovane Joe non è riuscita a farlo peccare. Ci ha provato più volte, con costumi da bagno sempre più succinti, e può provarci ancora quanto vuole, non ce la farà. Neanche per tutto il tè che si produce in Cina. Lui non beve tè.

*Mercoledì 18 marzo*

Zia Coral mi ha fatto dono di una trapunta rosa per il mio letto, proprio come la sua, e mi ha pure ricamato un monogramma con le mie iniziali *S.O.B.* da incorniciare e appendere al muro. Con ciò ho capito che sto diventando qualcosa di simile a una sua seguace. Prima ero una seguace della mamma, che mi guidava in ogni cosa. So che è una mia abitudine, e per questo cerco di non andare dietro a nessuno, ma mi dà sicurezza, cosa di cui ho tanto bisogno. La mamma definiva questo atteggiamento *essere come una spugna*, ma io preferisco definirlo *essere insicuri*. Non sono sicura di chi sono, quindi copio.

Stare con zia Coral mi dà un forte senso d'identità, e in lei ho scoperto un senso del romanticismo che ho adottato interamente e con entusiasmo. Lei conferma l'opinione della mamma che in me ci può essere della bellezza, ed è lei a guidarmi nel dare valore alle piccole cose della vita, come il vestirsi con cura, la buona conversazione, il *bohémianesimo*, le vecchie canzoni, i riccioli di burro e i servizi di porcellana. Lei ha dodici pezzi di ogni cosa, perché chi inviterebbe a cena tredici persone? La mia gentilezza però l'ho presa dalla mamma – siamo entrambe pacifiste – e anche il mio spirito pionieristico mi viene dalla sua parte (essere venuta a Egham per un anno, per esempio). È strano come tutta la gente che incontri nella vita si metta insieme per farti capire chi sei. Mi sento veramente fortunata ad avere avuto mia madre e zia Coral come stampo, facendomi capire che sono una viaggiatrice *bohémienne* e romantica.

Ma scrivere è una passione tutta mia, non l'ho presa da nessuno. È semplicemente qualcosa che sono venuta al mondo facendo e allo stesso modo me ne andrò.

*Venerdì 27 marzo*

Oggi è stato un venerdì come molti altri: cena, Gruppo, cognac e letto. Mrs Bunion se ne è andata per il weekend lasciandoci una torta fragrante nel forno, Loudolle era in città con Icarus, Joe dopo il Gruppo è uscito, l'ammiraglio e Delia sono andati subito a letto. Cominciava a imbrunire e ricordo che c'era un forte odore di legno bruciato nell'aria. Gli ultimi ceppi dell'inverno stavano probabilmente bruciando nelle case. Regnava una quiete assoluta – la quiete prima della tempesta, come si dice.

Il primo sospetto che qualcosa non andava mi è venuto non trovando zia Coral al momento della buonanotte. In genere, prima di andare a letto, zia Coral si fa un bel bagno a lume di candela. La sua vasca ha del miracoloso, in quanto non ha bisogno del tappo, cosa che lei attribuisce alle tante generazioni di topi che ormai riposano in pace nelle tubature. La vasca tiene l'acqua esattamente per tre quarti d'ora prima di cominciare a scaricarla, poi ci vogliono altri tre quarti d'ora perché si svuoti. Comunque, stasera non l'ho trovata lì, così sono andata di sopra e dalla sua stanza sentivo la voce di Nana Mouskouri che cantava. Mi sono introdotta in punta di piedi per augurarle la buonanotte, ma appena dentro ho avuto la delusione di vederla piegata sulla scrivania. Aveva un bicchiere davanti a lei e fissava un'infestazione di fogli e documenti. Avvicinandomi ho visto che erano bollette e fatture. Elettricità, carta di credito, imposte comunali, idraulico, assicurazione, tasse.

Zia Coral non ha detto niente, ma ha vuotato il bicchiere mentre io mi sedevo sul letto. Mrs Bunion aveva preparato un fuocherello nel camino che mandava un po' di fumo. Di primo acchito si sarebbe detto che zia Coral sta attraversando un momento di difficoltà finanziarie. Siamo rimaste sedute in silenzio per un po'. Quando ha finalmente aperto bocca, le è venuto fuori tutto in modo precipitoso.

«Faccio fatica, Sue, sto andando sotto e non riesco a pagare le bollette. Ho finito i soldi di papà, li ho finiti tutti, e adesso mi resta solo il mio senso di colpa. È tutto andato, sparito, e non so come fare.»

«Abiti in una casa molto grande» ho detto, «non potresti accogliere degli altri inquilini?»

«Questa casa non si presta ad avere degli affittuari, a meno che non siano abituati a dormire all'aperto. E io non ho i soldi per ristrutturarla. Animali e piante si sono intrufolati dappertutto, è una casa troppo grande. L'affitto che paga l'ammiraglio basta a mantenere le poche stanze che usiamo e le mie rare visite al negozio di alimentari, ma a parte questo, Sue, se le cose dovessero peggiorare sarei costretta a venderla.»

Ero senza parole.

«Se la vendessi avrei di che pagare i debiti e comperare un appartamento a Egham, ma io amo questa casa e voglio morire qui.»

Avrei preferito che non parlasse così di dover morire, come se fosse una cosa qualsiasi.

«Non sono solo le bollette» ha continuato, con delle miserande lacrime che le solcavano le guance, «sono sotto di qualche migliaio anche con le carte di credito perché non riesco a non spendere. È così da quando ho iniziato a vivere da sola con papà. Allora non c'erano che lui e Mrs Bunion nei giorni infrasettimanali, e mi sentivo sola. Spendere mi fa sentire viva. Mi piacciono perfino le ricevute. Ma adesso se n'è andato tutto – da *Harrods*, in borse e vacanze. Dio mio, cos'ho combinato?»

Si è avvicinata a una tenda lungo il muro e l'ha sollevata esponendo una distesa di scarpe e gingilli vari sugli scaffali, tutta roba comprata nei suoi lunghi pomeriggi.

«Non avevamo scarpe nuove durante la guerra, tutto il cuoio disponibile andava ai militari, e da allora in poi temo di aver solo cercato di recuperare» ha detto.

Poi mi ha condotto a un grande armadio sul pianerottolo, dove si erano insediati gli aspirapolvere. Ce n'era uno per ogni misura, forma e colore, anche se Green Place resta il luogo più polveroso sulla faccia della terra. Il che testimonia dell'amore di zia Coral per lo shopping: meglio comprare che pulire.

A quel punto si è accasciata sul pavimento singhiozzando, e io ho dovuto andare in suo soccorso.

«Bisogna fare qualcosa, zia Coral, e subito» ho detto. «Guardiamola da un punto di vista positivo. Quanta gente c'è che vorrebbe poter dire di desiderare una casa più piccola? Hai una casa bellissima, e non la perderai. Dobbiamo solo sfruttarne il potenziale. Innanzitutto, mi trasferirò dalla Camera Grigia nell'Ala Orientale, così avrai subito una stanza riscaldata da affittare. In secondo luogo, smetterai di darmi la paghetta e io cercherò di lavorare a tempo pieno. In terzo luogo, se Delia è una vera amica, si trasferirà come me nell'Ala Orientale – puoi farti dare una palata di soldi per la sua suite. Non sarà un problema accamparci nell'Ala Orientale, se questo significa rimanere a Green Place. E da ultimo, se anche tu farai lo stesso, avrai a disposizione un'altra suite riscaldata da affittare. Tutto questo, messo insieme, dovrebbe assicurarti una certa rendita. Inoltre» ho aggiunto, imitandola quando sgrida qualcuno, «adesso mi dai le tue carte di credito. Le confisco. E *più inoltre ancora*, adesso ti darai da fare per mettere all'asta le tue scarpe. Puoi organizzare la vendita qui e invitare tutte le signore di Egham che portano il trentasette.»

«Sei una brava imprenditrice» ha detto zia Coral, riprendendosi e alzandosi dal pavimento.

«Entrerai delicatamente nella vecchiaia, se lascerai fare a me.»

«Sei una diciassettenne tosta» ha detto.

Non mi è stato difficile essere forte per lei, ma sono ovviamente preoccupata che la sua capacità di spendere minacci tutto il nostro modo di vivere. Se dovesse vendere Green Place, io dovrei tornare a Titford, e questo sarebbe un destino peggiore della morte. È stata davvero una brutta sorpresa vedere che anche zia Coral nasconde delle colpe. Finora avevo sempre pensato che fosse perfetta. Ma questo la rende anche più umana.

Spero di non avere delle colpe segrete, se non quella di lasciarmi andare – e mi lascio andare quando scrivo, è uno dei motivi per cui mi piace vivere in un posto così lontano da tutto.

## Zibaldone di Coral: Volume 2

*Green Place, 16 maggio 1934*
*(12 anni)*

Siamo state accudite da nonna Morris ieri sera (la mamma di Mrs Morris), mentre mamma e papà sono andati al *Savoy* per ascoltare la Harry Roy Band. Hanno avuto fortuna a trovare i biglietti. *In diretta dagli Hotel Ritz e Savoy!* Non ho mai visto niente di più chic. L'HRB ha sempre riempito le sale da quando Mr Al Bowlly l'ha fondata.

Nonna Morris sa anche tagliare i capelli, e la mamma le ha chiesto di tagliarli solo a me. Cameo ha un perfetto taglio alla paggetto, al momento, che le ha fatto personalmente la mamma. Ma Cameo detesta essere esclusa da qualcosa, e così nonna M ha fatto finta di tagliare i capelli anche a lei. Prima che Cameo potesse misurarne con precisione la lunghezza, nonna M si è messa a parlare del suo argomento preferito, e cioè della sua pensione di vedova, nella quale deve starci dentro ogni settimana anche un pacchetto di sigarette Woodbine. Dice che le Woodbine sono diventate famose grazie a un cappellano della Prima Guerra Mondiale, Woodbine Willie, che ha lavorato nelle trincee, dando assistenza spirituale e sigarette ai soldati che erano nel bisogno. Poi abbiamo giocato facendo a turno Woodbine Willie, mentre la nonna faceva i soldati feriti. Quando mamma e papà sono tornati ci hanno trovato ancora svoglio.

***Notizie della famiglia***

Questa è una copia della lettera che Cameo ha scritto a zia Fern (la sorella minore della mamma), per ringraziarla del regalo di compleanno. A me ha fatto molto effetto. Io non l'avrei mai fatta franca mandando una lettera così esagerata, ma Cameo viene incoraggiata nelle sue inclinazioni artistiche, e per via del suo talento le viene concessa ogni sorta di abuso.

*Cara zia Fern,*
*grazie mille per il regalo di compleanno, non ricordo cosa fosse, ma posso dirti che mi è piaciuto moltissimo.*

*Cameo X*

Lei la passa sempre liscia. Essendo la più grande, io mi preoccupo maggiormente delle conseguenze. A volte mi piacerebbe essere la più piccola, perché è tutto più facile. Eppure capisco che funziona anche al contrario, per esempio quando mamma e papà hanno invitato gli Aldermen a cena, a me è stato concesso di rimanere alzata, mentre a Cameo no. L'ho trovata in cima alle scale con la faccia coperta di lacrime.

«Posso scendere?» ha chiesto.

«No.»

«Perché no?»

«Perché hai solo sette anni» ho risposto.

***Notizie del business***

Papà mi sta facendo conoscere il business di famiglia, per questo sto aggiungendo la voce business al mio zibaldone. Adesso è molto arrabbiato perché ci sono segnali di scontento fra i lavoratori. Questo significa che si dedicherà in particolare al tè, al caffè, allo zucchero, alla cannella e un po' anche alla gomma, che dà dei buoni raccolti. Ha anche firmato un nuovo contratto per importare più frutta dalla colonia del Capo.

***Notizie domestiche***

Abbiamo passato gran parte del pomeriggio al cimitero dei cani. Volevamo il trattamento completo per Zelda, e il rev. Thomas si è gentilmente prestato. Abbiamo tenuto la veglia funebre nella casa sull'albero, ma abbiamo dovuto sbrigarci perché Ross è stato morso da una vipera. Il veterinario ha detto che se fossimo stati in giugno non sarebbe sopravvissuto, perché in estate il veleno delle vipere diventa più forte. Papà dice che viviamo nel West Surrey tropicale, e Cameo si è spaventata, tanto che non vuole più andare in passeggiata senza mettere gli stivaloni. Ma le vipere sono gentili ed evitano il contatto con l'uomo. Quello che non tollerano è essere annusate da un cane. Ross si sta riprendendo nella lavanderia, forse non è stato tutto un male. Terry ha un po' arricciato il naso, non gli piace condividere il suo spazio.

Alla fine della giornata ho vestito Cameo in modo appropriato, un abito a prova di vipera, con calzettoni di lana e stivaloni, e una campanella per spaventare i serpenti, e siamo andate nel bosco a raccogliere le campanule prima che spariscano. Avevo bisogno dell'aiuto di Cameo perché voglio cercare di produrre ancora un buon profumo silvano. (Credo di avere capito dove ho sbagliato l'altra volta, non avrei dovuto aggiungere il lievito. L'anno scorso avevamo raccolto trentadue bottiglie nella lavanderia, piene dei nostri ingredienti preferiti, dimenticandoci che il lievito aumenta di volume, e quindi non avremmo dovuto tapparle. È finita in un disastro, sono scoppiate tutte.)

Tuttavia ci ha fatto venire l'idea di provare a fare del vino. La mamma minaccia di arrabbiarsi davvero se lo facciamo. Ma anche se afferma che il mio schizzo di rosa puzza di urina, è ancora abbastanza leale da metterselo. Quindi, devo ancora migliorare o lei puzzerà, e non possiamo permettercelo.

Questa è la ricetta:

**SPREMUTA DI CAMPANULA**

*6 cestini abbondanti di campanule (tritate con un grosso sasso o una mazza)*

1 Immergere in acqua pulita a temperatura ambiente per non più di due ore

2 Setacciare la mistura, trattenendo quel che rimane per la composta

3 Aggiungere dello zucchero (non lievito) e far bollire a fuoco basso per diciotto minuti

4 Lasciare raffreddare l'estratto

5 Versarlo in una graziosa bottiglia

6 Aggiungere l'etichetta

In questo momento le bottiglie sono nella lavanderia con i cani. Fin qui tutto bene.

# *Sue*

*Giovedì 23 aprile*

L'Ala Orientale di Green Place è ora nota come il Regno delle Ragnatele. Finché non ci siamo trasferite nelle sue stanze fatiscenti una settimana fa, l'ammiraglio aveva quel Regno tutto per sé, con la sola compagnia di scoiattoli e uccelli. Abbiamo trovato gran parte dei mobili coperti da lenzuoli come un esercito di regali mai aperti. Dei tavolini a scomparsa qui, un armadio da guardaroba là, vecchi cimeli dei giorni gloriosi di zia Coral che tremavano di freddo sotto coperte leggere. C'è una vecchia lavanderia nel seminterrato dove a volte si sentono delle voci che sussurrano nel lavatoio. Fantasmi di precedenti inquilini, ho pensato, ma forse si tratta di sacche d'aria.

Devono essere morte centinaia di persone a Green Place nel corso del tempo. La mia quadrisnonna Ellen comprò questa casa nel 1840, quando lo stile regina Anna era tornato di moda, ma in precedenza qui c'era stata una casa anche più grande, che venne demolita prima che fosse costruita la casa attuale. Quindi, devono esserci state molte anime erranti da queste parti per almeno trecento anni.

Ogni tanto mi chiedo perché zia Coral non faccia delle ricerche su tutto questo, ma poi penso che servirebbe solo ad alimentare l'immaginazione che lei cerca invece di tenere sotto controllo, lasciandola in preda a cavalieri con la testa mozzata e fanciulle appese alle travi, oltre ai sussurri intorno al lavatoio. Si sforza al massimo di non credere ai fantasmi. «Perché cos'è un fantasma?» dice. «Solo l'ombra della tua ombra.»

Ma torniamo al presente, prima che mi venga la pelle d'oca. Sotto la lavanderia c'è una cantina, con file polverose di bottiglie di vino. Zia C ne ha presa una per me quando sono nata, e la conserva per quando compirò diciott'anni. Oltre gli appartamenti dell'ammiraglio c'è una stanza sempre chiusa, della quale esiste solo una chiave che zia Coral tiene nascosta. Nessuno ci entra ormai da molti anni, nemmeno Mrs Bunion quando fa la ronda dei pipistrelli. È separata dal resto dell'Ala Orientale da una porta scorrevole e da un lungo corridoio, in fondo al quale ci sono due gradini a sinistra che conducono alla stanza chiusa, e due a destra che conducono a un'altra stanza da letto, sempre aperta. Queste suite sono note come Giacinto Sinistra e Giacinto Destra, e qui zia Coral e nonna Cameo sono vissute da bambine. Zia C non parla mai della stanza chiusa, perché dice che racchiude brutti ricordi.

Nel trasferimento in atto, ha dato a Delia e Loudolle la suite più moderna, che ha un bagno privato con una stufa elettrica *funzionante.* Questa suite si chiama Bucaneve. Lei invece si è sistemata in una stanza che sembra una specie di studiolo, chiamata appunto lo Studio Verde. Non c'è molto spazio per il suo letto rosa, ma le dimensioni della stanza sono tali da permettere di riscaldarla con una stufetta elettrica, e zia Coral patisce molto il freddo, essendo alta un metro e sessanta, ed essendo tutta pelle e ossa.

A me piace molto la mia nuova stanza, che è situata

proprio in cima all'Ala Orientale e affaccia sul viale con la buddleia. È separata dalle altre stanze da una piccola scala con dei minacciosi gradini e da un corridoio privato. È chiamata la Stanza di Pearl, dal nome della mamma di zia Coral, ed è una delle stanze più grandi dell'edificio. A una parete è appeso un quadro del deserto, che nonna Pearl portò con sé dal Bush quando tornò in patria con Buddleia. Che folli questi vittoriani, esageravano sempre – l'Australia a quei tempi era a quattro settimane di viaggio!

Ci sono anche due serie di grandi porte che danno su un terrazzo, ma è pericoloso avventurarcisi. Peccato, perché mi ero già immaginata a fare la prima colazione lì con Icarus, dopo essere stati a letto ad amarci.

Per riscaldarmi ho due stufette da campeggio, che fanno un rumore come quello delle mongolfiere, ma dopo un po' fanno anche il loro servizio, se gli stai vicino. Mi sono anche abituata ad avere diversi strati di coperte sul letto, e penso spesso all'estate. Purtroppo devo sempre andare nell'Ala Occidentale per fare il bagno, perché in quella Orientale fa troppo freddo. Questa routine si prende quasi un'ora, è un viaggio quello che mi tocca fare in camicia da notte e vestaglia lungo quei corridoi polverosi. Mi ero sempre chiesta come mai l'ammiraglio si lavasse così poco.

Abbiamo svuotato e ripulito le nostre stanze nell'Ala Occidentale e zia Coral ha messo un annuncio all'ufficio postale offrendo stanze in affitto. Adesso dobbiamo solo aspettare e vedere cosa succede.

Le giornate sembrano sciogliersi, come il viaggio segreto dei petali in fiore sugli alberi di primavera. Lavoro, fiorisco, cado sul terreno e vengo soffiata in casa dal vento. Non ho un attimo di riposo, o sono al *Toastie*, o scrivo, comunque ho sempre qualcosa da fare. Ho messo ordine nel cassettone e l'ho foderato con della carta profumata. Ho lavato a mano il berretto invernale e la sciarpa, che in questo momento sono stesi ad asciugare sul ripiano sotto il portacatino, e sul mio scaffale ho sistemato delle cartelline per ciascuno dei personaggi di *Brackencliffe*, in cui ordinare i miei appunti. Non so cosa ci sia nella primavera, ma mi mette addosso una strana agitazione.

Papà non ha capito che voglio *scomunicare* il suo fidanzamento. Mi ha scritto chiedendomi di pensarci. Dice che se da una parte capisce i miei sentimenti per la mamma, dall'altra lui deve continuare a vivere per sentirsi ancora vivo. Dice pure che lui e Ivana stanno considerando l'idea di avere un figlio, perché a Ivana restano poche possibilità.

Continuare a vivere è una cosa che capisco, anche se corre troppo – e avere un figlio è, a mio giudizio, fare un dispetto alla morte – ma essere stati insieme prima che la mamma morisse, portandola alla disperazione... questo non glielo perdonerò mai.

Secondo Delia, i vedovi si risposano molto più in fretta delle vedove. Ma il ricordo della mamma non si è ancora appannato. Arriva ancora della posta per lei.

Al momento sto attraversando un periodo orribile, con un sogno ricorrente in cui vado a caccia di un biglietto della mamma in cui spiega il suo suicidio. Nel sogno mi vedo sempre che cerco in un posto sbagliato e senza senso, come la cucina del *Toastie* o la piscina di Green Place, e anche se me ne rendo perfettamente conto, continuo a cercare lo stesso. Non trovo il biglietto della mamma, ma trovo biglietti scritti da altre persone in lingue diverse. È come se avessi scoperto la banca mondiale di biglietti dei suicidi, e benché questo mi turbi, frugo comunque fra tutti, sperando di trovarne uno della mamma, leggendo in quella disperazione e quegli addii, che sono praticamente uguali in tutte le lingue. A quel punto mi sveglio invocando la mamma, e zia Coral si precipita in camera mia.

C'è una buona notizia anche per me, e cioè che Loudolle è tornata ad *Alpen*. Prima che se ne andasse l'ammiraglio aveva preso l'abitudine di guardarla nuotare ogni mattina, svegliandosi a un'ora assurda per non perdersi quella sirena. Si è anche fatto coraggio complimentandosi con lei l'ultimo giorno delle sue vacanze.

«Loudolle, sei stata colpita davvero dalla bacchetta magica della bellezza, non è vero?»

«Oh, sì, mi hanno proprio picchiato!»

È del tutto priva di modestia. Non ne ha neanche un briciolo. C'è da stupirsi che riesca a muoversi senza cadere sotto il peso della sua grande testa.

E benché quel giorno splendesse un sole inconsueto, ha cominciato a soffiare un vento sgradevole scompigliando tutte le foglie cadute a terra, proprio come Loudolle ha oscenamente scompigliato le nostre giornate. Penso con orrore a cosa succederà durante le vacanze estive.

Zia Coral non si è scomposta, ha detto che capisce il comportamento dell'ammiraglio perché è normale che desideri ancora piacere.

«Come fai a saperlo?»

«Perché sono astuta» ha risposto. «Una vera maledizione.» È convinta che l'ammiraglio abbia solo provato un po' di tenerezza.

A me comunque sembra grave che a Pasqua si sia dovuto assistere allo scontro di due opposti, qui a Green Place. Da una parte Loudolle, bella fuori e brutta dentro, che si muove come se vivesse in una pubblicità, e dall'altra zia Coral, stanca fuori e soave dentro. Ma a cosa serve tanta soavità se nessuno la nota nel mondo dei vecchi superficiali?

Vorrei tanto essere alta come Loudolle, e avere le sue ginocchia sottili e i suoi lunghi capelli. Il dottore dice che ho il ginocchio *valgo*, che suona quasi come *baldo*, ma ho controllato nell'enciclopedia e vuol dire che ho le ginocchia storte. E così Joe ha cominciato a chiamarmi la scrittrice dalle ginocchia storte. So che scherza, ma è comunque un argomento delicato. Mi chiedo se Icarus se ne sia mai accorto. E mi chiedo come si sente ora che Loudolle è partita, se tornerà con Michael, o se ne troverà un'altra... A ogni buon conto, ho rimesso il suo occhio sotto il cuscino. Forse la partita non è del tutto persa.

*Lunedì 4 maggio*

Maggio è un mese che ha dei giorni di vacanza, merito di John Lubbock, un barone e uomo politico che si adoperò per aumentare i giorni di vacanza e diminuire l'orario di lavoro per i poveri. Lo so perché ho letto di nuovo l'enciclopedia. Ho trovato anche una bella cosa che ha detto riguardo ai libri: *Possiamo stare nella nostra biblioteca ed essere contemporaneamente in tutti gli angoli della terra*. Voglio fare una sorpresa a zia C e metterla sulla sua scrivania a mo' di ispirazione.

Alla fine non abbiamo ricevuto molte risposte all'annuncio, e così l'ammiraglio ha offerto personalmente le suite nell'Ala Occidentale a due suoi vecchi amici di Marina, che si sono trasferiti da noi alla fine del mese scorso. L'ammiraglio Gordon e l'ammiraglio Ted hanno prestato servizio con lui sulla *St Francis* quando erano giovani. Lui sapeva che, benché stessero cercando alloggio a Londra, la possibilità di abitare in una magione fornita di tutti i servizi era una cosa che non si sarebbero mai nemmeno sognati.

L'ammiraglio Gordon è un uomo rossiccio e con una grande pancia, ed è un tipo sano a cui piace la vita all'aperto – dormiva sul ponte quando andava per mare. Esperto di navigazione, è stato rapito dagli orologi navali di zia C, un'eredità della flotta di suo padre. Bevendo un tè di benvenuto, Delia cercava di fare colpo, e ha raccontato all'ammiraglio Gordon che sua madre era una zingara che cucinava tutto su un singolo fornello e lo accompagnava con del tè forte. Sono sicura che l'ha fatto per *esotizzarsi*, zia C dice che sua madre era di Chiswick.

L'ammiraglio Ted è alto, con un collo di cigno e dei lunghi baffi che assorbono gran parte della sua cena. Viene da un paesino di nome Shooters Bottom, cosa che avrei preferito non sapere. È un tipo servizievole che si interessa ai problemi degli altri, ma è anche un tipo prudente che suona sempre il clacson prima delle curve sul viale di accesso a Green Place.

Anche se ora ci sembra di vivere con mezza Marina in casa, i nuovi ammiragli si sono inseriti nella vita di Green Place come topi nel formaggio. Pagano regolarmente l'affitto, aiutano in giardino, mangiano tutto.

Con tre ammiragli che pagano l'affitto e danno una mano, zia Coral dovrebbe poter cominciare a ridurre un po' i suoi debiti. Può anche iniziare a spuntare qualcosa dalla sua lista di cose da fare, come isolare la cassetta delle lettere, scartavetrare trapanare piallare, e potare il sambuco che *rigoglieggia* in tutta la proprietà. L'ammiraglio Ted ci si è già dedicato, si veste da uomo rude, con un giubbetto impermeabile, pantaloni pieni di tasche per gli attrezzi, stivaloni di gomma, e poi parte all'attacco.

La Camera Grigia è stata assegnata a un signore giapponese, Mr Tsunawa, che è qui per affari. Zia

Coral gli ha giurato che quella stanza è infestata dai fantasmi, per fargli provare la vera esperienza di una casa di campagna inglese. Questo significa che uno di noi deve andare a sferragliare una catena fuori dalla sua porta a notte fonda. La vita è cambiata per tutti, a Green Place, ma ci siamo subito adattati, perché ne abbiamo bisogno.

*Giovedì 14 maggio*

Da quando ho scoperto zia Coral che piangeva sulle bollette, mi sono imposta il dovere di aiutarla, e così adesso sono responsabile della potatura e della gestione dei debiti a Green Place. Ma i soldi degli affitti bastano a coprire il vitto e il riscaldamento, nient'altro.

Oltre alla casa, il papà di zia Coral le ha lasciato anche il suo portafoglio titoli. Sono azioni di aziende che operano nell'acciaio e nel carbone, di miniere di stagno e di *Marks and Spencer's*. Ci sono anche delle sterline irlandesi d'oro. Oltre a questo, il bisnonno Evelyn ha lasciato a zia Coral le sue collezioni: arazzi, busti e sculture, un fregio intagliato rococò che sta nell'ingresso, e un Dick Van Dyke di valore che risale al suo periodo genovese.

Tanto favoritismo nei confronti di zia Coral, e così poca generosità nei confronti della mamma, provocò molte discussioni alla lettura del testamento – anche se adesso sappiamo come è andata. La mamma comunque non è rimasta a bocca asciutta perché quando, nel 1955, nonna Pearl è morta, ha lasciato scritto che i suoi conti bancari fossero messi in amministrazione fiduciaria a beneficio esclusivo della mamma. C'era quanto bastava ad aprire un conto di deposito, o a ristrutturare una piccola casa, e venne stabilito che il tutto sarebbe stato nella sua disponibilità alla morte di nonno Evelyn, cosicché la mamma e zia Coral avrebbero ereditato nello stesso momento. Ma siccome la mamma è morta poco dopo nonno Evelyn, i soldi che le sarebbero spettati sono stati congelati aspettando che il giudice certifichi la validità del testamento, e lì rimangono al momento per via del modo complicato in cui la mamma è morta. Per legge papà vanta dei diritti su quei soldi, come li vanto io, ma almeno la lentezza del procedimento li tiene al riparo da lui.

Ciò detto, mi è saltato all'occhio che vendere un po' di azioni potrebbe ripagare una piccola parte dei debiti di zia Coral. Ma quando ho affrontato l'argomento la settimana scorsa, zia Coral è stata perentoria nel dire che le azioni devono rimanere una scorta per particolari evenienze, se dovesse farsi una protesi all'anca, ad esempio, o per qualche altra emergenza legata alla salute. Ha anche sostenuto che, fino a quando il denaro resta investito in azioni, le è difficile spenderlo, e che convertire le azioni comporta molte difficoltà amministrative, e un'attenta lettura del *Financial Times*.

Io però ho anche scoperto che la Bentley non appartiene all'ammiraglio, ma è di zia Coral. Le piaceva così tanto l'idea di avere uno chauffeur che gliel'ha prestata, comprandogli anche il tipico berretto. In realtà l'ammiraglio possiede solo una Rover, per cui guidare una Bentley per lui è una pacchia! Penso comunque che sia molto carino da parte sua indossare ancora adesso il berretto.

Così oggi ho adottato un'altra tattica e ho lasciato intendere che vendere la Bentley potrebbe servire a pagare gli arretrati di qualche carta di credito, ma lei ha subito risposto che ha le sue ottime ragioni per tenerla. Queste ragioni sono le vecchiette. Anche se ha quasi sessantacinque anni (che lei riduce a sessantatré), a zia Coral piace aiutare gli anziani, e una volta alla settimana va all'ospizio di Egham e carica tre vecchiette per una gita: Mrs Dryberry, Mrs Scott e Mrs Viller. A causa di come si vestono le chiamiamo Georgette, Print e Taffetà. Vengono da noi a pranzare sul terrazzo, e si parla dei comuni interessi, dai viaggi a Nana Mouskouri. Si direbbe che mettere una macchina a disposizione di queste signore dia a zia Coral uno scopo nella vita. E un po' le do ragione, perché quelle tre sono così vecchie che la cosa le fa sentire giovani.

Ho cercato di lavorarla ai fianchi stamattina, mentre stavamo sedute ai bordi della piscina, per persuaderla che le nostre vecchiette potrebbero ugualmente viaggiare in Rover, ma lei proprio non riesce a non pensare in grande. Ho capito che devo trovare il modo di affrontare l'argomento con maggior determinazione.

«Se facessi venire Mrs Bunion solo due giorni alla settimana, tu e Delia potreste fare un po' di pulizie negli altri pomeriggi, anziché andare per negozi» ho detto. Non è difficile immaginare che faccia abbia fatto.

«Pat è con me da sempre, la conosco da anni, fa parte della casa. E non dimenticare che ha una famiglia da mantenere.»

«Zia Coral, la tua situazione finanziaria si ripercuote su tutti, anche su Mrs Bunion, e non ha senso far finta che non sia così. Sono sicura che capirà, devi solo parlarle.»

«Non posso parlarle, è la cameriera» mi ha risposto.

«Ma se hai appena detto che la conosci da anni!»

«Proprio così» ha replicato, lasciando intendere di aver vinto la discussione perché avevo reagito come se fossi d'accordo con lei. Uno dei suoi trucchi migliori.

«Dille solo che devi risparmiare per la ristrutturazione dell'Ala Orientale. Non devi certo parlarle delle tue scarpe.»

Ci saranno dei grandi cambiamenti a Green Place, se dobbiamo far quadrare i conti, ma zia Coral sembra volerlo rifiutare e si preoccupa per altre cose.

«Vedi, non avevano bisogno di mentirmi, non avrei mai parlato a nessuno di Laine» ha detto, cambiando repentinamente argomento e svelandomi in questo modo a cosa stesse davvero pensando. (Pare che una persona possa parlare di una cosa e pensare a una completamente diversa.)

«Forse pensavano di non potersi fidare, che sarei scappata anch'io facendomi mettere incinta. Comunque, la cosa che mi fa più male è che *Cameo* non mi abbia mai detto niente. Posso capire come mamma e papà, pur soffrendo, cercassero di fare del loro meglio, ma Cameo non aveva motivo di nascondermi la verità.»

«Non eravate molto unite?» ho detto.

«No, al contrario» ha risposto. «Era una sorella meravigliosa.»

A quel punto, come spesso succede, l'ammiraglio ha avvicinato una sedia e zia Coral ha spostato l'attenzione sul suo décolleté. Anche lui si era cambiato per venire a sedersi con noi, e si era messo una cravatta ridicolmente vistosa. A volte ci è difficile parlare, vivendo in un luogo pubblico.

## Zibaldone di Coral: Volume 2

Estratto dal pagellino della *Willow Lodge School*, primo trimestre del 1935

> *Coral (13 anni) è diligente, e dotata di un'intelligenza notevole. Studia con disciplina, ma si lascia facilmente distrarre dagli operai. Se imparasse ad applicarsi maggiormente, sarebbe certa di essere ammessa al college. È incline a mostrarsi piena d'entusiasmo, ed è stata sorpresa a indossare delle scarpe del dipartimento di arte drammatica.*
>
> *Rev Harold Stubbs, classe Quarta*

> *Cameo (8 anni) considera l'andare a scuola una perdita di tempo, e io considero una perdita di tempo cercare di insegnarle qualcosa. È una bambina irrequieta, e fa ripetuti tentativi di arrampicarsi fuori dalla finestra durante le lezioni di matematica.*
> *Le è stata donata una nuova bambola per il suo compleanno e lei, in ossequio a una tradizione di famiglia che prende i nomi dai gioielli, l'ha battezzata 'Braccialetto'. Le ho sequestrato la bambola fino a quando non avrà imparato a rimanere in classe.*
>
> *Priscilla Mooney, classe Prima*

# *Sue*

*Martedì 19 maggio*

Oggi ho inavvertitamente scoperto come richiamare l'attenzione di Icarus. È stata una mattina da mozzare il fiato, una di quelle mattine in cui tutti cantano, e con Loudolle tornata al college sono stata rimessa al tostapane. Ho anche avuto un piccolo incidente con lo schiumalatte, che è stato montato dalla parte sbagliata e così mi sono spruzzata tutto addosso. Ho dovuto prendere in prestito una maglietta dalla sacca da ginnastica di Michael, una specie di canottiera con reggiseno. Mi sono infilata sopra un grembiule pulito, ma si vedeva comunque l'attaccatura del seno. Icarus non si è staccato un istante da me, aiutandomi a imburrare e occupandosi dei toast. Delia dice che Icarus è quello che una volta si sarebbe definito una mezza cartuccia, espressione che ho sempre pensato volesse dire una specie di idiota.

Con i soldi in più guadagnati a Pasqua grazie a Loudolle, Mrs Fry ha deciso di aprire il *Toastie* a pranzo servendo solo *jacket potatoes*, e ha investito in nuovi forni. Ha intenzione prima o poi di estendere l'attività, aprendo anche di sera come bistrot. Questo mi ha offerto l'opportunità di lavorare a tempo pieno, e di contribuire così al mantenimento di Green Place.

Le ragazze che lavorano a tempo pieno sono chiamate Potato Maids, come Mrs Fry ha fatto ricamare sui nostri grembiuli per dare al tutto un tocco di professionalità. Mi piace pensare che fra molti anni i miei nipoti diranno che nonna Sue ha dovuto mantenersi prima di essere pubblicata, e ha svolto diversi lavori, fra cui anche quello di apprendista e cameriera in un bar.

Trovo Joe vagamente fastidioso, al lavoro mi sta sempre addosso e al Gruppo mi dedica delle poesie svenevoli, cosa che fa reagire male zia Coral e Delia. Quanto più prova a corteggiarmi, tanto più mi sento attratta da Icarus. È il solito inghippo dell'amore: più uno mostra di amarti, più lo fuggi. Mi chiedo se non dovrei provare a fingere di non amare Icarus, magari la smetterebbe.

Sono però riuscita a creare un legame con Michael. Mi ricorda così tanto Aileen. Come per Aileen, anche la madre di Michael è la seconda moglie di suo padre, e come Aileen, Michael ha una manciata di fratelli.

Da bambine, a Titford, Aileen e io siamo cresciute come due sorelle. Ovviamente non lo eravamo, e non era facile salutarci alla fine di una splendida giornata passata a giocare insieme. Così ci eravamo costruite dei telefoni con delle lattine, facendo un buco sul fondo in cui passava un filo che era come il cavo telefonico, e ci sporgevamo ognuna dalla sua finestra facendo finta di essere al telefono. Una cosa che faceva sempre ridere la mamma.

Quante volte ho sognato che tornassero quei giorni. Chiunque dica "attenta a ciò che desideri, perché rischia di avverarsi" è un bugiardo.

## Zibaldone di Coral: Volume 2

*Green Place, 16 nov 1935*

*(13 anni)*

***Notizie domestiche***

Oggi faceva un freddo pungente, soprattutto dentro. Mi sono svegliata molto presto, con i raggi del sole che si aprivano all'orizzonte come un ventaglio. Sono i cosiddetti raggi corpuscolari, come quelli che risplendono fra gli alberi al tramonto.

Cameo ha tagliato le braccia del mio vestito da ballo mentre dormivo, così oggi pomeriggio siamo andate da *Crimson and Hopper* per comprarmene un altro. Cameo ha detto di averlo fatto perché si sentiva fuori di sé, ed era divorata dalla paura di una rara infezione che dicono si diffonda attraverso le graffette. La mamma non era tranquilla. Ci abbiamo messo venticinque minuti a convincere Cameo a uscire, passando davanti al vaso con le graffette che c'è in ingresso. Mrs Morris stava lucidando e lo trovava così divertente che ha lucidato le stesse cose due volte. Non dovremmo assecondare tutte le pretese di Cameo quando vuole fare l'originale a tutti i costi, ci fa perdere un sacco di tempo.

So di non avere ancora bisogno di un vestito da ballo, ma devo ammettere che mi è piaciuto indossarlo e andare in giro per casa.

***Notizie emotive***

Voglio avere sei figli, divisi in tre coppie di gemelli maschio e femmina. Robin e Robina sono i primi nomi a cui penso. Cameo vuole diventare pilota d'aerei, come Amelia Earhart, o di macchine da corsa, come Helene Delangle, che ha cento fidanzati e a volte balla nuda. «Sono due le cose che voglio fare da grande» mi ha detto. «La prima è essere una celebre avventuriera, l'altra è essere più alta di papà.»

Abbiamo cominciato a ballare insieme nel bosco quando il tempo ce lo permette. Sono più piccola di Cameo, che è un bel puledrino, e tocca a lei fare l'uomo, cosa che a me va più che bene. È meravigliosamente privato poterlo fare all'aperto dove mamma e papà non possono vederci. Proviamo il foxtrot, il valzer e il tango, anche se Cameo preferisce i lenti. Nel qual caso tocca a me fare l'uomo, così può far pratica di quello che lei preferisce.

L'altra sera si è arrampicata sul mio letto, come fa spesso, e ha chiesto: «Adesso di cosa parliamo? Ragazzi?».

«Parliamo di andare letto, piuttosto.»

«Perché non possiamo parlare di ragazzi?»

«Perché hai otto anni» ho risposto.

***Notizie scolastiche***

Abbiamo un nuovo corso, si chiama *Igiene personale*. La prima lezione è stata interamente dedicata a spiegarci che i foruncoli non vanno schiacciati. Insinuando così che io ne abbia, cosa che mi dà molto fastidio, mentre Cameo è una pin-up, malgrado il suo occhio di vetro. Ci hanno anche parlato dell'importanza di lavare frequentemente le spazzole, e dell'importanza del sonno per la bellezza. Cosa pensano di farci diventare? Emmeline Pankhurst si rivolta nella tomba. Se seguissimo i loro consigli, non conosceremmo mai l'estasi di schiacciare un punto nero, o di una notte insonne dopo una battaglia a cuscinate, o ancora la bellezza di una spazzola mai lavata tenuta in un cassetto segreto – del resto, a Green Place i capelli delle ragazze sono autospazzolanti.

Questo è un piccolo indovinello che Cameo mi ha chiesto di aggiungere:

Riuscite a individuare l'intruso?

SOLE
LUNA
STELLE
SALE

# *Sue*

*Mercoledì 27 maggio*

Annuncio nella bacheca dell'ufficio postale:

> Delia Shoot
>
> **ABITI DA FESTA FATTI A MANO**
>
> Telefono: Egham 69950

Le entrate assicurate dagli inquilini dell'Ala Occidentale hanno risolto i nostri problemi di cassa immediati, ma quando tornerà l'inverno è probabile che noi tre dell'Ala Artica moriremo. Spero che dall'asta delle scarpe di zia Coral tireremo su quanto basta per la ristrutturazione in modo da poter affittare altre stanze, ma ci sono molte cose ancora da fare prima che ciò possa accadere. Gli scoiattoli si sono mangiati gran parte dell'impianto elettrico e dovremo pagare elettricisti, idraulici, muratori, per non citarne che alcuni.

La banca si terrà alla larga da zia Coral e lei si terrà alla larga dalla banca, avendo già esaurito ogni possibilità di fare qualcosa l'una per l'altra. Ho fatto delle indagini sulle capacità e le attitudini di ciascuno degli inquilini e ne è venuto fuori che Delia ha un segreto mai svelato a causa della sua pigrizia. Il segreto è che cuce benissimo. L'ho incoraggiata a procurarsi degli ordini dalle ricche signore di Egham mettendo un annuncio all'ufficio postale, ed ha già ricevuto un paio di commesse. Occuparsi della scelta e della provenienza delle stoffe, della forma, del disegno, dei colori eccetera, è una cosa che l'ha fatta rifiorire. Si avvale della collaborazione di Georgette, Print e Taffetà, che sono come lei fanatiche della moda. Stanno sedute fuori, di fianco alla piscina, perché le vecchiette adorano stare all'aria aperta, e lì spettegolano, mangiano sandwich e cuciono. È un'eccellente forma di lavoro a domicilio, e il nostro tentativo più serio di fare un po' di soldi veri. Il primo abito che hanno realizzato è stato comprato da Mrs Fury di Virginia Water, e ha reso 198 sterline sonanti. Era un vestito da sera di seta turchese, disegnato e tagliato da Delia, con decorazioni a lustrini opera di Georgette, godet realizzati da Print, e perline di colore intonato applicate da Taffetà. Vestita così, Mrs Fury faceva girare la testa.

Delia ha anche venduto il suo anello di fidanzamento, cosa che sostiene di aver sempre voluto fare, ma poi lei e zia Coral sono andate da *Harrods* e si sono bruciate gran parte del ricavato, lasciando solo delle noccioline per Green Place. Ero fuori di me quando le ho viste tornare da Knightsbridge cariche di sacchetti verdi e oro. Zia Coral si è comprata una nuova borsa da 295 sterline perché tra qualche mese è il suo compleanno. (A voler essere polemici, un compleanno l'ha appena passato.) La sua capacità di spendere sembra salire quanto più scende il suo umore, e il suo umore è molto basso a causa dei debiti. È un circolo vizioso. Spendere è stato il suo unico amico quando era sola, ma sono decisa a fare in modo che non succeda più.

Ho pensato che in un'epoca di romanticismo declinante, un prodotto che possiamo vendere è la cavalleria, e mi sono chiesta se gli ammiragli non potrebbero organizzare dei corsi di cavalleria, invitando tutte le persone romantiche di Egham. Sono dei veri gentiluomini e sanno bene come comportarsi con le signore. Mai una volta ho dovuto chiudere la portiera salendo in macchina, o spingere la sedia sedendomi a tavola, se c'era uno di loro pronto a farlo per me. A cena, poi, si alzano in piedi se una di noi deve allontanarsi, e sono i massimi esperti nell'arte del fare complimenti.

Con appena una piccola spesa (come le 295 sterline rimborsate a Zia Coral, che ha restituito la borsa), possiamo organizzare eventi e catering nei weekend, approfittando delle virtù di Mrs Bunion, degli ammiragli e del posto. Ci sono cento modi per guadagnare un po' di soldi se hai spazio e idee.

## Brackencliffe

di Sue Bowl

Ma la vita a Brackencliffe non era una passeggiata. Se di sera Cara non alimentava il fuoco per tempo, doveva dormire al freddo. Non dimentichiamocelo, era il secolo Diciassettesimo, e il riscaldamento veniva fornito solo dai ceppi accesi nel camino.

Alla terza notte di seguito che si trovò a dormire troppo lontano dal focolare, Cara si ammalò e dovette recarsi al San (l'infermeria riservata al personale). Venne ricoverata e affidata alle cure della signorina Chopin, la Balia Nubile, con Keeper che vegliava al suo fianco. Ma mentre Cara giaceva addormentata, Pretafer si introdusse di nascosto per spiarla, e in un attimo di frenesia giovanile si impadronì di un medaglione che Cara teneva sul suo collo di cigno. Keeper allora si lanciò da sotto il letto in soccorso della sua padroncina, scuotendo la preda finché costei non lasciò cadere il medaglione. E afferratolo saldamente nelle sue fauci, scappò via.

«Trovalo» sussurrò Cara a Fiona, che si era precipitata al suo capezzale.

«Silenzio!» disse Pretafer mentre si allontanava, ignorando gli abiti strappati che adornavano i suoi sottili polpacci.

**Il Gruppo Irsuto di Egham**
*A proposito di suspense*

Questa sera gli sforzi del Gruppo si sono intrecciati con gli impegni d'affari che abbiamo assunto, perché c'è la possibilità di vincere un premio in denaro nella gara a chi scriverà il racconto più bello. Avevo appena letto la mia ultima puntata (vd. sopra) quando zia Coral ha chiesto all'ammiraglio di darci un assaggio del suo. Ma lui aveva lo sguardo fisso sulla piscina vuota cosparsa di petali di magnolia. Lentamente ha letto il suo breve estratto, con voce flebile.

## Gente di mondo

dell'ammiraglio Avery Little

Si svegliò, con il bikini blu che spuntava dalla scatola. Sbadigliando se lo mise, poi si guardò allo specchio. Braccia e gambe di gazzella, una cascata di riccioli profumati, e una pelle lucente che avrebbe potuto competere con la più fresca delle ciliegie. Se questa graziosa ragazza del bel mondo non fosse diventata la modella più ammirata l'anno seguente, voleva dire che a questo mondo non c'è giustizia.

Il fotografo dell'alta società, Danny De Zooter, doveva fotografarla al crepuscolo, ma fino a quel momento lei aveva bisogno di nuotare, scivolando nell'acqua come in un sogno.

«Splendido, Avery, davvero splendido, ottimo lavoro» ha detto zia Coral, sforzandosi di non mostrare come quel testo l'avesse colpita, e pronunciando il suo nome in modo quasi distratto, come se fosse il nome di uno studentello qualsiasi, non quello della persona che ama.

«Joe?»

«Non ho fatto molto» ha risposto lui, alzandosi comunque in piedi.

## Roger Mead

di Josef Fry

Lei si svegliò, e Hawley capì subito che non stava pensando a lui. Forse perché aveva visto come lei aveva guardato Roger Mead. Ma c'era ancora tempo. Se avesse aspettato, sarebbe accaduto. Lei non sapeva ancora la verità su Roger, e quando fosse venuta fuori, sicuro come il sole, Hawley l'avrebbe fatta sua.

«Splendido, Joe, davvero splendido, ottimo lavoro. Non vedo l'ora di sapere come va avanti» ha detto zia Coral.

Joe ha guardato tutti tranne me, ma io non avrei lasciato trapelare nulla sul mio volto. Avevo fatto finta di prendere degli appunti mentre leggeva, e così avevo un buon motivo per non guardarlo. L'atmosfera era piuttosto carica. Zia Coral si sforzava di non guardare l'ammiraglio, l'ammiraglio cercava di non guardare zia Coral, Joe faceva di tutto per non guardare me e io evitavo in ogni modo di guardare Joe. La sola persona che non aveva nessuno da guardare era Delia, e sono certa che ne soffrisse.

«Delia?» ha detto zia Coral.

Delia si è alzata, tenendo stretta la borsa per sostenersi.

## Non aspettare

di Delia Shoot

Si svegliò, ma avrebbe preferito non farlo. Anzi, avrebbe preferito non essere mai nata. Per non provare tutta quella sofferenza e quei rimpianti. Un altro giorno ad affrontare le fatiche del giorno prima, e di quello prima ancora, sempre a rincorrere, senza più speranze. Ma forse oggi sarebbe stato diverso.

Fece il bagno e si vestì, guardando quella grassona nello specchio. Oggi avrebbe fatto qualcosa in questo senso. Ma all'ora di pranzo il freddo Pouilly-Fuissé aveva fatto il suo effetto e l'aveva confortata nella sua solitudine, tanto che pensò: 'Be', c'è sempre domani'.

«Splendido, Delia, davvero splendido, ottimo lavoro» ha detto zia Coral.

Delia ha tirato fuori un fazzoletto dalla borsa, si è soffiata il naso ed è tornata a sedersi, mantenendo il controllo.

«Scrivere è un'attività molto emotiva, molto molto emotiva» ha continuato zia Coral. «Ma questo è fondamentale per coinvolgere il lettore. Bene, vi ringrazio per avere condiviso il vostro lavoro, e procediamo con un programma in quattro punti: 1) l'abilità di lasciare il lettore "in sospeso", 2) l'arte di far presagire, 3) come creare l'atmosfera e 4) come trasportare il lettore, cioè l'arte di trascinare il lettore in un viaggio, e tutto per il prezzo di due tazze di tè.»

Ha fatto una strizzatina d'occhio all'ammiraglio, che non se ne è accorto perché aveva ancora la testa in piscina. Mi è spiaciuto per lui, si è perso qualcosa che non si ripeterà facilmente. Di questi tempi ho le antenne sensibili in materia, perché Icarus si perde tutte le occhiate che gli lancio. Joe invece no. Anche se non sono rivolte a lui, non ne perde una. È come lavorare al fianco di un microscopio.

Ho scritto *trascinare il lettore in un viaggio* nei miei appunti, per smettere di analizzare gli sguardi dei miei compagni. Non vedo l'ora di lasciare "in sospeso", di trascinare e di trasportare. E quanto mi piacerebbe far presagire!

«L'in-sospeso» ha detto zia Coral. «L'in-sospeso è un espediente o un'esca per il lettore, il modo migliore per coinvolgerlo nel racconto. Qualcuno di voi mi sa indicare qualcosa di “in sospeso” in ciò che avete scritto?» ha chiesto.

Abbiamo alzato tutti la mano.

«Sue?» ha detto zia Coral.

«Qual è la verità su Roger Mead, nel racconto di Joe» ho detto.

«Benissimo, Sue, sì, vogliamo tutti sapere la verità su Roger Mead e intuiamo che ce la dirà se continuiamo a leggere. Nient'altro?»

Abbiamo alzato tutti la mano.

«Sue?» ha detto zia Coral.

«C'è sempre domani, nel racconto di Delia.»

«Esatto, benissimo Sue, *c'è sempre domani* tira il lettore, letteralmente, a domani. Vedo che hai capito.»

Non riuscivo a trovare elementi di suspense nel racconto dell'ammiraglio. Era chiaramente una fantasia su Loudolle.

«Ora, cos'è che la gente vuole soprattutto sapere di una storia?» ha chiesto zia Coral.

Abbiamo alzato tutti la mano.

«Sue?» ha detto zia Coral.

«Come va a finire?»

«Benissimo, Sue, sì, come va a finire. Ricordatevelo sempre, il lettore vuole sapere la fine – è ciò che lo spinge a girare le pagine. Ora...» rimescolò i suoi appunti e bevve un lungo sorso di gin, che era diventato il suo sostegno principale durante il Gruppo. «Ora, passando all'arte di far presagire, qualcuno di voi riesce a dirmi cosa può voler dire?»

Abbiamo alzato tutti la mano.

«Sue?» ha detto zia Coral.

«È dare un'idea di ciò che succederà più avanti nella storia.»

«Benissimo, Sue, ottimo. Puoi fare un esempio?»

«La possibilità che la bella ragazza diventi la modella più ammirata l'anno seguente, nel racconto dell'ammiraglio.»

«Molto bene» ha detto zia Coral. «E tu, Joe?»

«Be', in Roger Mead ho cercato di lasciare intendere che se Hawley aspetta, la ragazza forse si innamorerà di lui» ha risposto.

«Benissimo, Joe, ottimo. A questo punto sei a metà tra suspense e far presagire. Passiamo adesso al punto tre del programma, come creare l'atmosfera, o il mondo di una storia. Eccovi un esempio di ciò che intendo.»

Zia Coral si è alzata sullo sfondo della vetrata, col suo bel volto come un fiore di pesco, e per la prima volta ha letto al GIE quello che ha scritto. Ha letto con voce chiara, anche se flebile, e un leggero tremolio che tradiva la sua emozione.

«Guardando fuori dalla finestra la strada che portava al cancello» ha detto, «potrebbe per esempio diventare: *Fissò un punto fuori dalla finestra, bloccata dalla vernice di una ristrutturazione che si era rivelata una perdita di soldi, e guardò l'acqua scorrere sul selciato fino al cancello lucido di pioggia*. Se aggiungessimo qualcosa su come cade la pioggia, non faremmo che intensificare l'atmosfera. Provate a pensare nuovi modi per suggerire che tipo di pioggia sia. Per esempio, se la pioggia cade o scroscia. Dovete anche – e questo è molto importante, forse la cosa più importante – dovete anche ricordarvi di dire come la donna si sente quando guarda fuori dalla finestra, trascinare il lettore nel suo stato d'animo. Per esempio: *Fissò un punto fuori dalla finestra, bloccata dalla vernice di un restauro che si era rivelato una perdita di soldi, e guardò l'acqua scorrere sul selciato fino al cancello lucido di pioggia, irrimediabilmente chiuso sulla sua solitudine*.»

Eravamo tutti ammirati e in soggezione. Zia Coral

aveva riempito quel breve testo con intere secchiate d'atmosfera, trasportandoci in un nanosecondo davanti a una finestra malamente ridipinta con una donna triste che guarda fuori. Mi sono sentita ispirata come non mai, e non vedo l'ora di tornare a lavorare al mio *Brackencliffe*. È stato un momento di emotività particolarmente intenso per il Gruppo Irsuto di Egham.

«Questo è tutto per oggi» ha concluso. «La settimana prossima affronteremo divagazioni e diversivi.»

Le abbiamo rivolto un applauso mentre usciva dalla veranda, un'esile figura con un cardigan leggero che se ne andava a passi malfermi. Stava forse pensando, come me, all'in-sospeso della nostra vera storia?

«C'è una partita importante tra non molto, domenica 5 luglio» ha detto Joe, riportandomi con i piedi per terra. «Mi chiedevo se non ti andrebbe di venire con me.»

Benché non fossi particolarmente entusiasta, ho pensato che avrei anche potuto accompagnarlo. «Grazie, sarebbe bello» ho detto.

Anche Icarus gioca a calcio, e l'idea di vederlo fuori dal *Toastie* era fantastica. Adesso sono di sopra, sola con il suo occhio, e il mio cuore è pieno di euforia e disperazione. Ma è bello poter segnare un appuntamento nell'agenda, anche se non con l'uomo che vorresti.

## Zibaldone di Coral: Volume 2

Ritaglio di giornale, *Egham Echo*, 30 maggio 1936

**La povera falena (papà gambalunga)**
*Di Coral Garden, 14 anni*

Duro poco in questo mondo, devo godermi ogni istante,
ogni foglia sulla siepe mi dà un brivido,
e non mi basta mai.
C'è luce in giardino, è tutto verde, e siamo in tante.
La luce mi attrae, quando cala il sole.
È un piccolo sole quello che vedo?
Mi avvicino danzando, esiste il sole notturno!
Trovo uno spiraglio e mi infilo dentro,
ma come sono arrivata fin qui?
E come torno indietro?
Volo verso la luce, volo verso la porta,
Ma non riesco a trovare l'uscita.
Con le poche forze rimaste mi aggrappo alla vita,
ma le mie gambe cedono,
e mi ritrovo in una tazza d'argento, le ali bruciano,
l'ultimo pensiero è per la siepe.
E domattina tu mi butterai via.

# *Sue*

*Giovedì 4 giugno*

Mi sono svegliata stamattina dopo aver avuto un altro incubo, chiamando la mamma, e zia Coral è accorsa. Mi ha preparato la colazione sul terrazzo e, per distrarmi un po', mi ha dato dei versi scritti da lei perché li valutassi. Li aveva messi nel suo zibaldone. Sfortunatamente quei versi mi hanno fatto sentire ancora più depressa, ero come una fontana, piangevo a calde lacrime sulla gala increspata della sua camicetta, che per fortuna sembrava impermeabile per cui scorrevano via per evaporare al sole.

«È molto triste» le ho detto. «Forse avresti dovuto parlare di più della sua vita prima che rimanesse intrappolata.»

«Hai ragione» ha detto. «Povera falena.» Allora abbiamo riscritto la poesia da un punto di vista positivo, tenendo in considerazione tutto il bello dell'essere un papà gambalunga, come librarsi nell'aria senza sapere che stai per morire, e dormire nei vasi di erbe aromatiche. Zia Coral ha un vero talento per entrare nella mente di tutto ciò che è piccolo.

Il sole è sorto come una palla di fuoco dietro la piscina, con le piante di buddleia a farci da riparo. Le vecchiette erano intente a cucire e discutevano di modelli,

Delia tagliava trench di cotone e l'ammiraglio stava in fondo al giardino, così zia C e io abbiamo avuto una rara occasione di parlare senza essere interrotte.

«Mi sento come se avessi perso metà di me stessa» le ho detto, «e dovessi rimettermi in sesto e trovare una nuova metà. Se fossi rimasta a Titford sarebbe stata una metà ben diversa, non credi? Sarei finita in un negozio a vendere scarpe, e mi sarei abituata a mettere il lucidalabbra, e avrei dei cosiddetti amici che non mi capiscono e ai quali non potrei dire i miei segreti.»

«Non ci pensare» ha detto zia Coral. Ha mescolato le sue solite polverine in un bicchiere e mi ha offerto un pasticcino. «Cos'hai sognato?»

«Era come essere in un film noir, con Mr Jewell, il bibliotecario di Titford, fra i protagonisti. Era lui di turno il giorno in cui la mamma si è tolta la vita, ed è stato lui a trovarla. Nel sogno si è allontanato dal suo posto ed è stato trattenuto a lungo in ufficio per mettere a posto dei documenti. Nel frattempo la mamma è entrata in biblioteca e si è sdraiata per terra davanti ai poeti. Se non fosse rimasto via così a lungo l'avrebbe trovata prima, invece ha messo i piedi sulla scrivania e si è fumato una sigaretta. E io non mi do pace pensando che forse lei non ha lasciato scritto niente perché pensava che lui l'avrebbe trovata subito. Altrimenti, perché farlo in un luogo pubblico? Comunque lui non l'ha trovata, e lei non ha lasciato neanche un biglietto, il che può voler dire che 1) noi non l'abbiamo trovato, o 2) che lei si aspettava di essere rianimata, e questo pensiero mi tormenta, l'idea che il suo possa essere stato un grido d'aiuto, e che noi non l'abbiamo colto.»

«Capisco quanto sia difficile, ma devi cercare di non guardare indietro. È orribile, ma forse il fatto è che lei non ha davvero lasciato niente» ha detto zia C. «Non puoi più comunicare con lei a questo punto. Ci sono cose che non potrai mai sapere.»

«Ma io *ho* un modo di comunicare con lei» ho dichiarato, «ricevo dei messaggi dall'aldilà.»

«Davvero?» ha detto, momentaneamente distratta dall'ammiraglio che scuoteva via l'erba dai pantaloni.

«Sì» ho risposto. «La sera, quando prendo *The Dorcas Tree*, si apre sempre allo stesso punto, e l'occhio mi corre sempre alla stessa riga, che dice: *Mi spiace di essermene andata senza dire arrivederci*. E la cosa ancora più strana è che quella frase è messa lì come esempio di dialogo con un personaggio che è scomparso.»

«È solo una coincidenza che combacia con la tua ricerca» ha detto zia Coral.

«Ma forse lei mi sta parlando dalla tomba, e se è così, forse mi dirà dove ha lasciato qualcosa di scritto. Devo trattenermi molto, sai, quando sono in pubblico. Spero che sia andata in paradiso, nel qual caso spero che pensi ancora a me. Ma ho paura che non sia così, perché dicono che in paradiso non ci sono più sofferenze e pensare a me sarebbe per lei una sofferenza. Forse dovrei tornare a Titford e rimettermi a cercare.»

«Forse» ha concluso zia Coral. «Se pensi che possa esserti d'aiuto.»

*Giovedì 18 giugno*

Ho finalmente scoperto chi è Dean Martin. È l'agente di cambio di zia Coral, quello che cura il suo portafoglio azionario. *Marks and Spencer* è la patria spirituale di zia Coral, e purtroppo lei crede di contribuire a tenere alto il valore delle sue azioni facendo lì la spesa settimanale. Mi è toccato l'ingrato compito di farle capire che la sua spesa da sola non cambia minimamente il valore delle azioni, e che la spesa è meglio farla altrove fintanto che siamo in ristrettezze. Continua a rifiutare il mio suggerimento di ridurre l'orario a Mrs Bunion, e mi ha svelato un nuovo aspetto della sua personalità quando ieri ho di nuovo sollevato la questione, minacciando il trasferimento in quello che lei chiama un *mortorio*. Nega la realtà, e la sua lista di cose da comprare è un concentrato di sogni. La tiene sul tavolino nell'ingresso di fianco al telefono, e la aggiorna quotidianamente. L'ultima versione era così:

***Da comprare:***
*-Spilla*
*-Rossetto*
*-Borsa*
*-Diserbante*
*-Tartufi*
*-Spartito*

La metà delle volte che compra qualcosa, poi pratica l'arte della restituzione, che secondo lei è quasi più divertente che comprare, anche se lo fa sempre con un certo dispiacere. Da qualche tempo tiene anche la lista di cose da fare accanto a quella delle cose da comprare, non solo per ricordarsi a che punto è su molte cose, ma anche, sicuramente, come un suggerimento agli ammiragli-tuttofare. È senza vergogna.

***Da fare:***
*-Scrivere testamento*
*-Gonfiare pneumatici*
*-Pulire la casetta dei pipistrelli*
*-Smistare gli incarichi*
*-Chiamare Badger*

La controllo tutti i giorni, per vedere se ha spuntato qualche voce. *Scrivere testamento* è lì da quando sono arrivata a Green Place, evidentemente non c'è fretta, grazie a Dio.

Voglio assolutamente ricomperarle la borsa di Harrods che ha restituito, e così ho calcolato che se risparmio una sterlina alla settimana per 295 settimane, fra sei anni sarò in grado di farlo, in tempo per il suo settantaduesimo compleanno. Calcolo che vale solo se lei non ha mentito sulla sua età, come è nella sua natura.

L'altro giorno le ho di nuovo chiesto quanti anni ha, per vedere se riuscivo a coglierla in contraddizione, e mi ha risposto: «Sessantuno – no, sessantadue – ma non sono tanto brava con i numeri». A volte, di mattina, arriva ad ammetterne sessantaquattro, ma solo perché ha i segni del cuscino sulle guance che sembrano le cicatrici di un pirata. Comunque, adesso la borsa è nella *mia* lista.

*Sabato 20 giugno*

È la stagione dei ragni a Green Place, e con loro si rianimano l'edera e le siepi. Non riesci a buttare una coperta sul letto senza che te ne salti uno addosso, loro *adorano* i soffitti e le pile di vestiti, sembra che non gli bastino mai. Zia Coral è sempre vigile agli urli di Delia e Mrs Bunion, e vaga per casa con un bicchiere e una cartolina in mano, pronta a catturarli e a buttarli fuori. Ogni volta che ne vedo uno mi torna in mente la mamma. I ragni erano praticamente la sola cosa di cui avesse paura, per questo Green Place, e in particolare la sua cantina, era un'esperienza traumatica per lei.

Il clima migliora sempre più e dobbiamo organizzare presto l'asta delle scarpe, per questo è comparso *chiamare Badger* nella lista delle cose da fare di zia Coral. Badger ha sempre lavorato a Green Place, anche se non in modo fisso. Delia mi ha detto che ci sono stati comunque dei momenti imbarazzanti, perché lui e zia Coral hanno avuto una storia qualche anno fa. Cosa che mi ha indotto subito a chiedere a zia Coral di dirmi qualcosa di più della sua vita amorosa. Per fortuna non è difficile farla parlare!

Il suo primo fidanzato, nel vero senso del termine, è stato Gerald, un docente dell'università che frequentava, anche se non le è mai piaciuto veramente, e la tradiva con una di Oxford che si stava laureando per la seconda volta. Poi si è innamorata di Stringer, un poeta incontrato in un rifugio antiaereo, prima di conoscere Edgar, l'egotistico studioso di botanica. È stata a lungo con Edgar – *quanto bastava perché lui cambiasse quattro volte gli occhiali* – ma non si sono mai sposati. Dice che tutti l'hanno fatta sentire viva, anche se tutte le loro bellissime storie sono poi diventate il peso degli anni successivi, e aggiunge sempre che sono rimasti amici, anche se amici che non si vedono mai. Dopo tutti questi dandy, capisco perché ha poi deciso di vivere tranquilla a Green Place. Lei, comunque, si considera ancora una donna da sposare, e vive per innamorarsi.

Contrariamente a quanto insinua Delia, zia Coral sostiene di avere avuto solo due pretendenti dopo gli anni Sessanta: Roy dell'ufficio postale, e il giardiniere Badger, entrambi socialmente al di sotto di lei.

Secondo Delia, la storia tra zia C e Badger risale a quando zia C viveva sola con suo padre e Mrs Bunion. Badger aveva perso la testa per zia Coral, e per quanto fosse un tipo ombroso e attraente, era anche già sposato. Fra loro ci fu una relazione, di cui Delia dice che zia C non parla mai perché si sente in colpa nei confronti della moglie. Quando zia Coral mise fine alla relazione, Badger smise di occuparsi del giardino. Fu Mrs Bunion a convincerlo a tornare sui suoi passi, ma è rimasto un gran pigrone – un fannullone, dice zia Coral. Con questo senso del dovere, non c'è da stupirsi che il giardino sia incolto e trascurato.

Comunque, immagino che Badger oggi non abbia più alcuna chance, e così l'ammiraglio, con Loudolle tornata ad *Alpen*, ha ricominciato a fare il galante con zia Coral. Ma non è spaventosamente superficiale da parte sua correre dietro a Loudolle e subito dopo a zia Coral? Chi crede di essere? *Gladys* Cooper?

Zia C ha letto un libro sull'arte *orologiaria* così da poter parlare con lui di scappamento e bilancieri nelle pendole. A volte si direbbe che questo amore le costi anche delle belle fatiche.

*Sabato 4 luglio*

Ieri c'è stata la Grande Asta delle Scarpe. Nelle due settimane precedenti avevamo fatto pubblicità sulla rivista della parrocchia e alla posta, per cui ci aspettavamo una buona affluenza.

Non era la prima volta che si organizzava un'asta a Green Place – dopo la guerra, per rimediare qualche soldo se ne fecero molte, in bianche tende rudimentali sul prato. Diversi cimeli di famiglia sono andati persi in questo modo, per racimolare fondi da reinvestire nella casa, o *nel pozzo senza fondo*, come veniva chiamata. Per riuscire a pagare le tasse il bisnonno Evelyn vendette tutti i camini, ma ricevette anche delle offerte per i soffitti del salone e i lastrici dei vialetti del giardino. Il *Garrick*, un club di Londra, si disse interessato ad acquisire uno dei salottini – a quei tempi era una cosa normale vendere intere stanze. Per fortuna il bisnonno non arrivò mai a tanto, altrimenti oggi non sarei qui!

Tutti hanno cercato di collaborare alla vendita di scarpe, e le tre vecchiette sono state delle fantastiche commesse. Print indossava un vestito a tulipani con delle gale sul decolleté, e teneva in mano una custodia lavorata per i fazzolettini di carta, perché è un po' raffreddata. Georgette si era messa un vaporoso vestito blu e dei polacchini verde oliva che facevano a pugni col resto, mentre Taffetà aveva optato per una camicetta beige e si era acconciata i capelli in quattro grandi riccioli che le incorniciavano il volto. Aveva anche tre fili di perle che la abbellivano.

«Uno per ogni mento» ha detto Delia.

Trasportate in giardino, le scarpe di zia Coral ammontavano a duecento paia, e siccome aveva conservato la scatola di tutte, ogni paio era disposto sulla propria scatola come in certi negozi, con una scarpa che appoggia il tacco sull'altra. Secondo Mr Tsunawa, la cui moglie è una grande esperta di scarpe, è il modo migliore per esporle e indurre i clienti a immaginarsele felicemente addosso. Dove possibile, abbiamo anche messo di fianco la borsa corrispondente. C'erano scarpe di vernice e scarpe scollate col cinturino argento e oro, un lotto di tacchi a spillo rosa o blu – aveva avuto il suo momento di follia per quel genere – e poi sandali e stivali di tutti i tipi, bassi, alti, con la cerniera, con il pelo, fino al ginocchio, da cavallo (anche se zia Coral non ha mai cavalcato). C'era anche un'intera collezione di ballerine, una cosa a metà fra una scarpa e una pantofola. Eccole tutte lì, testimoni concrete di un cuore solitario.

Le previsioni del tempo erano favorevoli, e quindi l'evento era organizzato all'aperto. Zia Coral ha preferito così, non voleva troppi estranei in casa a sedersi sui nostri gabinetti. Delia aveva dipinto un cartello che l'ammiraglio ha appeso all'angolo di Clockhouse Lane. C'era scritto *Egham 37 da donna*, e sotto una graziosa freccia che indicava Green Place fra sciccose scarpe con il tacco a spillo.

A metà mattina il giardino era affollato da cento minute signore che si lanciavano come mosche sulle scarpe, desiderose di riportarle in vita e di indossarle in cento feste. Gli ammiragli le hanno fatte sentire belle e attraenti, e io mi sono immaginata futuri eventi a Green Place, tipo corsi di cavalleria per i loro mariti, come avrebbe fatto qualsiasi imprenditore.

L'ammiraglio Ted ha dato finalmente il via alle procedure e il silenzio è calato sulle signore. «Grazie, grazie» ha esordito, accolto da un gentile applauso. «Allora, per cominciare, ho qui il lotto numero uno, cioè...» ha letto l'etichetta che zia Coral aveva attaccato, «tacchi a spillo oro e bronzo peep toe... mai indossate.»

Si è udito un profondo sospiro dalla parte del pubblico mentre veniva mostrato quell'articolo raffinato, e un esercito di manine si è prontamente alzato.

«Chi ha detto venti, venti per la signora là in fondo, venticinque per la signora nell'angolo, arriviamo a trenta, chi offre trenta per il lotto numero uno?»

L'ammiraglio Ted è andato avanti finché è rimasto senza voce e tutte le scarpe sono state battute all'asta, cosa che ha occupato gran parte del pomeriggio. Sembrava un terrier, sempre in cerca dell'offerta migliore. Zia Coral guardava dalla finestra della sala con le lacrime agli occhi, ovviamente. Ogni paio di scarpe rappresentava per lei un pomeriggio solitario, una festa a cui non era andata, un pranzo a cui non aveva partecipato. Ho cercato di consolarla dicendole che non ha senso avere un sacco di scarpe chiuse in un armadio

– le scarpe devono stare fuori, nel mondo.

«Lotto 192» ha annunciato l'ammiraglio Ted. «Sandali rosso geranio con cinturino sul calcagno e pochette corrispondente» e ancora una volta ha aggiunto con una nota di tristezza: «mai usate. Chi ha detto trentacinque sterline?».

Era impossibile contare i sospiri di ammirazione. Zia Coral aveva sempre avuto un gusto impeccabile. Nella sua immaginazione si era preparata a milioni di inviti, ma nella vita è stata una signora sola in una grande casa con la domestica, a sistemare i centrini di pizzo e a spendere i soldi in sogni. Adesso spero che quei giorni di solitudine siano finiti... "Going, going, gone". (Voglio mettere il suo denaro in un conto previdenziale, con l'obbligo della doppia firma per ogni operazione.)

*Domenica 5 luglio*

***Estratto dal calendario di Delia***
(per gentile concessione)

**LUGLIO 1987**

| | |
|---|---|
| **Dom 12** | Recita alla *Wood House*. Colazione tasmaniana. (*Caftano*) |
| **Merc 15** | Cena al *Maison Bleu* con Pedro. |
| **Sab 18** | Cocktail al *Ritz*. Poi Rodriguez nel South Bank. (*Camicetta con bottoni di perla*) |
| **Dom 19** | Tè danzante al *Waldorf*. Aperitivo con i Jeffreyson (*informale*) |

Stamattina c'è stata la partita di calcio di Joe, e pioveva che Dio la mandava. Così gli ho telefonato sperando che fosse stata cancellata, ma ha detto che loro giocano con qualunque tempo. Zia Coral ha preferito rimanere a letto, a piangere sulle sue scarpe, e così sono dovuta andare da sola. L'asta ci ha fruttato duemila sterline ma a lei erano costate più di ventimila, e quindi duemila è una goccia nell'oceano, motivo per cui avrebbe preferito tenersi le sue scarpe. L'ho rassicurata dicendo che investire quei in soldi nella risistemazione di altre stanze significa che, con gli affitti, li avrà recuperati tutti in un anno, e ne avrà anche a disposizione per comprarsi altre scarpe. Ma si è stretta nella sua liseuse e non l'ho più vista fino all'ora di pranzo.

Nel corso della partita, Joe è stato sempre un po' in disparte, continuava a scivolare. Icarus giocava sulle fasce laterali, ed era il più bello in campo. Faceva un freddo bestiale, e sono stata contenta quando hanno suonato il fischio della fine perché avevo il giubbotto intriso di pioggia fino alla fodera, e avevo bisogno di tornare al coperto a scongelarmi. Hanno perso quattro a zero. Joe si è ferito a un ginocchio e ha dovuto farsi vedere da un'infermiera. Ma più tardi, davanti a un bel piatto di arance tagliate, è stato lui a chiedermi come stavo, seguendo gli insegnamenti di zia Coral.

«Hai l'aria stanca, Sue» ha detto. «Non hai dormito? Stai tremando, mettiti la mia giacca.»

Sta diventando il pupillo di zia Coral. Io credo che lei voglia aiutarlo a diventare un buon amico. (Come vorrei che si applicasse a Icarus.) Joe mi fa sempre sentire una signora, anche se a volte va un po' troppo oltre e diventa tutto seducente e poco virile. Non mi piacciono troppe poesie, in un uomo preferisco un po' di tensione, un po' di senso della sfida. Non è entusiasmante pensare che qualcuno un domani ti sposerà e che ogni volta che ti verrà da piangere si metterà a piangere con te.

Mangiando le arance ho raccontato a Joe dei miei incubi, e lui mi ha fissato a bocca aperta, e si è offerto di portarmi a Titford sulla sua bici per aiutarmi a cercare. Gli piaccio molto, questo è fuor di dubbio. Mi piacerebbe poter dire lo stesso. Comunque ho deciso di prenderlo in parola e di accettare la sua offerta di un passaggio a Titford (quando se ne presenterà l'occasione), poi gli ho proposto di venire a pranzo a Green Place, dove siamo stati accolti con gioia e ci siamo goduti la cucina domenicale di Mrs Bunion.

«Piuttosto piovoso, vero?» ha detto Joe.

«No, è domenica» ha risposto l'ammiraglio, che è un po' duro d'orecchi.

«Delia, avevo capito che oggi saresti andata a pranzo dai Jeffreyson» ha detto zia Coral distrattamente.

«No, ti sbagli» ha risposto Delia.

«Ma è scritto sul tuo calendario che oggi avevi un pranzo dai Jeffreyson» ha ribadito zia Coral.

«Devo essermi dimenticata di cancellarlo» ha detto Delia, prendendo l'oggetto incriminato. Delia ha un suo calendario personale appeso in cucina, e spesso ci sono scritte cose che non hanno nulla a che vedere con quello che ha realmente fatto in un dato giorno. Come zia Coral, credo che le piacerebbe avere molti più appuntamenti, e quindi ne inventa un po'.

C'è stato un attimo di imbarazzo, riempito solo dal rumore che Joe e io facevamo mangiando. Joe raschiava il piatto speciale di zia C con la forchetta.

Zia Coral si è resa conto di avere inavvertitamente smascherato il calendario di Delia e ha tentato di rimediare: «Attento alla porcellana, Joe, è di un certo valore. La porcellana è la forma più delicata e costosa di ceramica che ci sia. Viene dall'italiano, significa conchiglia. Se la ceramica non è traslucida e non lascia passare la luce, allora non è porcellana. Stai mangiando sulla miglior porcellana di tutto il Sud dell'Inghilterra».

«Wow» ha detto Joe, ovviamente piuttosto impressionato. E ha posato solennemente sul piatto coltello e forchetta.

«Stavo pensando di prendermi un gatto» ha detto Delia, che invece non era rimasta affatto impressionata dalle parole di zia C. «Mr Waiting ha appena avuto una cucciolata.»

«Oh Delia, non un gatto» ha replicato zia Coral, «perché vuol dire che non ti sposerai mai.» In genere non era così priva di tatto.

Delia si è alzata, lamentando dei bruciori di stomaco, e poco dopo l'ammiraglio Gordon l'ha seguita fuori dalla stanza, con il gilet della domenica che gli tirava sulla pancia.

Da quando Loudolle è stata qui, ho notato che zia Coral e Delia hanno spesso dei piccoli contrasti. Loudolle ha causato uno screzio tra loro, perché agli occhi di Delia Loudolle non sbagliava mai, mentre agli occhi di zia Coral ero *io* a non sbagliare mai, e quindi hanno dovuto schierarsi. Siccome zia Coral non ha avuto figli – ha sempre detto che ci sarebbe voluta una squadra di laureati per metterla incinta – il legame fra me e lei è molto stretto. Sono come la figlia che non ha mai avuto, è naturale che si sia schierata dalla mia parte.

«Il tuo giovane amico ha per caso intenzione di trascorrere il pomeriggio con noi?» mi ha chiesto dopo un attimo di silenzio.

«No» ho risposto.

«Sì» ha detto Joe nello stesso istante, e siamo entrambi scoppiati a ridere, forse in modo anche troppo esagerato.

«Perché non fai fare a Joe un giro» ha detto zia C, «e non gli mostri il regno delle ragnatele?»

Così ho portato Joe a fare un giro di questa casa che non finisce mai, un'infilata di stanze vuote, e io stessa ho finalmente dato un'occhiata ai locali in cui non ero ancora entrata.

«Potreste avere dei rifugiati che vivono qui senza che voi ne sappiate nulla» ha detto Joe.

Aveva ragione. È facile nascondersi a Green Place. L'idea mi ha spaventato. Gli ho mostrato la porta della stanza chiusa, che fa sempre una certa impressione, e poi l'ho portato in camera mia. Nell'attimo in cui siamo entrati gli è successo qualcosa – ha cambiato colore e si è fatto silenzioso.

«Questa è la mia camera» ho detto. E quando mi sono girata, me lo sono trovato davanti. Si è avvicinato e ha cercato di rubarmi un bacio, ma ha mancato le mie labbra e colpito il naso, pestandomi anche un dito del piede.

«Non ti ho fatto salire qui per questo» ho detto.

«Scusami. Non ho saputo resistere.»

«Grazie, questo è gentile da parte tua.»

«Ti amo, Sue.» Mi ha guardato negli occhi per un po' aspettando che io gli dicessi lo stesso, cosa impossibile perché io non lo amo, ma non riuscivo a guardare da un'altra parte o a dire qualcosa perché aveva appena cercato di baciarmi, e ignorare questo fatto o cambiare argomento sarebbe stato scortese. Per cui non ho detto niente, un comportamento orribile da parte mia, e più il tempo passava, più lui arrossiva.

«Perché ti piace così tanto mio fratello?» ha chiesto. «Lui non rispetta le donne.»

«Mi spiace» ho risposto, ma se ne stava andando,

aveva già un piede sul primo gradino della scala.

Zia Coral l'ha visto uscire e io ho passato il resto del pomeriggio e tutta la sera a letto con l'occhio di Icarus, sentendomi a disagio nei confronti di Joe, ma incapace di non amare l'uomo che amo.

Era una notte perfetta per i brutti sogni, e ho rifatto quello con Mr Jewell, ma stavolta con una fine diversa. In questa versione Mr Jewell non si fermava a fumarsi una sigaretta e arrivava da mia madre in tempo per salvarla. E mentre si allontanava dall'ambulanza, si trovava un biglietto in tasca. Pensando che a quel punto non serviva che qualcuno lo leggesse, ne ha fatto una pallina. Io gli gridavo di leggerlo, ma lui non mi sentiva perché io non ero lì.

Quando mi sono svegliata, alle tre di notte, la pioggia veniva giù come milioni di lacrime dal paradiso. Forse pensa a me, malgrado tutto.

*Lunedì 6 luglio*

## Brackencliffe

di Sue Bowl

Keeper era fuggito lontano e si era addormentato in una grande caverna scura, spossato dalla sua corsa attraverso la brughiera.

«Bravo Keeper, sei un bravo cane» disse Fiona, trovandolo e sdraiandosi al suo fianco. Indossò il medaglione di Cara intorno al suo grazioso collo, dando a Keeper gli avanzi della sua colazione. Poi riposarono insieme, ma con la coscienza di non dover indugiare, perché grande era la loro paura di essere scoperti.

Nel frattempo a Brackencliffe, Van Day si avvicinò a Cara. «Graziosa donzella» disse, «perché non ti ho mai visto prima?»

*Allora è in grado di parlare se gli garba* pensò Cara, difendendo i propri indumenti di fanciulla.

«Appropinquati, mia piccola stella» disse Van Day, premendola su di sé. «Sono Knight Van Day» disse, «e vengo da lidi remoti.»

Pretafer tornò dal luogo di decenza e ordinò a Cara di portarle un piatto di pasta, perché se anche aveva una valanga di corteggiatori era invidiosa di quella ragazza, e nulla sapeva di cosa sarebbe successo se Knight Van Day si fosse trattenuto.

Stasera ho letto a zia Coral in gran segreto, nella sua stanza, le ultime cose che ho scritto. Deve essere l'ultima volta che le leggo un estratto, perché non possiamo permetterci di infrangere le regole. (Non è previsto che discutiamo i nostri testi, il lavoro che dobbiamo fare è strettamente individuale.)

«Splendido, Sue, davvero splendido, ottimo lavoro» ha detto zia C. «Ma mangiavano la pasta nel diciassettesimo secolo?»

«Posso cambiare con orzo» ho detto.

Era una giusta osservazione, ma in realtà ha smorzato il mio entusiasmo. In fondo avevo accettato di leggerle qualcosa solo perché è ancora scombussolata per la vicenda delle scarpe.

## Zibaldone di Coral: Volume 3

*Green Place, 12 marzo 1938*
*(16 anni, ma ne dimostro 18)*

Fino a oggi, e per due settimane, non ha fatto altro che piovere a dirotto. È come se le macchine in cielo avessero spinto la pioggia di lato, anziché farla cadere. È il fenomeno noto come pioggia di traverso, succede quando le gocce d'acqua vengono investite dal vento e spinte in orizzontale. A volte assumono forme interessanti come barbe o noci di cocco. Ho passato questi giorni a guardare fuori dalle finestre chiuse, meditando sulle prospettive dell'età adulta, ma nel paddock c'è solo acqua e il cavallo di Cameo. Se la pioggia non cessa, l'intenso profumo dei tulipani verrà lavato via e il glicine resterà verde, fradicio e in cerca di luce.

Facile immaginare con quanta gioia abbiamo assistito al miglioramento di questo pomeriggio, che ci ha permesso di sederci in terrazzo a gustare degli ottimi Brown Bettys, risollevati da un sole non ancora caldo, con l'aria fresca lasciata dalla pioggia e l'acqua che travalica le sponde dei fossi. Un momento perfino sensuale che ha segnato una giornata altrimenti simile alle altre.

BROWN BETTYS

*Acqua*
*Zucchero di canna*
*Limone*
*Cannella e chiodi di garofano*

1 Cuocere a bagnomaria
2 Versare gli ingredienti in un padellino con:
Quattro bottiglie di birra scura
Sei cucchiaini di brandy (per una famiglia di 4 per-

sone, oppure secondo il gusto)

Sei pezzi di pane tostato aromatizzati con noce moscata, zenzero e chiodi di garofano.

3 Versare in barchette da pasticciere

La mamma li ha anche serviti in un modo originale. Una delle cose migliori al mondo è un cocktail versato da una teiera...

***Notizie emotive***

Cameo e io, come Lady Chatterley, ci siamo innamorate di Sayler. Ha cominciato a lavorare da noi come giardiniere una settimana fa, e da quel momento siamo ansiose di aiutare a eliminare le erbacce. Mi viene la classica tremarella alla vista dei suoi bicipiti. Non ho mai visto un uomo così divino e non credo che lo dimenticherò presto. (Gli do 15 su 10, ma è fuori dalla mia portata.)

Altri uomini che conosco:

Dottor John – rassicurante, intelligente, bell'orologio da taschino, ma scapolo inveterato (7)

Howard, l'avvocato di papà – tipo alla Heathcliff, fuori posto come avvocato (un sonante 8,5)

Altri carismatici e strabilianti individui (da mantenere segreti)

L'inutile-Daniel, il nipote di Mrs Morris – belloccio ma molto permaloso. Dovrebbe aiutare alla bisogna, ma non muove un dito perché gli cola sempre il sangue dal naso. Mrs Morris lo ama come un figlio. (7)

Mr D'Olivera, il droghiere: bello da farti star male, sa dov'è la linea sottile che separa un frutto maturo da uno marcio, e sceglie il meglio per le sue ragazze. (Cameo dispone i frutti di Mr D'Olivera sul comodino e dice di aver fatto una natura morta. Mrs Morris li butta via quando cominciano a fare la muffa. Papà si arrabbia sempre, dice che ci vogliono tre settimane a spedire qui una banana dalle Indie occidentali in un bastimento dotato di una buona refrigerazione, e che quindi è un vero spreco da parte nostra lasciar marcire qualunque cosa. (9)

Johnny-sulla-luna, il ragazzo del carbone, così chiamato per via dei suoi sogni profetici. È famoso in tutta Egham per certi sogni importanti che ha fatto, e può dirti chi vincerà il Derby, o qual è il giorno migliore per andare al bingo. Mitico e lirico nei modi, con due occhi da sognatore, anche se è sempre sporco di carbone. Come mi piace il modo in cui pronuncia *thursday* senza dire l'H. Se fosse un po' più grande me ne innamorerei, ma ha solo 14 anni, sarebbe del tutto fuori luogo. (Comunque, gli do 10 su 10.)

A essere sinceri, Cameo e io abbiamo litigato a causa di Johnny, perché io le ho detto di essermi presa una bella cotta, e lei allora mi ha risposto di essersela presa anche lei, ma solo perché l'avevo già detto io. Avere tre anni meno di tuo marito è perfetto. Alla fine abbiamo deciso di lasciar perdere Johnny e di dividerci Sayle e Mr D'Olivera. Abbiamo stabilito un patto: le sorelle vengono sempre prima.

«Non posso permettere che ci sia dell'odio nel mio cuore, Coral, ti voglio troppo bene» ha detto Cameo.

«Se non c'è odio nel tuo cuore, Cameo» le ho risposto, «allora perché ti sprizza dagli occhi?» È stato decisamente uno dei nostri litigi più letterari.

La notte scorsa, dopo che abbiamo fatto la pace, Cameo è venuta nel mio letto, anche se io volevo rimanere sola. Credo volesse essere sicura che siamo ancora una famiglia felice.

«Non dirmi che non posso parlare di sesso perché ho undici anni» ha iniziato. «Il sesso è bellissimo» ha continuato, facendo un ampio gesto col braccio.

«Come fai a saperlo?»

«Lo dicono tutti» ha risposto.

«In realtà, speravo di darci un po' dentro con la mia serie di libri di medicina – stasera mi toccano prostata e sterno» le ho detto.

Queste parole hanno avuto l'effetto desiderato ed è scivolata fuori. Crescono così in fretta...

***Notizie domestiche***

La Mary del piano di sotto, Miss Lunn, è stata licenziata perché delirava. Era convinta che, di pomeriggio, papà volesse dormire con lei, e che il suo comportamento riservato era dovuto al fatto che lei non voleva, non ai dolori allo sterno di papà. Si metteva continuamente a piangere negli angoli e alla fine tutto questo è diventato insostenibile. Mrs Morris non ha fatto parola di nulla. La mamma non ne sa niente. Spero che Miss Lunn riesca a trovare pace in un prossimo futuro.

Papà, di cattivo umore a causa del suo sterno, ci ha accusato di pigrizia, dicendo che non alziamo mai un dito per aiutare in casa. Ma noi facciamo la nostra parte, a nostro modo, solo che lui non se ne accorge. Cameo trascina le sue languide dita sulla polvere, lasciando dei simbolici disegni. Dice che ha perso la capacità di spolverare, come se fosse un risultato dell'evoluzione.

# *Sue*

*Mercoledì 8 luglio*

Recentemente ho cercato di scoprire qualcosa di più sulla nonna Cameo. Da bambina è caduta in montagna e una racchetta da sci le è penetrata nell'occhio. Di conseguenza ha dovuto mettere un occhio di vetro, che zia Coral dice non aver tolto nulla alla sua bellezza.

«Aveva il volto di un angelo e i capelli chiari come pan di Spagna. Non ha mai dovuto pagare il biglietto sull'autobus se c'era un uomo alla guida» ha detto.

Fuori, in giardino, c'è una targa dove Cameo ha sepolto alcune delle sue bambole.

IN MEMORIA DI MITZI E MAE
L'amore è il fine della vita
*Cameo*

È una tragedia che sia morta così presto, una tragedia forse più per zia Coral, rimasta sola a prendersi cura di loro padre, una volta scomparsa anche nonna Pearl. In quel periodo non la si vedeva più in giro per Egham. Si faceva consegnare la spesa a domicilio e per qualche strano motivo teneva il calendario sempre alla stessa pagina. Mi chiedo se non fosse il desiderio di fermare il tempo, o se pensasse, in quel modo, di conservare gli anni perduti per tempi migliori. Anche il bisnonno Evelyn si fece solitario, contando silenziosamente su di lei. Zia C racconta che in certi giorni non usciva nemmeno dalla propria camera. Non avevano più Mrs Morris, e le cameriere non si fermavano mai a lungo. Mrs Bunion è comparsa sulla scena molto più tardi. Dev'essere stata dura per zia Coral, non mi piace pensare a questo lento appassire, mi sembra un'ingiustizia. È una donna socievole che quindi ama la compagnia.

Mia madre, naturalmente, era già presente quando il bisnonno Evelyn stava diventando vecchio. Aveva voltato le spalle ai privilegi quando aveva lasciato il collegio, trovato un lavoro e sposato mio padre. Ma parlava spesso del suo senso di colpa per non essere stata abbastanza vicina a zia Coral, lasciandola sola a occuparsi di tutto. In sua difesa posso dire che la mamma si sentiva esclusa per via dei giorni passati in collegio, perché se nonna Pearl fosse vissuta più a lungo, è molto improbabile che ce l'avrebbero mandata.

Come con zia Coral e Cameo, e come succede spesso in questi casi, è stata la figlia più coscienziosa a essere trattata come una vecchia ciabatta, mentre Cameo, prima della sua morte, è stata sempre trattata come un sandalo ingioiellato.

Una sera della settimana scorsa, zia Coral mi ha confidato, dopo un gin di troppo, che Cameo è morta nella stanza chiusa dell'Ala Orientale, e che dietro la porta bloccata ci sono tutte le sue cose esattamente come le ha lasciate. Credo che vada spesso così quando qualcuno muore all'improvviso. Lo aiuta a sopravvivere un po' più a lungo nella mente di chi è rimasto.

«Non è solo per le sue cose, tuttavia, è anche una

certa sensazione che provo quando ci entro» ha detto zia Coral. «È come se ci fosse dentro qualcosa.»

«Immaginazione?» ho detto (con molto pragmatismo, sono o non sono la sua vera seguace?).

«Probabile» ha risposto. A quel punto sono crollate tutte le sue difese sotto l'impeto dei ricordi.

«Perdere Cameo è stato un tale shock. Mi fecero tornare da Oxford, ma quando arrivai a casa mia sorella se n'era già andata. È successo tutto così all'improvviso.»

«Come è morta?» ho chiesto, perché mi è parso il momento adatto per fare quella domanda. Ma zia Coral non ha retto al pensiero e mi ha pregato di rimandare a un'altra volta in cui sia più sobria. È strano sia sempre così impenetrabile in proposito. La morte di Cameo sembra davvero avvolta nel mistero. Un giorno, tanto tempo fa, l'avevo chiesto alla mamma e lei mi aveva risposto che non era sicura ma che doveva essere stato un colpo apoplettico.

«So che mi capisci» ha detto zia Coral. «L'amavo molto, e volevo prendermi cura di lei.»

Ho cercato di consolarla con una perla di saggezza tratta dalla mia esperienza di vita.

«Ho sempre desiderato avere un fratello o una sorella» ho detto, «ma adesso credo che non averne sia una specie di benedizione.»

«Perché?» ha chiesto zia C.

«Perché così non posso perderli» ho risposto.

*Lunedì 20 luglio*

La cosa a cui non smetto di pensare è il fatto che Icarus mi ha invitato una volta, e se mi ha invitato una volta lo rifarà sicuramente, soprattutto con Loudolle fuori dai piedi. Curarmi con più attenzione del mio aspetto la mattina mi porta via un sacco di tempo. Significa svegliarsi prima e stare molto in bagno per mantenermi al massimo della forma.

Zia Coral dice che sono proprio una ragazza, Delia dice che sono carina, Joe ha detto che mi trovava bellissima (questo prima che lo respingessi). Io spero di essere tutt'e tre le cose per tutti loro, ma certo è che Loudolle è davvero splendida, con le sue ginocchia da puledrino e quei riccioli da sogno, e non so se Icarus mi vede allo stesso modo.

Se solo potessi avvicinarlo quanto basta per chiedergli perché mi ha invitato quella volta, allora potrei almeno essere sicura che l'ha fatto davvero, e che non me lo sono sognata. Cerco senza posa di trovare un momento per parlargli, ma ogni volta ce n'è una e perdo coraggio. Chiedergli perché mi ha invitato non è una domanda qualsiasi. C'è sempre troppa gente intorno ad ascoltare.

Al *Toastie* è arrivata una nuova cameriera, si chiama Charlie Harker. Viene dalla Nuova Zelanda e beve whisky Macs. È l'unica che può competere con Loudolle, anche se non è propriamente bella. Ma profuma di aeroporti, o meglio, di quegli stick nelle riviste che lasciano il profumo quando li strofini sui polsi. L'ammiro molto per il fatto che viene dall'altra parte della terra.

Mrs Fry l'ha nominata capocameriera. Pensa solo a come ottenere il massimo da ciascuno, e lo ottiene con un sistema di ricompense. In quanto capocameriera Charlie gode di pause extra e non deve lavare le pentole. Io ho le mani screpolate perché le tengo continuamente nell'acqua, e mi sarebbe piaciuto molto essere capocameriera, ma temo che Mrs Fry non mi abbia mai realmente apprezzato.

Al momento lavoro dalle sette del mattino alle cinque del pomeriggio, cinque giorni alla settimana, e a volte faccio anche qualche ora di straordinario la sera, per preparare gli ordini per le consegne a domicilio. Il mio stipendio è balzato da £30 la settimana a £100, e gran parte va a zia Coral per il mantenimento. Io trattengo solo una sterlina alla settimana per la borsa che voglio ricomprarle, e tre per i miei risparmi personali. Con un po' di babysitting per Mary-Margaret Fry dovrei riuscire a far crescere ulteriormente i miei guadagni e concedermi qualche regalo.

Ho fatto la babysitter a Mary-Margaret l'altro giorno, e sono riuscita a dare un'occhiata nella camera di Icarus. È proprio una stanza da ragazzino, con foto di gruppi pop alle pareti e pantaloni sparpagliati sul pavimento. Sul letto c'erano degli orsacchiotti, una follia se penso a tutte le arie da macho che si dà. Anche se ho visto un grosso aggeggio nero nell'angolo che sembrava uno di quegli stereo fracassoni, i *gatto-blaster*.

Per contrasto, in camera di Joe c'erano un vaso di fiori e degli asciugamani puliti. Sembrava la stanza di un vecchio gay ed è interessante notare come, cercando di baciarmi, abbia forse dovuto vincere la sua natura. Ero affascinata nel vedere le loro stanze: quante cose erano in grado di rivelarmi sui loro occupanti!

Con Joe va piuttosto male al momento. Lui mi ignora, e a peggiorare le cose non frequenta più il Gruppo. Gli ho chiesto se ha intenzione di mantenere la promessa di accompagnarmi a Titford, ma ha detto che adesso è troppo occupato.

## Brackencliffe

Al mattino Cara si svegliò prima dell'alba e andò sulla scogliera a spiare i fuggiaschi. Si era trattenuta solo un momento quando Van Day arrivò al galoppo con Peril. Lo stallone compì un cerchio, con gli zoccoli affilati che artigliavano il terreno. La scogliera non era come la camera da letto, qui non c'era nessuno che potesse salvarla.

«Dov'ero rimasto?» disse Van Day smontando da cavallo, con la sua grande bocca spalancata e fremente di desiderio.

Ma simili a due proiettili accorsero Fiona e Keeper, come uscendo dal buio, dal nulla. Keeper affondò i denti nelle brache dell'uomo e lo costrinse a inginocchiarsi.

«Correte!» abbaiò. Cara e Fiona scapparono via, lasciando Keeper a lottare con Knight Van Day, che prese il cane per la collottola ed estrasse la pistola.

«Credi che mi lasci intimidire da uno spaniel?» disse, e piegò la testa all'indietro sghignazzando.

«Cazzo» disse Fiona, «e adesso cosa facciamo?»

«Sei davvero originale e imprevedibile» ha detto zia Coral quando le ho fatto leggere quest'ultima parte.

*Mercoledì 22 luglio*

Non ho ancora parlato degli strani rumori che ho cominciato a sentire in casa di notte. Come ho detto un po' di tempo fa, Delia dice *cazzo* nel sonno, e quindi ho attribuito molti dei rumori che si sentono al suo regime notturno. Il letto di zia Coral, invece, cigola ogni volta che lei si gira. Due settimane fa, però, ho udito un suono che non potevo attribuire né a Delia né a zia C. Era una notte buia e senza stelle, quel genere di notti che ti soffocano. Ho sentito chiaramente un rumore sordo proveniente da qualche parte sotto di me, poi silenzio, ma c'era come un'atmosfera, una presenza, come se ci fosse qualcuno. L'udito è stato sommerso dai battiti del cuore, così forti che ho dovuto coprirmi il petto con un cuscino per sentire qualcosa.

Nelle notti seguenti, quel rumore sordo si è fatto regolarmente risentire, e così la notte adesso ha questa melodia: Cazzo - cigolio - tonfo - cazzo - cigolio - tonfo. Cazzo e cigolio me li spiego, ma il tonfo è molto strano. Sono turbata.

Non sono una che si spaventa tanto facilmente, anzi. A Titford mi divertivo a spaventare Aileen, quando veniva a stare da noi, dicendole che vedevo delle teste librarsi nell'aria. Ovviamente non era vero, ma mi piaceva metterle paura, mi dava la sensazione di esercitare un potere. Povera Aileen, adesso mi sento un po' in colpa. Non c'è da stupirsi che venisse nel mio letto per sentirsi sicura.

Non è la stessa cosa a Green Place, tuttavia, e comincio ad avere un po' paura. Con quello che succede nei miei incubi, non sono affatto tranquilla e sto un po' a pezzi. Verso le dieci vado a letto, stanca morta a causa del *Toastie*, e mi addormento subito. Immancabilmente mi ritrovo alla banca dei suicidi a leggere messaggi in tutte le lingue. A quel punto mi sveglio al suono di cazzo-cigolio-tonfo, e resto lì sveglia aggrappata al cuscino. Poi mi riaddormento e trovo Mr Jewell con i piedi sulla scrivania a fumarsi una sigaretta mentre mia madre giace morta sul pavimento. Il processo si ripete uguale più volte fino al mattino, che arriva come un gigantesco sollievo. È quando mi sveglio gridando e zia Coral si precipita da me, attenta a non inciampare sulle scale.

Non c'è da stupirsi se in più di un'occasione sono arrivata in ritardo al lavoro, e Mrs Fry ha detto che me la prendo troppo comoda.

Zia Coral non è preoccupata per il tonfo, e ha dichiarato che secondo lei è dovuto a una causa naturale, forse a un tasso che va a farsi una passeggiatina. Dice che in tutti gli anni in cui ha vissuto a Green Place non ha mai visto intrusi, né soprannaturali né altro. Naturalmente Mr Tsunawa è felice di tutto questo, ritenendo che sia opera dei fantasmi. L'ammiraglio Ted e Delia non hanno sentito niente, lei per via di tutto il rumore che fa da sé, lui perché è duro d'orecchi. L'ammiraglio Little e l'ammiraglio Gordon hanno invece detto di averlo sentito, ma in modo piuttosto vago, e sono d'accordo con zia Coral che deve trattarsi di qualcosa di naturale. Comunque, per tranquillizzarmi, abbiamo fatto tutti insieme un giro completo della casa, senza trovare nulla.

Il fatto di avere ispezionato l'edificio mi ha fatto crescere il desiderio di cercare la nota scritta dalla mamma, cosa che fino ad ora ho fatto solo in sogno. Non riesco a smettere di pensare come trovarla, anche se mi rendo conto che è molto improbabile. Ma più mi sento stanca e affaticata, più cresce la voglia di trovarla, per poter ricominciare a dormire normalmente.

Ho iniziato a esplorare Green Place perché ritengo *possibile* che la mamma sia venuta fin qui e vi abbia nascosto il biglietto da qualche parte, non volendo che lo vedesse mio padre. Magari aveva anche pensato che prima o poi sarei venuta a trovare zia C, o che zia C avrebbe trovato il biglietto e me l'avrebbe dato. Cercare un biglietto a Green Place, tuttavia, può impegnarti per anni.

Ho anche dato un'occhiata al *Toastie*, malgrado il fatto che la mamma non poteva sapere che un giorno avrei lavorato lì. Ma può anche aver dato il biglietto a qualcuno, che mi ha seguito quando ho lasciato Titford e che l'ha messo lì da qualche parte perché io lo trovi. Inoltre, non mi fido di Mrs Fry – magari l'ha trovato e l'ha spostato da qualche altra parte. Mi riesce facile escogitare le tesi più diverse...

E se il tonfo fosse un altro messaggio dall'adilà? Se la mamma volesse allertarmi per qualche motivo? La mia povera testolina non smette mai di cercare un senso in ciò che un senso non ha.

Con il lavoro che faccio, sommato agli incubi che non mi mollano, sono sempre stanca, cosa che, quando soffri, ti fa sentire ancora più fragile. Piango per la minima stupidaggine, e sto diventando famosa per questo. Piango quando l'ammiraglio Gordon parla del mare, piango alla vista di un coniglietto, piango quando c'è la luna piena, e quando non c'è, piango al *Toastie* e piango durante il Gruppo, e piango quando i pettirossi si posano sulla buddleia.

Nel frattempo zia Coral vanifica i vantaggi dell'avere altri affittuari assumendo nuovo personale. Ha detto a Mrs Bunion di venire, come prima, tutti i giorni della settimana, ha rimesso Badger a tempo pieno e ha preso pure suo figlio, e Glen Miller, il muratore. Non si ferma un istante nel suo autodistruggersi. Se solo le viene in mente di comprarsi una borsa nuova, credo che le darò uno schiaffo.

*Mercoledì 29 luglio*

La mia vita è un monotono susseguirsi di tazze e patate, sogni di biglietti e notti insonni. In tutto questo si è inserito anche un altro rumore strano, e a completare l'opera anche il ritorno della mia *nemecisti*.

Davanti a Green Place c'è un'area ghiaiosa dove zia Coral fa crescere del bambù. Se ci cammini sopra fa un forte rumore, così, quando l'ho sentito la notte scorsa dopo aver udito il tonfo, mi è scattato l'allarme. Mi sono precipitata sul terrazzo, tenendomi alla portafinestra per non cadere giù, ma non ho visto niente, nemmeno un tasso.

«Forse il tasso ha cambiato strada, passando sul davanti, ed è troppo stupido per evitare la ghiaia» ha detto zia Coral quando le ho chiesto una spiegazione stamattina.

Sembra sempre entusiasta al pensiero di potenziali intrusi, soprannaturali o meno. Ma zia Coral viene dalla terra di zia Coral, dove i bambini corrono di fianco alle biciclette e vanno a letto alle sette, e i tassi o i furetti mangiano la shepherd's pie e le anziane signore hanno tutte lo chauffeur.

*Lunedì 3 agosto*

Per fortuna c'è sempre tanto da fare al *Toastie* che non resta molto tempo per indugiare su niente. Non sono più solo una semplice apprendista ma posso inventare dei ripieni per le patate e occasionalmente servire ai tavoli. La mia specialità è l'insalata di cavolo, a cui aggiungo mele e ketchup per dare un po' più di gusto. Servire ai tavoli è molto meglio che passare lunghe ore da sola in cucina a imburrare. I meccanici del gommista si mangiano tanta di quella roba a colazione che mi meraviglio come riescano a farcela stare dentro tutta, e mi fanno sentire una principessa con i loro audaci e lusinghieri commenti. Mi piace lavorare in prima linea, mi dà un senso di appartenenza e di partecipazione all'impresa.

Il momento più bello della giornata al *Toastie* è quello che segue l'orario di chiusura, quando Mrs Fry porta Mary-Margaret a casa per la cena. Noi prepariamo per il giorno seguente, poi ci facciamo un cappuccino. Charlie ha insegnato il poker a Michael e a me, ma dice che per giocare ci vorrebbero degli alcolici. Ha vinto una cospicua somma a una festa, dove ha bevuto 75 *cm* di vino. Michael ci ha raccontato un po' di Icarus e di come lui l'abbia scaricata, e ci ha confessato che lo ama ancora, così io non sono stata a dirle che anch'io lo amo.

Grazie a Dio, Joe è un po' meno distante, credo che sia preoccupato per me. In fondo è un bravo ragazzo. Non so se posso chiedergli ancora di portarmi a Titford, da amico voglio dire. Per molti motivi, è l'ultimo posto al mondo in cui vorrei andare, ma ho bisogno di verificare l'esistenza di un biglietto. Certo non posso andarci quando ci sono papà e Ivana. Quindi devo aspettare il momento opportuno.

*Giovedì 6 agosto*

A proposito del mio amore segreto per Icarus, è successa la cosa peggiore che potesse succedere. Stamattina, dopo una notte infestata dai sogni e dai rumori, stavo cercando il biglietto al *Toastie* quando Icarus è entrato in cucina. Michael e Charlie servivano in sala, Joe era alle prese con lo schiumalatte, Mrs Fry stava alla cassa e Mary-Margaret era ancora a scuola, quindi ci siamo trovati completamente soli. Era il momento che da tempo aspettavo.

«Che cosa stai facendo?» ha detto, perché avevo

aperto tutti i contenitori della farina.

«Stavo solo cercando... niente» ho detto. Poi, senza che me ne rendessi conto, ho udito la mia voce spandersi serenamente e dire: «Perché mi hai invitato alla festa di Sandy?».

Ma quella non era la mia voce, era la voce dello sfinimento che prende il sopravvento quando il tuo redattore interno si è addormentato.

«A dirti il vero, Sue, non ti ho invitato io» ha risposto. «È stato Joe a dirmi di invitarti.»

## Zibaldone di Coral: Volume 3

*Green Place, 12 settembre 1938*
*(16 anni, ma ne dimostro 18)*

**Ragno violino o ragno eremita**: originario degli Stati Uniti, un ragno violino vive al massimo due anni e i suoi piccoli impiegano un anno a diventare adulti. In genere non saltano, e attaccano solo se provocati. Lo si può trovare fra le lenzuola di letti usati occasionalmente, come il letto per gli ospiti (attenti a voi!), e si nascondono nelle scarpe, nei guanti e in quei capi di vestiario rimasti a lungo inutilizzati, p.e. calze sparse sul pavimento (sciattoni, attenti a voi!). Ogni alterazione del suo sistema nervoso può provocare comportamenti aggressivi. Mi ricordo di questo ragno perché me lo immagino che suona il violino, cosa che lo distingue dal suo vicino, il ragno tromba.

Questo breve saggio è stato scritto come strumento di rappacificazione con papà, dopo una dolorosa lite. Gli ho detto che volevo studiare letteratura all'università, e lui mi ha risposto che una ragazza dotata di un'intelligenza scientifica non dovrebbe sprecarla in prodotti di pasticceria, come se Tolstoj, Dostoevskij e Cechov possano essere definiti in questo modo. Perché io so, al di là di ogni dubbio, che si può trovare conforto solo nella letteratura, che tutto ciò di cui ho bisogno è nei libri. E invece no, Cameo è tutta arte e bellezza, mentre io sono intelligenza e dovere. Niente da fare, siamo segnati fin dalla nascita. Pare che io debba uccidere il mio lato poetico se voglio far piacere a papà.

Il mio problema è che desidero davvero renderlo orgoglioso. Non sopporto quando mi esclude. Gli ho fatto un disegno della tarantola raffigurata nel mio libro sulla giungla, e lui l'ha anche apprezzato. Non gli ho mostrato il ritratto che gli ho fatto dopo, senza il parrucchino. La mamma ha detto che era molto rassomigliante. Ha lasciato il parrucchino da qualche parte dopo la nostra conversazione, ma poi non ricordava più dove e il suo umore è peggiorato ancora di più. Abbiamo cercato in lungo e in largo per casa, prima di perlustrare il giardino. Alla fine Sayler ha scoperto una tana di volpe nei boschi, e dentro c'erano un giornale, due patate e il parrucchino di papà.

«Mi chiedo cosa possa farsene una volpe» ha detto la mamma, quando papà si è presentato infuriato per la cena.

Il mio sospetto che tutto questo NON fosse opera delle volpi è stato confermato dalle occhiate in codice di Cameo. Se mi si può accusare di essere invidiosa di Cameo, perché a lei viene concesso tutto ciò che a me viene negato, devo anche dire che non mi dura mai più di un minuto, perché lei è davvero disarmante.

E comunque, quello che sta succedendo nel mondo ci fa cambiare completamente prospettiva, ci sono voci ricorrenti di una guerra imminente con la Germania. Se ci penso, mi passa tutto il malumore per la festa di Mirabel, stasera. Voglio comunque trascrivere qui come è previsto che ci vestiamo. In qualunque altro giorno sarei stata felice di indossare questa roba, ma oggi sembra un sogno: CAMEO avrà un abito semplice con delle graziose gale, di uno splendido color paglierino che è di gran moda in questa stagione. Avrà anche uno scialle di un blu chiaro che contrasta soavemente con il vestito. Si è ispirata a Shirley Grey, che è stata vista indossare un vestito simile. IO avrò un vestito di crêpe verde chiaro, e una coroncina di strass sulla testa. È un vestito che si potrebbe tranquillamente vedere indossato da qualcuno su una carrozza reale.

Le nostre scarpe vengono dall'America. Per me sandali chiusi col cinturino di un écru che qui non esiste. Per Cameo sandali azzurri e mimosa col tacco a spillo – lei dice che la fanno camminare come un'ubriaca. Ma a lei è stato eccezionalmente concesso di mettere delle scarpe con i tacchi, quindi se li fa andar bene.

Prima di uscire ci hanno fatto delle fotografie, che metteranno in un album intitolato *Pronte per il re*. Essere una ragazza ha i suoi vantaggi.

# Sue

*Venerdì 14 agosto*

«Le Brontë non avrebbero mai fatto ricorso a delle forzature per dare struttura alla narrazione» ha detto zia Coral stamattina, mentre discutevamo di scrittura andando a sederci in terrazzo. Evidentemente stava pianificando il prossimo Gruppo. Lei ha aperto una sdraio e ne è saltato fuori uno scarafaggio. La buddleia ospitava un gran numero di uccellini. Era uno spettacolo di malinconica felicità. Loudolle nuotava in piscina e gli ammiragli stavano prendendo il sole.

Ho deciso di distrarre zia Coral e di spostare la conversazione su questioni di ordine pratico.

«Hai comprato un'altra borsa?» le ho chiesto, notando una borsa nascosta sotto la sedia.

«Ti ho detto che mi sentivo sola.» Sta diventando la sua risposta abituale.

«Si possono fare dei soldi con la solitudine, non ti pare? Cosa ne dici di un corso di cavalleria in veranda? Proviamo a studiare un budget?»

A essere sincera, comincia a sembrarmi un'idea stupida, ma al tempo stesso ho intenzione di tentare qualunque cosa, perché la possibilità di rimanere a Green Place si assottiglia ogni giorno di più, considerati i debiti che abbiamo. Gli stipendi del personale che zia C insiste a mantenere si mangiano gli affitti degli ammiragli e non resta niente per ristrutturare altre stanze. Su mia indicazione è tornata alla carica con la banca, ma ha chiamato la direttrice con il suo nome di battesimo, Linda, senza riconoscerle il suo status. E così zia Coral ha solo scoperto di aver largamente superato il limite del fido.

Deve quattromila sterline a Harrods e ha un arretrato di bollette non pagate che arriva a tremila sterline. E questo è solo ciò di cui sono al corrente, perché una come zia Coral nasconde sicuramente dell'altro.

«E se uno degli ammiragli accendesse un mutuo sulla casa» le ho detto, perché nel vederli lì sdraiati mi è venuto in mente che, invece di pagare un affitto, magari uno di loro potrebbe comperare una quota della casa per la sua pensione. Zia Coral si è limitata a guardare gli ammiragli che guardavano Loudolle.

«Non so» ha detto. «Ma potresti farlo tu, visto che hai un guadagno stabile. Potresti ottenere dieci volte quello che guadagni...» Ha lasciato la frase in sospeso e io, naturalmente, ho abboccato. Zia Coral manca un po' di senso morale quando si tratta di denaro.

Ma vale la pena tentare, così ho scritto telefonare alla banca nella mia lista di cose da fare, trascurando il fatto che al momento i miei risparmi ammontano a solo £16. Ciò di cui abbiamo bisogno è una certa cifra per mettere a posto un po' di cose, e poter poi ripartire da zero.

Zia Coral era su di giri come non mai quando ci siamo messe a pianificare il corso di cavalleria, ed è subito andata da Mrs Bunion per discutere i menu, portandosi dietro Delia. Niente la rimette in pista come organizzare un evento, niente, nemmeno il Gruppo. Le ho fatto promettere di stare sotto le £125 per l'intero weekend, visto che al corso parteciperà una quindicina di modesti studenti. Non devono nutrirsi di caviale. Ma quando zia C va a letto con una cifra in testa, si può stare sicuri che al mattino le avrà aggiunto qualche zero.

Abbiamo stabilito la data d'inizio fra tre settimane, per darci il tempo di mettere in piedi la cosa. Sarà un vero esperimento, ma zia Coral è come rifiorita, e se sarà un successo potremo organizzare altri corsi, trovando finalmente l'uscita dal tunnel.

*Lunedì 17 agosto*

**TOASTIE – TURNI DI SERVIZIO**

Loudolle: sala

Icarus: direzione del personale

Charlie: servizio ai tavoli

Michael: servizio ai tavoli

Joe: bevande

Sue: cucina

Ero al *Toastie* stamattina a preparare una consegna quando Mrs Fry è entrata e mi ha detto che non dovevo più andare a lavorare in sala, e che sarei rimasta in cucina per il resto delle vacanze estive. Ha detto che questo è dovuto al fatto che in più di tre occasioni sono arrivata in ritardo e che i clienti hanno tutto il diritto di sapere da chi saranno serviti quando entrano nel locale.

Naturalmente so qual è il vero motivo. È tornata Loudolle e Mrs Fry vuole lei in prima linea. Non è affatto giusto, perché anche Loudolle arriva spesso in ritardo, ma dice che è per colpa del jet lag, e così Mrs Fry non la punisce mai. L'unico vantaggio è che non dovrò sopportare la vista di Loudolle e Icarus a pomiciare ogni volta che lei non guarda.

Sto cominciando a pensare che se lo può tenere tutto, è tempo che molli il colpo. Ho passato tutta la primavera e l'estate a sentirmi delusa da Icarus, e devo cercare di andare oltre. Di fatto, gli unici momenti significativi che ho avuto da sola con lui sono stati quelli passati a letto con il suo occhio. Non proprio la storia d'amore del secolo, anzi, lo definirei come le briciole cadute dal suo piatto.

*Venerdì 21 agosto*

Questa sera zia Coral ha organizzato una cena speciale e Mrs Bunion è venuta a cucinare: paté di selvaggina e salsicce di cervo. Gli ammiragli si sono occupati di un pudding chiamato Pasticcio dell'Ufficiale, e così Mrs Bunion ha potuto andarsene via presto. Fra gli ospiti c'era Daphne Podger, una vecchia amica di zia Coral nonché sorella di un vecchio e ricchissimo cicisbeo. L'intenzione di zia C era quella di chiedere un prestito. Non è una cosa che io approvi, ma siamo in uno stato di grande bisogno.

Mi sono offerta di fare da cameriera, visto che si trattava di una cosa elegante. Ovviamente Loudolle si è messa di mezzo e si è offerta di fare la cameriera anche lei, ma credo che sia stato solo perché Icarus era occupato e così non potevano vedersi. Non impazzivo dalla voglia di lavorare al suo fianco, e ho chiarito fin dal principio che non mi sarei messa in competizione con lei.

Alle cinque del pomeriggio in cucina sembrava di essere in un alveare in piena attività, con Mrs Bunion che frullava il paté e gli ammiragli che assaggiavano con le dita la crema per il pudding. Loudolle li assisteva celebrando se stessa, cosa che a loro non dispiaceva affatto. Le tre vecchiette, Delia e io eravamo davanti alla piscina per aiutare zia Coral a preparare l'imponente tavolata. Aveva tirato fuori le posate d'argento e il suo prezioso servizio di porcellana per fare colpo sugli ospiti.

Nel 1774 l'imperatrice di tutte le Russie, Caterina II, aveva commissionato un servizio di quasi mille pezzi al più grande ceramista d'Inghilterra, il fu Josiah Wedgwood. L'opera, splendida, è nota come il servizio Green Frog. Sui pezzi sono raffigurate eleganti vedute di castelli, rovine, e strade inglesi, in modo che Caterina potesse farsi un'idea del nostro paese. Ma ci furono tre o quattro pezzi che il grande ceramista non giudicò degni di essere mandati in Russia, uno perché c'era un'imperfezione in un albero, e gli altri a causa di una scheggiatura. Questi pezzi vennero lasciati in eredità alla sua amica Lady De Mallet Simpson, che è una lontana parente della trisnonna Pearl. È così che questi straordinari manufatti sono finiti a Green Place, sopravvivendo alle varie aste e vendite grazie al fatto di essere molto preziosi.

«Sono pezzi importanti» mi ha spiegato zia Coral, sistemando sul tavolo una fondina con una veduta di Hampstead Heath, «perché raffigurano un'Inghilterra che non c'è più e mostrano Londra come era duecento anni fa. La forma e le proporzioni sono ammirevoli e il color mora è senza pari...» Stava tirando il fiato per continuare quando siamo state interrotte da un urlo improvviso proveniente dalla cucina.

«Le salsicce» gridava Mrs Bunion.

Ci siamo precipitate in cucina, dove era scoppiato il putiferio.

«Le avevo lasciate qui sul tavolo, sotto la retina» ha detto Mrs Bunion. «Chi le ha prese? Devo metterle a cuocere, altrimenti non saranno mai pronte.»

Era molto agitata e tanto più in ansia quanto più tutti le dicevamo di non sapere dove fossero.

«Calmiamoci un attimo e proviamo a pensarci razionalmente» ha detto l'ammiraglio Ted, estraendo un taccuino dalla tasca. «Quando è arrivata a Green Place, Mrs Bunion, cosa ha fatto delle salsicce?»

«Le ho messe nel frigorifero con il burro, poi alle tre e mezzo le ho tirate fuori e le ho messe sul tavolo, sotto la retina. So di averlo fatto, perché faccio sempre così. Lascio che tornino a temperatura ambiente per un'ora prima di cuocerle. È così che si fa con le salsicce.»

«Ne è sicura?» ha chiesto l'ammiraglio Gordon.

«Certo che ne sono sicura! Perché dovrei dire una bugia?» A questo punto era praticamente a pezzi, allora l'abbiamo fatta sedere e le abbiamo dato un tè.

Poi Loudolle, che per tutto il giorno mi aveva lanciato delle occhiatacce, è intervenuta dicendo: «Ascoltate, mi spiace doverlo dire, ma devo, perché Mrs Bunion è così sconvolta...». Silenzio generale, eravamo tutti impietriti e come in suo potere. «Ho visto Sue che buttava le salsicce in piscina. Scusami Sue, ma non posso stare zitta e vedere un'anziana signora angosciata. Mamma, vuoi che vada a prenderne delle altre? Posso prendere la macchina ed essere di ritorno fra una ventina di minuti.»

Si può ben immaginare quanto fossi sconvolta. Aveva inventato tutto di sana pianta.

«Non è vero» ho detto. «Non ho toccato le salsicce, figuriamoci poi se le ho buttate in piscina.»

«Perché menti?» ha detto Loudolle.

Mi sono avvicinata a lei per dirgliene quattro, ma Delia mi ha trattenuto.

«Vieni via» ha detto. «Non è successo niente. Loudolle adesso va a prenderne delle altre. Un contrattempo capita a tutti, non è colpa tua, Sue. Almeno sappiamo cos'è successo.»

«Ma io...» Mi sono guardata intorno e mi sono morte le parole in bocca. «Guardate in piscina se non mi credete, non ci troverete nessuna salsiccia.»

Ma a giudicare dall'espressione di tutti, l'unica a credermi era zia Coral. Loudolle è andata a prendere le chiavi della macchina con aria soddisfatta.

È una pillola amara da inghiottire, essere incolpata di una cosa che non ho fatto. Il solo modo che ho per discolparmi è trovare il colpevole. Evidentemente qualcuno ha compiuto un'azione di sabotaggio, ma chi? Non certo gli ammiragli, a che scopo? E nemmeno zia Coral, che non avrebbe certo voluto rovinare il piacere a Daphne, o Delia, per lo stesso motivo. E Mr Tsunawa è via. Così, resta solo Loudolle. Ma perché, perché, perché fare una cosa simile? È già la preferita di quasi tutti quelli che conosciamo, quindi tutti le crederanno. Basta che zia Coral creda a me, degli altri non mi importa. Ma d'ora in avanti terrò gli occhi ben aperti, cara Loudolle.

Siamo tornati a preparare la tavola fuori, ma ormai ero completamente demoralizzata e ho chiesto di essere esonerata dal ruolo di cameriera, perché non potevo assicurare di fare il mio lavoro senza prendermela con lei.

## Brackencliffe

di Sue Bowl

«Ah, ah» disse Pretafer con tono malvagio, gettando all'indietro i suoi riccioli ardenti. Spiava davanti a sé, accovacciate nel folto degli alberi, le fanciulle a cui aveva dato la caccia. «Eccovi, finalmente, sapevo che vi avrei scovato! Prendetele» ordinò alle sue guardie.

Cara e l'umile Fiona vennero così catturate e condotte nelle segrete di Brackencliffe, scortate da sei uomini imponenti.

Pretafer rise, e continuò a ridere fino a che la sua bocca si riempì di schiuma e i suoi occhi si contrassero in due oscene fessure. Allora dovettero mandare a chiamare la Balia Nubile, perché riportasse la padrona a casa.

### Il Gruppo Irsuto di Egham

*Come reinventare i cliché*

«Le Brontë non avrebbero mai fatto ricorso a delle forzature per dare struttura alla narrazione» ha esordito zia Coral al Gruppo l'altra sera. Joe era tornato dopo quel tentativo di baciarmi e stava tutto concentrato sul suo taccuino. «Ciò di cui abbiamo bisogno per incantare il lettore è reinventare i cliché. Pensate: essere una zitella squalifica forse una persona? *No*. Per esempio, il personaggio di Sue, la Balia Nubile, è un tipico caso di reinvenzione di un cliché. Abbiamo tutti avuto a che fare con zitelle e balie, ma mai in un contesto come quello descritto da Sue. Allo stesso modo» ha proseguito, fissando lo sguardo sull'ammiraglio, «in termini di descrizione, sentiamo spesso parlare di seno abbondante e pendulo. Ma dire che qualcuno ha una faccia abbondante e pendula sarebbe, ancora una volta, reinventare un cliché.»

«Sarebbe anche un bell'insulto» ha commentato Delia.

«Cosa che potrebbe essere l'effetto desiderato» ha detto zia C, cercando di stimolare la discussione. Ma nessuno ha alzato la mano, temendo che potesse tornare a parlare di seni.

«Allo stesso modo, in *Jane Eyre* di Charlotte Brontë, vediamo fiorire l'amore tra Mr Rochester e Jane, e facciamo delle congetture. Ma no, lui nasconde una moglie completamente pazza. Charlotte Brontë, come Sue, ha reinventato un cliché. Vi viene in mente qualche altro esempio?»

Abbiamo alzato tutti la mano.

«Sue» ha detto zia Coral.

«In *Cime tempestose*, Emily Brontë mette il fantasma fuori dalla finestra invece che dentro, come tutti i fantasmi» ho detto.

«Splendido, Sue, davvero splendido, hai colto nel segno. Adesso voglio che mi diciate rapidamente un tipo particolare di personaggio... Chi comincia?»

Abbiamo alzato tutti la mano.

«Sue» ha detto zia Coral.

«Uno scapolo.»

«Uno scapolo, molto bene» ha detto zia Coral. «Delia?»

«Un giardiniere» ha risposto Delia.

«Molto bene» ha detto zia Coral. «Avery?»

«Una principessa» ha risposto Avery.

«Molto bene, Avery» ha detto zia Coral. «E tu, Joe?»

«Un fidanzato.»

«Molto bene» ha detto zia Coral. «Allora, per ricapitolare, abbiamo uno scapolo, un giardiniere, una principessa e un fidanzato. Adesso voglio che ognuno di voi scelga un personaggio di questa lista e inventi un motivo per cui ci sorprende, dimenticandovi delle convenzioni. Poi ne discutiamo insieme.»

Nella veranda faceva caldo, era una sera luminosa e tranquilla. Mi sono tornate in mente le riunioni del Gruppo fatte col cappotto e il berretto in testa, e le dita congelate intorno alla penna. Spero davvero di riuscire a mettere insieme abbastanza soldi da passare un altro inverno a Green Place.

«Pronti? Chi comincia?» ha esortato zia Coral, con gli occhi ingigantiti dal bicchiere di gin. Abbiamo alzato tutti la mano, eravamo proprio baciati dall'ispirazione.

«Sue?» ha detto zia Coral.

«Ho scelto il fidanzato» ho detto, e ho cominciato a leggere a voce alta senza guardare Joe. «Il suo fidanzato era uno che la ignorava e la trattava male, e che guardava sempre le altre donne.»

«Molto bene» ha detto zia Coral. «Non proprio il fidanzato che *vorrei*. Avery?»

«Una principessa» ha risposto lui. «La principessa Melanie era così bella che nessun cavaliere in tutto il regno riusciva a non perdere la testa. Ma la principessa Melanie non sapeva né cantare né cucire, né leggere né scrivere – la principessa Melanie era una mezza scema.»

«Splendido, Avery, davvero splendido, ottimo lavoro» ha detto zia Coral. «Nessuno si aspetta che un membro di famiglia reale possa essere un idiota. Delia?»

«Ho scelto lo scapolo» ha risposto lei. «Non si era mai sposato e questo non perché gli fossero mancate le proposte, ma perché era più innamorato di se stesso che di tutte le donne che aveva conosciuto.»

«Splendido, Delia, sì, uno scapolo vanitoso» ha detto zia Coral, guardando l'ammiraglio con la coda dell'occhio. «E tu, Joe?»

«Un giardiniere» ha risposto lui. «Non sarebbe stata per sempre una giardiniera, lo faceva solo per pagare l'affitto, e il giardino era un buon posto per seppellire i corpi.»

«Oh Joe!» ha esclamato zia Coral, «una giardiniera psicotica! Splendido. Comunque, avete fatto tutti un ottimo lavoro e sembra che abbiate capito. Naturalmente, questa teoria si applica anche alla storia, all'intreccio, quindi pensate sempre a possibili sviluppi imprevisti e svolte inattese, perché può succedere di tutto, proprio come nella vita! Adesso vorrei assegnarvi un compito, un esercizio che serve a prendere sicurezza e a sviluppare la creatività. Voglio che scriviate una lettera a voi indirizzata da una persona con cui sognereste di essere in contatto, per esempio Mr O'Carroll per Sue, o Marlon Brando per Delia. O forse, Sue, preferiresti ricevere una lettera da Kate Bush, e tu, Avery, da Bette Davis. Non vi sto suggerendo di scegliere tra questi nomi, l'idea è solo quella di scegliere qualcuno di concreto, stimolante e intrigante. Quindi, Delia, non Ralph, e non il consiglio comunale, Avery. Avete capito tutti?»

Abbiamo fatto segno di sì con la testa e la riunione è terminata. Zia Coral è uscita barcollando dalla veranda seguita dall'ammiraglio, che voleva raggiungere gli altri ammiragli in sala. Delia aveva un appuntamento per cena a Egham, anche se io credo che sia salita in camera sua a scriversi delle lettere (una specie di autoterapia che ha adottato da quando è iniziato il Gruppo).

Ho fatto qualche passo lungo il viale con Joe che se

ne andava in bicicletta. Volevo cercare di ricostruire un rapporto con lui, ma era curiosamente distratto dai miei piedi.

«Il suono dell'estate» ha detto, scherzando sul rumore degli infradito.

Gli ho passato il suo casco e gli ho abbassato la visiera, cosa che ha visibilmente apprezzato. Salutandolo ho avuto una strana sensazione, l'intenso desiderio che mi invitasse fuori un'altra volta, cosa che naturalmente non ha fatto. E sono rimasta in qualche modo delusa quando si è allontanato. Era stato bello, e lusinghiero, quando non desiderava altro che stare sempre con me, e quel periodo mi mancava. Cioè, mi mancava il fatto che, grazie a lui, mi ero sentita un po' speciale. Ma sono ancora arrabbiata con lui per avere chiesto a Icarus di invitarmi e avermi così preso per il naso. E sono pure convinta che lui è arrabbiato con me per quel tentativo respinto di baciarmi.

Come sempre dopo un Gruppo con zia Coral, tuttavia, ero in preda all'ispirazione e sono corsa di sopra a Brackencliffe, dove mi sono addormentata con la testa sul quaderno.

*Martedì 25 agosto*

Alle tre del mattino sono stata di nuovo risvegliata dalla sequenza cazzo-cigolio-tonfo, e qualche secondo dopo ho udito un rumore di passi sulla ghiaia. Sono rimasta impietrita dalla paura. Non so quanto sono rimasta lì così, probabilmente quattro o cinque minuti, ma poi ho trovato il coraggio di uscire sul terrazzo a vedere. Era una notte tranquilla, illuminata da una luna rossa, e non ho visto niente, né tassi né spiriti maligni. Ho cercato di rassicurarmi pensando che in tutte le vecchie case si sentono dei rumori strani, e sono tornata a dormire.

Ho notato che a volte la vita ti regala un evento piacevole in cambio di uno spaventoso, e stamattina Delia ha trovato una tartaruga che si era sistemata in un bagno dell'Ala Orientale! L'ha battezzata Bertie. È sorprendente vedere come una cosa così piccola possa essere motivo di una gioia così grande. Sotto questo aspetto, la vita non smette di sorprendermi; c'è tanto di buono da tirare fuori dalle piccole cose, e chi meglio di una vecchia ragazza per fartelo capire?

Comunque, dopo essere andata in bagno a vedere Bertie, sono tornata nella mia stanza e ci ho trovato Loudolle. È stato un colpo. Stava in pigiama di fianco al mio letto e aveva uno sguardo cattivo, quel genere di sguardo che alla fine si mangerà la sua bellezza. Così almeno spero.

«Cosa fai qui?» le ho chiesto.

«Niente, cercavo una cosa» ha risposto.

«E cosa pensi di poter trovare nella mia stanza?» ho detto, trattenendomi a stento dal darle un sonoro ceffone.

«Oh, nulla...» ha detto Loudolle, «o meglio, *questo*.» Teneva in mano l'occhio di Icarus. Per un istante il mondo mi è crollato intorno, pensando a tutto quello che avrebbe potuto fare con quella foto. Avrebbe potuto farla vedere a Icarus. Avrebbe potuto parlarne a Mrs Fry. Avrebbe potuto rubarla.

«Quanto mi dai se non lo dico a nessuno?»

«Cinque sterline» ho risposto. «È tutto quello che ho.»

«D'accordo» ha detto, «però per il momento... la tengo io per te. Non vogliamo certo che qualcuno la trovi.» Poi è uscita dalla mia stanza, portandosi via la foto, e sono rimasta sola, come una pecorella smarrita.

Perché, perché ho fatto il suo gioco? Cosa importa se dice a Icarus che tengo una foto del suo occhio? (A parte il senso di umiliazione e di imbarazzo, che potrebbe farmi disintegrare.) Non c'è da vergognarsi se una persona ti piace tanto da tenere un'immagine del suo occhio sotto il cuscino. I classici sono pieni di storie simili. A essere onesta, però, penso che la cosa mi farebbe sicuramente passare per una stupida. E una parte di me vuole ancora che Icarus mi ami, per quanto mi sforzi di dimenticarlo.

Comunque, queste vicende emotive richiedono *tempo*, e così cerco di consolarmi. Dopotutto, la Cappella *Sestina* non è stata dipinta in una settimana.

## Brackencliffe

Pretafer stava guarendo grazie alle cure della Balia Nubile.

«Via da me, donna!» gridò. «Voglio seminare il male con le fanciulle. Ah, ah, ah, ah, ah, ah.»

«Tornate indietro, Missie, siete malata» gridò la buona donna.

«Che strano odore» disse un valletto quando Pretafer gli passò davanti, perché lei si era completamente insudiciata, preda della propria eccitazione, della propria crudeltà e della propria astuzia.

## Zibaldone di Coral: Volume 3

*Lady Margaret Hall, Oxford, 3 luglio 1940*
*(18 anni, ma ne dimostro 21)*

Tutta la costa meridionale è stata evacuata e occupata dalle nostre truppe. Hanno messo il filo spinato sulle spiagge e hanno versato del petrolio in mare, a cui dare fuoco se qualcuno cerca di invaderci.

Green Place è stata requisita, per cui mamma, papà e Cameo hanno dovuto lasciare la casa. Sono andati a stare da zia Fern nel Somerset, mentre io devo rimanere qui e li raggiungerò durante le vacanze. Cedere la propria casa porta con sé una strana sensazione di distacco. Il disagio quotidiano è però accompagnato dalla certezza di fare la cosa giusta. Mi mancano delle sciocchezze, come la credenza con il cibo in scatola. Ho chiesto a Cameo di mettere in valigia il mio portapigiama, ma nella fretta non è riuscita a trovarlo. Dovessi andare ora in camera mia, ci troverei acquartierati venti soldati.

Abbiamo avuto una lunga conversazione telefonica durante la quale Cameo mi ha detto che hanno dovuto abbattere Alto, il cavallo che aveva adottato. Si era preso una dermatite allergica sempre più difficile da curare, ma possono andare avanti così per molto tempo, per cui è stata una decisione sofferta. Cameo gli bagnava le vesciche con olio di geranio che preparava con le sue mani. E appena due settimane fa aveva chiesto a Sayler di prosciugare lo stagno, perché i moscerini che vivono lì intorno se ne andassero e lasciassero Alto in pace. Il veterinario ha detto che un'iniezione avrebbe richiesto troppo tempo per fare effetto in un cavallo della sua stazza, e che non si sarebbe minimamente accorto della pallottola. Mi mancherà il tonfo dei suoi zoccoli al mattino, quando all'improvviso si metteva a correre, e il modo in cui ci prendeva lo zucchero dalla mano e poi mostrava i denti con un gesto a metà fra il sorriso e un morso.

Cameo dice che non l'avrebbero abbattuto se non fossero arrivati i soldati. Si sono piazzati a Green Place in vista di un bene maggiore, ma, Dio mio, cosa ne è del bene minore?

Ho anche sentito dire che l'inutile Daniel ha fatto domanda di assunzione nelle ferrovie per evitare la chiamata alle armi, ma è stata rifiutata e quindi adesso deve partire. Io credo che non sia meno coraggioso per aver mostrato di avere paura. Daniel è una persona trasparente che non nasconde le emozioni.

Contano di requisire la nostra casa e le nostre terre per un periodo di dodici mesi, almeno in un primo momento, per alloggiare truppe fresche e produrre cibo, perché sono in arrivo tre milioni di americani che verranno a stare sulle nostre coste. Stanno anche reclutando gente per addestrarla in attività "riservate". Secondo papà vuol dire che fanno ubriacare i candidati e poi li interrogano per vedere se rivelano dei segreti. Dice che la maggior parte soccombe agli effetti dell'alcol, e che quelli che superano la prova diventano la crème della crème delle operazioni speciali.

Cameo mi ha scritto dal Somerset, dice che il nostro giovane nipote Oliver è un eroe perché, nascosti sugli alberi vicino al villaggio, ha scoperto non uno, ma tre tedeschi, che a dispetto delle ferite hanno trovato la forza per circondarlo.

«Chi di voi è il più forte» ha chiesto Oliver.

«*Er ist* (lui)» hanno risposto, indicando il più grosso.

«Okay» ha detto Oliver il duro. «Tu e io contro di loro.»

Almeno, questo è ciò che ha raccontato Oliver!

È una tale frustrazione, per me, non essere dove si

combatte. Il mio contributo allo sforzo bellico è minimo, solo un po' di volontariato, come raccogliere la verdura nell'azienda agricola di Brownscombe. Così mi restano lunghe ore da dedicare allo studio, ma vorrei tanto poter fare qualcosa di più utile. Magari potrei specializzarmi in entomologia militare, per eliminare la minaccia di certi insetti nelle trincee. O per mettere a punto un vaccino contro i pidocchi, o per prevenire le epidemie di tifo.

***Notizie scolastiche***

Contrariamente a quanto comunemente si crede, papà gambalunga non è un ragno, ma una mosca. Interessante. Quello che però vorrei sapere è perché così tanti ragni sono chiamati vedove. Il professor Podge, che insegna Biologia evolutiva, dice che affronteremo seriamente l'argomento. Ci ha assegnato il compito di scrivere un breve saggio sui batteri altamente organizzati (batteri con occhiali, cartella e una torta pronta in frigo?). Sostiene che questo genere di batteri è molto più forte di altri, che sono più pigri e lenti a riprodursi, e dice di essere un fan del *lactobacillus* e dello *streptococco.*

Stasera vado da John Dicken a bere una cioccolata. So che ha occhi solo per Consuella, ma... *Non lasciare che una nuvola cancelli il cielo intero* (Anaïs Nin).

# *Sue*

*Venerdì 28 agosto*

Finalmente mercoledì è venuto il mio momento. È arrivata una lettera di papà in cui diceva che lui e la danese erano a Venezia per una breve vacanza, quindi il campo era libero e potevo fare le mie ricerche in casa senza essere disturbata. Ero quasi sicura che avrei trovato un biglietto della mamma.

Ho telefonato al *Toastie* per dire che non stavo bene, sostenendo di avere una malattia della pelle molto contagiosa perché sapevo che avrei spaventato Loudolle. Mrs Fry avrebbe dovuto trovare un'altra tuttofare.

Titford è un posto relativamente noioso, animato da gruppi e compagnie: il gruppo degli escursionisti, il circolo femminile della ceramica, il club dei gastritici. Il gruppo di storia preserva lo scheletro della città, offre informazioni e mantiene la vecchia *scenografia* delle strade, combattendo una valorosa battaglia perché le fermate degli autobus restino con i tetti di paglia. Alla mamma non sono mai piaciuti questi titfordiani di ferro e un po' fanatici, li ha sempre considerati gretti e limitati.

High Street è divisa in segmenti da quattro semafori, con la biblioteca proprio in fondo alla strada. È una via principale come molte altre, con la sola differenza che a Titford la gente ama fare dimostrazioni su tutto. Questo perché è una città così noiosa che devono animarla un po'. Sono passata davanti al negozio di scarpe da guida, e con scarpe da guida intendo quei mocassini senza tacco che certe signore tengono in macchina per portare avanti e indietro i figli. Ivana ne ha diverse paia, pur non avendo motivo di indossarle. Nulla è cambiato. Non c'era niente di straordinario, nessuna scritta sul selciato, nessuno striscione con *bentornata Sue*. Sono passata davanti alla libreria, dove Aileen lavorava il sabato e noi lasciavamo la bici legata fuori, e poi davanti a *Flower'n'Cards*, alla *Titford Gallery*, alla boutique *Je t'aime*, e infine alla libreria. Ho cercato di ignorarla abbandonando la via principale per immettermi nell'Allison Drive, dove ho subito guardato in direzione della mia vecchia casa. È stato come guardare indietro nel tempo, come se stessi semplicemente tornando a casa e la mamma mi avrebbe aperto. Quella strada devo averla percorsa migliaia di volte, forse addirittura un milione. Era come un estraneo familiare, ma può anche darsi che l'estranea fossi io, rinata negli otto mesi trascorsi da quando sono partita.

Sono entrata e mi sono fermata nell'ingresso. Lì in piedi all'inizio delle scale mi sono resa conto che mi ricordavo male, che a Titford avevo provato cos'è la paura. La mamma aveva fatto l'errore di dirmi che non dovevo avere paura, perché la paura attira le cose, e questo mi aveva messo ancor più paura, e così spesso mi infilavo nel suo letto spingendo fuori papà, che doveva andare a dormire in camera mia. Un bel caos, non c'è che dire. Questi ricordi erano accompagnati dall'odore del treno in una mattina di Titford e di un toast bruciato in cucina, e dal rumore della mamma che grattava via il carbone prima di chiamarmi perché mi sbrigassi: «Veloce, Sue!».

La sua voce riempiva il silenzio dell'ingresso, finché ho inciampato in un paio di scarpe da guida e l'incanto si è spezzato. Ho tirato su le scarpe e ho visto che erano legate insieme con un'etichetta che diceva: 'Queste scarpe sono spaiate e non devono stare insieme, una è del 40, una del 42.'

Era chiaro come il sole: un messaggio dall'aldilà. Ho tenuto l'etichetta come prova e l'ho infilata in tasca. Sapevo che non dovevano stare insieme. Papà ha 40 anni e Ivana ne ha 42.

Da qualche parte in cucina stava in agguato un formaggio che camminava da solo. L'ho sepolto in giardino, così al ritorno non sarebbero stati accolti dal suo odore. C'era anche una cartolina appesa al pannello sopra il bancone, con due nomi in oro: Nicholas James e Ivana *Beverley*. Avevo dimenticato che sua nonna era inglese.

Ho sbirciato nella posta, e sotto una pila di lettere ho trovato un cartoncino d'auguri indirizzato a Mr Edgeley dalla mamma. Strano che i signori Edgeley l'avessero restituito a mio padre, ma forse avevano pensato che fosse una cosa da fare per i posteri. Guardando più attentamente il timbro postale ho visto che era stato spedito *il giorno in cui è morta*. C'era scritto:

*Caro Mick,*

*Buon Compleanno! Spero che sia per te una splendida giornata. Ti penserò, augurandoti ogni bene.*

*Con affetto*

*Bluexxxx*

*PS: Non dimenticare le stoffe ricamate.*

Mi ha molto irritato vedere che era stata così sana di mente da ricordarsi di un compleanno, e mi sono confermata nell'idea che in realtà voleva essere rianimata. Non capisco perché papà non me ne abbia parlato, come abbia potuto pensare che non sia importante.

Vedere in giro le cose di Ivana mi ha fatto venire la nausea. Sembrava la tana di un occupante abusivo. Sono salita in camera per assicurarmi che non fosse tutto un errore, che non avrei trovato la mamma a letto sorpresa di vedermi. Ovviamente non c'era, come non c'era traccia visibile di lei, solo le creme per il viso di Ivana e una collezione di animali di peluche che prendevano la polvere. A guardare bene, però, tracce dell'esistenza della mamma ne erano rimaste: il cerchio sul tavolino dove posava la tazza di tè, e la zona di tappeto consumata davanti alla toeletta, con ancora la forma dei suoi piedi. Tracce di lei, tante tracce di lei sotto la superficie.

Ho avuto modo di constatare che il fondo dei cassetti è un buon posto per trovare qualcosa, e da lì ho iniziato la mia ricerca. Ho dovuto esaminare tante schifezze di Ivana, pozioni per far dormire, una lettera del dottore, e uno di quegli acchiappasogni indiani per tenere lontani gli incubi. Ma in fondo al cassettone, conformemente alla mia teoria, ho trovato uno strano oggetto. Era uno di quegli origami di carta che si fanno a Natale per predire il futuro, con le mie speranze scritte sotto il lembo colorato di blu, e quelle della mamma scritte sotto il lembo colorato di verde. Le cose che avevo scritto io erano del tipo: passare l'esame della patente, innamorarmi, avere un cucciolo. La mamma invece aveva scritto: invecchiare dignitosamente e fare sempre jogging. Se erano queste le sue speranze per il futuro, non c'è da stupirsi che abbia fatto quello che ha fatto.

Ho finito al piano di sopra, dove ho guardato dappertutto, anche dietro i libri, sotto il letto, fra le carte di papà – dove ho trovato una scatola con l'etichetta *Blue*, che però era miseramente vuota. Dov'era stato messo il suo contenuto? Papà aveva forse osato buttare via le sue lettere, i nastri dei suoi bouquet, gli auguri di compleanno che conservava come fossero un tesoro? Un pensiero così sconvolgente che mi sono dovuta sedere per un po'.

Ho proseguito le ricerche al pianterreno, dove l'occhio mi è caduto su due fotografie sopra il camino, la prima con papà e la danese a una cena, l'altra con papà, la mamma e io quando ero piccola. Tra la foto e la cornice c'era un pezzetto di carta gialla. Ho dovuto sedermi per far cessare il tremito alle mani. E se fosse stato proprio quello? E se per quel foglietto giallo fossi venuta fin lì? Non sono tanti i momenti nella vita in cui provi al tempo stesso paura ed eccitazione. Le frange del divano mi facevano il solletico alle caviglie e ho trattenuto il fiato mentre una voce interiore mi diceva *aprilo, aprilo, aprilo*. L'ho aperto e ho fatto un balzo nel vedere la sua scrittura, ma poi la delusione è stata immensa, era solo un'etichetta per la foto.

*Questa è Sue!*, c'era scritto. Dovevo avere appena qualche mese in quella foto, e lei aveva l'aria soddisfatta e fiera di me. *Questa è Sue!* La *S* era uno splendido svolazzo, la *e* era appiccicata alla *u*, e sotto c'era un ghirigoro assolutamente unico e irripetibile.

Avevo pensato di passare l'intera giornata a Titford, ma poi non ci sono rimasta neanche tutto il pomeriggio, e non sono neanche entrata in camera mia. Era tutto così piccolo e soffocante, quasi una bara in confronto a Green Place, e nel cortile sul retro erano cresciute le erbacce intorno a una scopa rimasta lì abbandonata chissà da quanto tempo.

Il portone ha fatto il suo solito click quando sono uscita, come un ladro con il suo bottino: l'origami, il cartoncino d'auguri, l'etichetta, tutti messaggi dall'aldilà.

Sono passata davanti alla biblioteca tornando verso la stazione, e ho pensato di andare a rovistare in tutta la sezione di poesia, ma avevo una specie di blocco a entrare in quel posto e così mi sono trattenuta un po' al *Je t'aime*. Aileen andava spesso in quel negozio a farsi dei regali con i soldi che tirava su facendo l'elemosina.

Ho pensato a cos'avrebbe fatto zia Coral in una situazione così dolorosa, e così mi sono comprata un vestito. Rosa, ornato di pizzi e gale. Mi ha fatto coraggio quando finalmente mi sono decisa a entrare nella biblioteca, con il sacchetto viola di *Je t'aime* a darmi sicurezza. La prima cosa che ho visto è stato Mr Jewell con i piedi sulla scrivania e la sigaretta in bocca. Ma appena entrata, lui ha spento la sigaretta e disperso il fumo con la mano, imbarazzato per essere stato colto in flagrante.

«Mi scusi, Miss» ha detto, lanciando un'occhiata al rilevatore di fumo che aveva coperto con un cerotto. «So che non dovrei, ma non posso abbandonare il mio posto, visto che sono qui da solo. Le chiedo scusa, ma sto cercando di smettere!»»

Si è schiarito la gola e ha cercato nuovamente di disperdere il fumo, poi ha ripreso la sua aria da bibliotecario.

«Cosa sta cercando?» Mi ha guardato più da vicino. «Ma io la conosco...»

Vederlo lì esattamente come appariva nei miei sogni era così inquietante che ho chiesto scusa e me ne sono andata, cosa che lo ha lasciato esterrefatto. Dove trovi le parole per dire: *Sì, ci conosciamo, sono la figlia della donna che lei ha trovato – la donna dell'infausto evento – e vorrei controllare nei libri di poesia se non ha lasciato un biglietto per spiegarmi il perché del suo gesto.* Avevo le corde vocali paralizzate, come una mano in un guanto troppo stretto.

Sono corsa in stazione. I binari erano coperti di foglie e i piccioni brontolavano sulle travi dell'atrio. In lontananza, il campanile della chiesa era la sola cosa illuminata da un raggio di sole.

Sul treno guardavo fuori dal finestrino le pecore che scivolavano via veloci e le case che si facevano sempre meno rozze, perché Titford non è Egham. E quando sono finalmente arrivata a Egham, non vedevo l'ora di rientrare a Green Place, dove zia Coral mi è corsa incontro.

«Sue, sono stata così in pena per te» ha detto. «Loudolle ci ha fatto sapere che hai una malattia della pelle.»

Dopo una cena a base di carne tritata, quando tutti erano già andati a dormire, ho mostrato a zia Coral l'etichetta – il messaggio dall'aldilà. *Queste scarpe sono spaiate e non devono stare insieme, una è del 40, una del 42.*

«Non sono sicura che sia un messaggio dall'aldilà» ha detto zia Coral.

«Lo è, invece» ho risposto. «Perché papà ha quarant'anni e Ivana ne ha quarantadue, e quindi sono spaiati, non capisci?»

«Stai ingannando te stessa, Sue. Stai cercando un messaggio dove non c'è.»

«Quanto all'ingannare se stessi, zia Coral, bisogna che uno *non* si renda conto di farlo. Ma se tu già sai che *non* lo fai, il problema non si pone.»

«Non credo di riuscire a seguirti» ha detto. «Temo

che tu sia molto stanca. Ingannare se stessi vuol dire che tu stai ingannando *te stessa*, anziché ingannare *qualcun altro*. Non ha niente che vedere con il fatto di *rendersi* o *non rendersi conto* se lo stai facendo.»

A volte è un po' ottusa.

«Non credo di essere d'accordo, ma capisco il tuo punto di vista» ha detto dopo un attimo di silenzio. «So che stai cercando il motivo per cui ha fatto quello che ha fatto, ma può anche essere, purtroppo, che *non lo sapremo mai*. Anche se vivi al fianco di una persona per molti anni, è possibile che tu non riesca mai a conoscerla davvero. Di una persona sappiamo solo ciò che quella persona ha deciso di mostrarci. E ciò che ha dentro può essere il contrario di ciò che si vede.»

Naturalmente, conoscevo mia madre molto meglio di quanto la conoscesse lei. Le ho fatto vedere il cartoncino d'auguri per Mr Edgeley.

«L'ha mandato a Mr Edgeley» ho detto, «dal numero 42. Era il suo compagno di ballo.»

«Fammi vedere.»

«Forse voleva dire questo con i numeri quaranta e quarantadue. Forse sta cercando di dirmi qualcosa che io non riesco a interpretare.»

«È possibile. Ma può anche essere il suo indirizzo» ha detto zia Coral.

«Tu pensi che i miei messaggi dall'aldilà siano sciocchezze.»

«No, se ti possono aiutare» ha risposto.

Era impossibile farle capire, e bisogna perdonarla, perché proprio non riesce a vedere le cose diversamente. È troppo pragmatica e *scienziosa*.

«Hai idea a cosa si riferisse nel PS?» ho chiesto.

«Si direbbe che gli avesse prestato delle stoffe» ha detto zia C.

«Ma perché preoccuparsi di quelle stoffe se stava

per togliersi la vita poco più tardi?»

Ha fissato lo sguardo in lontananza. «Non lo so» ha poi detto. Lasciarmi in questo modo è stata la massima mancanza di attenzione nei miei riguardi da parte sua. A volte provo tanta rabbia nei suoi confronti, rabbia a cui si accompagna subito il senso colpa. Essere arrabbiati con una persona a cui vuoi bene ne è l'esatto e perverso contrario, è un conflitto incessante nella tua vita senza fine.

Sono andata a dormire con un senso di *sfinitezza* totale, ma non tanto da non lasciare un messaggio sotto la porta di Loudolle:

*Loudolle,*
*spero che tu non ti prenda la mia malattia, perché dà un gran prurito. Voglio solo avvisarti che ho appoggiato la testa su quell'occhio.*
*S*

C'è la luna piena, il vento scompiglia le stanche foglie dell'estate, e tra poco Mr Jewell farà la sua comparsa, accendendosi una sigaretta.

## Zibaldone di Coral: Volume 3

*Casa di zia Fern, Whistlers Corner, Sleep, Somerset,*
*12 agosto 1944*
*(22 anni)*

La mamma prende il sole in spiaggia, approfittando del buon momento, e ricorda quando gli Junkers 88 ci volavano sopra la testa per partecipare al blitz. Il nostro villaggio è troppo piccolo perché i tedeschi se ne occupino, ma una volta hanno colpito un peschereccio. Mr Donaldson si è buttato sottacqua per rallentare le pallottole. È stato fortunato.

I figli di zia Fern, Alleric e Oliver, giocano poco lontano, fanno gare di corsa dentro il filo spinato sulla spiaggia, malgrado il pericolo di mine. Tempo fa, quando il cielo era ancora pieno di bombardieri, sono stati ben addestrati su cosa fare se scoprono un pilota tedesco in fuga. Zia Fern dice che l'addestramento è stato così:

Zia F: «Cosa gli diresti?».

Alleric e Oliver: «Sei nostro prigioniero».

Zia F: «E se si mostra aggressivo?».

A e O: «Siamo tuoi prigionieri».

Si sa che dei paracadutisti nemici si sono travestiti da monache e preti. Di conseguenza, la gente del posto ha cominciato a diffidare della Chiesa.

Gli altri stanno bene. La mamma guida un furgone per il trasporto di generi alimentari. Oggi non ne ha calcolato bene l'altezza e ha preso la scorciatoia che passa sotto il ponte nel suo giro di consegne. I destinatari si sono lamentati che c'erano dadi e bulloni nelle loro razioni.

Per un po' Cameo ha avuto un lavoro, portava i piloti al campo d'aviazione. Poi hanno scoperto che aveva mentito sulla sua età per ottenerlo! (Aveva imparato a guidare da sola andando avanti e indietro con la Bentley lungo il viale di Green Place, all'insaputa di mamma e papà!) Il suo piano ingegnoso era quello di conoscere tutti i piloti e farsi invitare ai balli, e ha funzionato. Adesso ha un ragazzo americano che le ha insegnato a ballare lo jitterbug. Dice che l'accento del Somerset e l'accento americano sono molto simili! È un tenente, si chiama Chadwick Clements. Cameo lo aspetta nel bosco dietro la caserma... Dio mio! Ci ha raccontato che quando la sua squadriglia vola in missione, c'è sempre qualcuno che non torna indietro, e chi torna ha perso un amico che non ha avuto la sua fortuna. Bevono come spugne per la pressione a cui sono sottoposti. Non c'è da meravigliarsi.

Prima della guerra conoscevamo pochissimi uomini, e ora ci sono tutti questi soldati. È difficile resistere, messi quotidianamente a confronto con la brevità della vita. Se pensassi che questo è il mio ultimo giorno sulla terra, vorrei passarlo tutto a fare l'amore. La donna più amata di tutto il villaggio è la sartina, Mrs Allsuch, che può risistemare qualunque indumento e far sembrare carina anche la peggiore sciattona. Un nuovo colletto qui, una cinturina là – tutte cose che fanno risparmiare sulla tessera annonaria. Eppure, sembra così frivolo anche solo pensare all'amore, quando ogni giorno c'è tanta gente che perde la vita.

Vorrei che venisse il mio turno di aspettare un pilota nel bosco. Quasi tutti quelli che conosco hanno una qualche distrazione. Anche la mamma ha un generale con un tic all'occhio che cerca sempre di passare dalle nostre parti quando lei si occupa del giardino. Devo avere una scritta sulla fronte che dice *Disperata, procedere con cautela*. Temo che sia perché sono troppo vecchia, troppo normale, la sgobbona introversa, una dei pochi privilegiati che ha la fortuna di poter studiare, e da cui ci si aspetta che rechi onore alla famiglia. Devo cercare di riscrivere la scritta sulla fronte e mandare un messaggio meno respingente. Ma non devo far capire che sono in cerca, anche se lo sono.

Johnny-sulla-luna è in servizio nel Dorset. Papà l'ha visto durante un viaggio a Bournemouth. Ha detto a papà che ha sognato la data dello sbarco in Normandia, ma non può dirlo a nessuno perché è un segreto. Papà ci ha portato un suo messaggio in cui dice di sperare che la marea lo riporti indietro perché possa ancora navigare nelle nostre acque.

Johnny è un vero Celta, un sognatore e un poeta, e a causa di questa guerra adesso è anche un guerriero. Presta servizio nel sesto battaglione del Reggimento del Dorset, che verrà presto mandato al fronte. Le ragazze del posto hanno intenzione di affiancarli e cantare quando il battaglione sfilerà lungo le strade. Vorrei tanto essere nel Dorset.

E se gli scrivessi? Forse potrebbe tirargli su il morale. Non lo saprebbe nessuno, a parte lui, e non dovrebbe necessariamente essere una lettera d'amore. O forse sì, considerando che potrebbe morire domani? L'ho sempre ammirato, che male c'è a confessarglielo? Ma esprimere i miei sentimenti non mi è mai stato facile. Preferisco che siano altri a farlo per me.

In queste cose Cameo è molto più brava, e dice che dovrei provarci. «Qual è la cosa peggiore che può succedere? Che Johnny si faccia una risata?» ha detto, prima di scappare via dal suo tenente.

Quando papà scrive al dottor John usa un codice messo a punto l'ultima volta che si sono visti. Le prime parole di alcune frasi, a una certa distanza l'una dall'altra, danno origine alla frase voluta. Papà non mi svelerà mai i dettagli! Se lo sono inventati per farla in barba ai censori. Magari potrei fare una cosa simile, chissà. Quanto vorrei non tormentarmi a questo modo in tema di uomini.

Di questi tempi la censura è sempre in azione, perché *una lingua lunga può fare affondare una nave*. Spesso la radio fa dei lunghi silenzi, soprattutto prima dei notiziari. Ci siamo ormai abituati a sentire dei pigolii fra un programma e l'altro, e a volte anche nel bel mezzo. Non c'è modo di garantire la privacy. Il mondo è tutto una mischia.

In questo momento Alleric e Oliver stanno mangiando pane e cioccolato. Spezzano il cioccolato e lo infilano in grosse pagnotte per farlo durare di più. I dolci sono razionati e valgono quasi più dell'oro, quindi il cioccolato per loro è un evento. È così anche dall'altra parte della barricata, perché ho letto che la gioventù hitleriana viene incitata con razioni extra di dolci.

A Oxford le cose vanno diversamente. Di sera punto la torcia a terra e nella fioca luce che proietta sulla strada mi affretto verso casa per il coprifuoco. E se il Somerset è inondato di soldati che vengono da lontano, qui al college soffriamo di una triste penuria di studenti. Molte ragazze sono state arruolate, anche se solo per lavorare in attività legate alla sicurezza, in modo che gli uomini finora esentati possano andare in guerra. Io faccio la volontaria al *St Hugh's*, un college femminile trasformato in ospedale militare specializzato in traumi e ferite alla testa. Non lontano da qui, a Cowley, nella fabbrica di auto Morris vengono prodotte le piastre di metallo per le ferite al cranio. La produzione di automobili è stata sospesa. I mitraglieri di coda pagano il prezzo più alto, a causa della loro posizione all'interno degli aerei. Vengono letteralmente fatti a pezzi. I bambini vengono a trovarli portando dei fiori, credono che quegli uomini senza volto siano dei fantasmi.

Dr John è di base qui vicino. Fa parte del Corpo sanitario dell'Aeronautica Militare, che ha istituito speciali unità mobili che operano i feriti il più vicino possibile al fronte, cosa che permette di salvarne un numero maggiore. I feriti vengono poi trasferiti in aereo a Oxford. Come si vede, i medici rischiano molto, anche se il Dr John dice che sono fortunati nell'essere *a tre passi dal fronte*.

"Mai, nell'ambito dei conflitti umani, tanto fu dovuto da così tanti a così pochi" (Winston Churchill dopo la battaglia d'Inghilterra)

Copia di una lettera per John

*21 agosto 1944*
*Whistlers Corner,*
*Somerset*

*Caro Johnny,*

*spero che questa lettera ti porti un po' di allegria nell'attimo in cui stai per andare in guerra. Sono nella cucina di zia Fern. Le pecore fuori si sono ricavate una tana nel tronco vuoto della quercia gigantesca buttata giù dalle intemperie.*
*Il calore e la protezione che ci trovano le fa tornare sempre lì. Ma come sono buffe quando corrono. Dopotutto, se tu fossi una pecora, a cosa mai dovresti pensare?*
*Sarai contento di sapere che stiamo tutti bene, e così ci auguriamo di te. Spero che i tuoi sogni ti tengano al sicuro. Spero che ti proteggano dal male.*
*Qualunque cosa succeda dobbiamo conservare la speranza, non credi? È questo a mandarmi avanti. Come*

*un gruppo di uccelli che sto guardando, che si sono alzati in volo dalla strada per andare a posarsi sulla siepe, come dei piccoli siluri.*
*A Oxford si tengono lontani dalla civiltà. Anche gli uccelli e le api hanno paura. Mi manca Green Place.*
*Casa è dove il cuore è rimasto, anche se sembra tutto così diverso. Il giardino è una specie di orto paludoso, il viale è come barricato.*
*Dire che mi manca casa mia è dire poco, perché mi mancherebbe comunque, anche se vivessimo in tempi normali. L'altra sera sono stata fermata un minuto dopo l'inizio del coprifuoco, la guardia mi ha chiesto dove stavo andando.*
*"Io? Sto tornando alla villa" ho risposto. "La prego, mi lasci continuare sulla mia strada."*
*Che Dio ti benedica, caro John, mentre percorri la tua.*
*Con molto affetto e la speranza che tu abbia buona fortuna.*

*Coral Garden*

# *Sue*

*Martedì 1 settembre*

**AIUTO**
SMARRITA TARTARUGA
Bertie si è allontanata da casa poco dopo l'ora di cena
Chi avesse informazioni è pregato di telefonare
Egham 69950
Prevista ricompensa

«Non credi di esagerare?» ha detto zia Coral.

Ma Delia era già partita per l'ufficio postale in uno stato di prostrazione totale. Bertie le aveva rubato il cuore. Prima di conoscere Delia pensavo che fosse Aileen la persona più triste che avessi mai incontrato, ma Aileen era una bambina ai tempi del cagnolino giocattolo, mentre Delia è una donna matura.

Da un po' di tempo, ogni martedì sera trascorre un paio d'ore in una stanza del sottotetto. Quando zia Coral le ha chiesto cosa ci fa, ha risposto che insegna l'italiano all'ammiraglio Gordon. Forse lui è impietosito da quella donna, dalle lettere che si scrive e dalla sua costante ricerca di denaro per l'educazione di Loudolle. Zia Coral ha *inarcuato* le sopracciglia, ma io non credo che facciano qualcosa di diverso da quello che dicono. L'ammiraglio Gordon non oserebbe mai, non è un dongiovanni, e Delia è una donna ferita, per cui credo che se l'amore è nell'aria, prima avranno tutto il tempo di imparare l'italiano.

Parlando d'amore, Badger e suo figlio lavorano in giardino *tutti* i giorni, e Tornegus (il figlio) non è niente male. È un ragazzo dalla carnagione scura, con coda di cavallo, orecchino e tatuaggi. Tra le altre sue caratteristiche, sa parlare e sa farti l'occhiolino. Zia Coral mi ha detto che prima degli anni Sessanta non aveva mai visto un giovane con l'orecchino, e quindi non può vedere in lui quello che ci vedo io.

Prima di lasciare Titford, l'unica esperienza di ragazzi che ho avuto è stato Pete. A volte mi accompagnava a casa, e in un paio di occasioni siamo andati insieme a una festa. Aileen lo chiamava *Pete spento*, perché era un tipo così silenzioso, ma io sapevo che quel silenzio era solo dovuto al fatto che non si sentiva abbastanza sicuro per parlare. Mentre Aileen si sentiva sicurissima e così *aperta* quando le spuntò il seno, invece quando è spuntato a me, ecco, ho cominciato a indossare il montgomery.

Comunque, non per questo è mai stata un'autorità in materia di uomini. È partita per l'Australia con un ragazzo di nome Jonathan, uno che prima di partire aveva dei biglietti da visita con scritto *Jonathan Chardeley, attore*. Ma nell'ultima lettera ha detto che si trovano nel Territorio del Nord a lavorare con le pecore.

Con Pete non è durata. Per qualche ragione non mi sono mai decisa a baciarlo. Credo che per farlo bisogna che uno ti piaccia molto.

*Giovedì 3 settembre*

C'è stata una specie di festa di fine estate ieri sera al *Toastie*, che Mrs Fry vorrebbe trasformare in un bistrot. L'aveva organizzata in quella che adesso chiama la *sala per le cerimonie* e ha invitato tutta Egham, ivi compresa zia Coral, pensando che possa investirci dei soldi!

Era una sera particolarmente umida, e l'umidità rendeva tutto molle e cascante – i miei capelli e il trucco, il cibo, i fiori all'esterno, che pendevano mosci dai rami. Mi sentivo molto meglio dopo una bella notte di sonno, e Michael indossava un grembiule e dei leggings per rendermi omaggio, una cosa bellissima perché non mi copia quasi mai nessuno.

Mrs Fry ha passato tutto il giorno a creare un'atmosfera da bistrot, con i tavoli rivestiti di percalle e bambole di paglia con trecce d'aglio alle pareti. Su ogni superficie disponibile c'erano delle candeline, proprio come nella foto che aveva ritagliato da una rivista e che era rimasta appesa in un angolo del *Toastie* per tutta la settimana precedente.

Stacey, la sua parrucchiera, era già lì quando sono arrivata per dare una mano con le ultime decorazioni. «Vorrei qualcosa di più mosso e vivace, e una spuntatina sul davanti.»

«Pensavo che volessi farli crescere» ha detto Stacey.

«Certo, ma voglio anche più vivacità.»

«Okay. Allora, mossi, vivaci e spuntatina sul davanti.»

Devono aver passato un'ora a discutere dei dettagli.

Agli ospiti sarebbero state offerte delle focaccine all'arrivo e delle rose di cioccolata all'uscita. Devo ammettere che Mrs Fry ha dimostrato di avere un certo talento e un certo stile. Ha fatto fare dei menu speciali con una foto di Loudolle in posa che finge di servire un cliente.

Joe mi è sembrato diverso dal solito quando è entrato. Spariti i risvolti e le camicie a fiori, indossava dei semplici bluejeans e una T-shirt che metteva in risalto i suoi muscoli. Michael mi ha dato una gomitatina mentre lui girava per la sala, e devo riconoscere che era una bella trasformazione.

Zia Coral si è presentata con l'ammiraglio, e aveva dei problemi con i sandali. Lui le porgeva il braccio per darle sostegno, cosa che a lei piaceva da morire.

«Non voglio cedere alla forza di gravità delle scarpe senza tacco» mi aveva detto prima in privato, mostrandomi tristemente le sue articolazioni gonfie, che non mi era permesso di chiamare borsite. Si rifiuta di ammettere che è una vecchietta, cosa meravigliosa e triste al tempo stesso.

Non posso comunque negare che i suoi sforzi hanno fatto di Joe un uomo nuovo. È stato di gran lunga il protagonista della serata, e quando ha dato a Charlie un passaggio a casa sulla sua bici devo ammettere che sono stata molto delusa per essermi lasciata sfuggire una cosa emozionante come viaggiare dietro quella bici. Sono sempre pronta a sperimentare nuove emozioni, serve alla mia attività di scrittrice.

Icarus e Loudolle se la sono svignata presto per andare a un'altra festa, ed è stata una vera benedizione, perché ogni volta che incrociava il mio sguardo, lei indicava perfidamente il suo occhio facendo roteare il dito. Mi è costata una certa fatica mantenere il mio sangue freddo.

Tutti gli adulti dicevano che Michael e io eravamo molto carine, riferendosi ai nostri grembiuli, e io mi sono sentita una stupida. A diciassette anni non sei ancora una donna, è una di quelle età che ti fanno sentire seduta fra due sedie. Non vedo l'ora di averne venti, al contrario di zia Coral che vorrebbe averne trenta. Ma né io né lei possiamo accelerare o invertire il processo, e a nessuna delle due piace questa cosa. Lei cita sempre Oscar Wilde: *La tragedia della vecchiaia consiste non nel fatto di essere vecchi, ma nel fatto di sentirsi ancora giovani*. A me sembra che negasse la realtà.

Più tardi, nell'intimità della stanza di Pearl, mi sono vendicata di Loudolle disegnando dei grossi baffi sulla sua faccia nella foto del menu. Dolce è la vendetta – ho dormito come un sasso.

*Lunedì 7 settembre*

Venerdì scorso Mr Tsunawa è tornato in Giappone, e così zia Coral aveva deciso che, nelle sue ultime notti di permanenza qui, gli avrebbe organizzato un'indimenticabile *fantasmagoria*. Abbiamo cominciato spostando delle cose nella Camera Grigia in modo che, al suo rientro a casa, non le ritrovasse dove le aveva lasciate. Poi a turno siamo andati a bussare alla sua porta ogni sera a mezzanotte, per poi scappare prima che rispondesse. Inutile dire che il suo entusiasmo è salito alle stelle, e con grande orgoglio ha cominciato a definirsi il veggente di Hong Kong.

L'ultimissima notte mi sono travestita da domestica e mi sono nascosta nel suo armadio con il volto parzialmente oscurato, di modo che, quando ha aperto per fare le valigie, si è trovato davanti una *fantasmatica* domestica. Allora è corso a chiamare zia Coral, e in quel momento sono scappata via. Ha funzionato tutto a meraviglia.

Però poi è successo qualcosa di strano. Tornando in

camera ho sentito che la doccia era aperta nel bagno dell'ammiraglio, cosa piuttosto singolare perché Mrs Bunion se n'era già andata, gli ammiragli G e T erano fuori e l'ammiraglio era andato al club. Delia era a una cena reale con Loudolle e zia Coral stava in sala con Mr Tsunawa, e così erano tutti da qualche parte. Allora chi c'era nella doccia?

Se avessi avuto un po' di fegato sarei andata a vedere, ma non l'ho fatto. Invece, sono tornata nella camera di Pearl, mi sono cambiata e sono andata a chiamare zia Coral e Mr Tsunawa. Siamo andati tutti insieme nel bagno dell'ammiraglio per vedere chi potesse esserci, ma non abbiamo trovato nessuno e la doccia era chiusa. Ma il pavimento era bagnato e c'era del vapore. A quel punto Mr Tsunawa ha cominciato ad agitarsi, dicendo che poteva essere stata la domestica, forse per pulire.

Zia Coral si mostrava indifferente come al solito, e ha detto che in quel bagno da anni c'erano delle perdite d'acqua. Io credo che se uno è vissuto da solo in un posto come Green Place per molto tempo deve avere per forza maturato la capacità di spiegare le cose più strane, altrimenti la paura l'avrebbe fatto scappare via subito.

«Forse è stato il tasso» ho suggerito.

«Forse» ha detto zia Coral.

«Stavo scherzando» ho detto io.

Zia C ha sopportato cose ben più misteriose di un po' d'acqua che scorre, qui a Green Place. Ai tempi, spesso trovava Cameo che si aggirava sonnambula nell'Ala Orientale, e allora la svegliava, e Cameo non aveva idea di dove fosse. Mentre la bisnonna Pearl si lamentava spesso di un'anziana signora che la fissava mentre lei si guardava allo specchio. Ma zia Coral, come al solito, era sempre irremovibile nel ritenere che fosse solo il riflesso di nonna Pearl, e ci scherzava sopra.

Comunque, al di là di ogni attività spiritica – naturale o soprannaturale che sia – ci sono sicuramente dei misteri che crescono su altri misteri. Non dimentichiamoci del tonfo e delle salsicce, oltre che della doccia. Forse sono *tutti* messaggi dall'aldilà, e il problema è che io non riesco a interpretarli...

Questo annuncio è apparso su *Reuters* dopo che Mr Tsunawa se n'è andato.

**Alloggio disponibile a 50 minuti da Londra altamente consigliato da Tommy Tsunawa**

State cercando un alloggio, per motivi di lavoro o per una vacanza? Non perdete il vostro tempo in inutili ricerche, venite in questa casa di campagna, separata dal resto del mondo da un viale lungo poco più di un chilometro. Arredamento ineguagliabile, splendido giardino, cucina eccellente, atmosfera impagabile, padroni di casa distinti e raffinati, pieni di grazia e fascino.

Disponibile anche per soggiorni individuali.

Per informazioni rivolgersi a Ms C Garden,
Green Place, Clockhouse Lane, Egham. 69950

(Ho il forte sospetto che sia stata Zia Coral a scriverlo)

**Il Gruppo Irsuto di Egham**
*Edizione speciale d'inizio autunno*

«Riprendendo dal nostro incontro precedente, vorrei che condividessimo le lettere che abbiamo scritto» ha detto zia Coral alla riunione del Gruppo più calda dell'anno. «Ricordo a tutti che il mittente di queste lettere deve essere qualcuno con cui sognereste di essere in contatto. Allora, chi vuole iniziare? Avery?»

L'ammiraglio si è alzato in piedi e ha letto a voce alta.

«*Caro contrammiraglio Little,*
*è con grande piacere che le scrivo per confermarle che, a partire dalla primavera 1988, verranno messe in atto misure di contenimento del traffico lungo Clockhouse Lane. Concordiamo sul fatto che molti automobilisti non si rendono conto della natura residenziale di Clockhouse e abbisognano di una segnaletica più chiara.*
*Suoi ulteriori commenti verranno rispettosamente presi in considerazione e valutati.*
*Bill Righam*
*Consiglio Distrettuale di Egham*»

All'inizio zia Coral è sembrata presa alla sprovvista, e non sapeva cosa dire. Chiaramente si aspettava che le nostre lettere sarebbero state di natura romantica, che avrebbero fatto appello ai sentimenti. Tuttavia, c'era di buono che non era una lettera di Loudolle, cosa che sarebbe stata oltremodo imbarazzante.

«Splendido, Avery, ottimo lavoro» ha detto zia Coral dopo un po'. «È stata una lunga battaglia, dico bene?»

È rimasta ancora un po' in silenzio, delusa dalla pochezza di quello scritto. Dov'era finito il cugino di

Lord Byron, come lui aveva detto di essere? Era stato sostituito dall'uomo più noioso della terra? Essendo tuttavia una grande guru, si è subito ricomposta.

«Delia?» ha detto, dopo aver bevuto un sorso del suo amato gin.

«*Cara Delia,*
*mi spiace molto per Ralph. Non avevo capito che razza di fetente fosse, e posso solo solidarizzare con te per ciò che ti è successo.*
*Spero che ti consoli sapere come dopo l'incidente in montagna abbia sofferto molto, prima che gli finisse l'ossigeno, e come la sua ragazza, Hilary Facciadimerda, l'abbia lasciato che pareva morto, scendendo da sola lungo il pendio, per poi andarsene con un brasiliano.*
*Non aveva aggiornato il suo testamento, e quindi tutto, compresa la casa e tutti i suoi beni, vanno naturalmente a te.*
*Spero che questa lettera ti trovi in salute, e con la voglia di pensare al futuro.*
*Cordialmente*
*Mrs June Colbourne*
*Avvocato*»

«Splendido, Delia, ottimo lavoro» ha detto zia Coral. «Sei riuscita a mettere dentro Ralph... e a non riferirti a qualcuno, ma a *qualcosa* che sogneresti di sentirti dire. Sì, molto bene... Joe?»

«*Caro Joe,*
*non voglio essere per te la classica* meglio che niente, *voglio essere l'unica. Non voglio essere per te quella che* per il momento va bene, *voglio essere l'unica.*
*Per me l'amore è molte telefonate seguite da molte lette-*

*re, perché non è sopportabile dire arrivederci. È abbattere la porta, non bussare.*
*Chiunque riempia ora la tua mente è una donna molto fortunata. Ma io so aspettare.*
*Con amore*
*Kate xxx*

«Splendido, Joe, davvero splendido. Perbacco, da Kate Bush, suppongo. E se lei è la *meglio che niente*, chi è la tua numero uno? Splendido. Pieno di desiderio e, lasciami dire, di mistero.»

Anch'io mi stavo chiedendo chi fosse la sua numero uno, con Kate Bush in coda. Joe ha smesso di guardare nella mia direzione. È difficile dire che sentimenti prova, ora che è diventato così bravo a nasconderli.

«Sue» ha detto zia Coral. «Hai scritto una lettera a te stessa?»

Certo, ma avevo preso la piega emotiva, ed ero tesa. L'avevo scritta una notte dopo uno dei miei incubi, mi aveva un po' calmato. Inizialmente avevo deciso che sarebbe stata una lettera di Mr O'Carroll, ma poi ho pensato che avrei potuto essere un po' troppo dura con me stessa. Comunque, appena mi sono alzata in piedi le ginocchia hanno ceduto e ho dovuto tornare a sedermi.

«Non posso leggerla» ho detto. «Può farlo uno di voi?»

Joe è scattato in piedi in un nanosecondo.

«La lettera di Sue» ha detto.

«*Cara Sue,*
*mi spiace di essermene andata senza dire arrivederci. Speravo che qualcuno riuscisse a rianimarmi. Non volevo che finisse così, altrimenti ti avrei lasciato un biglietto.*

*Voglio tu sappia che sto bene, che sono in paradiso con tutti i miei morti, e sogno in valli di buddleia, tutte blu. Ti ho mandato dei messaggi dall'aldilà e spero che tu possa interpretarli.*
*Benché non possa farvi visita sulla terra, perché è una regola del paradiso, ti posso sentire, e ascolto con le orecchie di uno spirito. È un po' come quando le nuvole sono alte e immobili, ma l'aria umida viene spinta in basso – sono l'Aquila che si libra nella corrente fra queste due. Ti sorveglio dall'alto.*
*Volevo solo farti sapere, perché lo desideri da tempo, che per quanto io non soffra, TI PENSO CONTINUAMENTE.*
*Mamma xxxxxx*»

Finita la lettura erano tutti commossi, tranne l'ammiraglio che, probabilmente, stava ancora pensando al consiglio distrettuale.

«Splen... dav... splen, ot... lavoro» ha balbettato zia Coral. «Mio Dio... otti... lav... S...»

Abbiamo sciolto la seduta presto, perché il gruppo era troppo scosso per continuare. Zia Coral aveva preparato un'intera lezione sull'interpretazione, che è stata rimandata.

Ora sono a letto, accarezzata dall'aria estiva striata dal profumo della buddleia di Clockhouse Lane, e i miei pensieri vagano dal Gruppo alla morte, alla perdita dell'occhio.

Non posso dire quanto mi piacerebbe averlo fra le mani. Finché è stato in mio possesso, non mi rendevo conto di quanto ne avrei sentito la mancanza, e che conforto riusciva a darmi. Forse sono un tipo triste come Delia se costruisco il mio futuro su una cosa tanto piccola. È sorprendente come basti un niente: una tartaruga, un occhio, una borsa. Mi fa paura pensare a cosa direbbe Icarus se scoprisse che tenevo il suo occhio. Penserebbe che sono pazza, peggio, penserebbe che sono *triste*. La maggior parte delle ragazze della mia età ha occhi veri in cui guardare, mentre io sono ridotta ad avere una relazione con un frammento di foto. Che razza di donna sono, se mi basta così poco a entusiasmarmi? È anche vero che non sono mai stata baciata. Zia Coral dice che è perché sono innocente, e ancora così giovane da non essere un problema. Mi fa sentire una santa.

Comunque, non lascerò in nessun modo che Icarus scopra la verità sul suo occhio, e quindi, non potendo rubarlo, dovrò arruffianarmi Loudolle. Mi viene perfino da pensare che quell'occhio, fonte di tanta gioia, è diventato una fonte di cattiveria. Un momento, c'è qualcuno alla mia porta.

Ironia della sorte, era Loudolle, con un'altra richiesta.

## Zibaldone di Coral: Volume 3

*Green Place, 5 ago 1946*
*(24 anni)*

Green Place ci è stata restituita in condizioni disastrose, che richiedono molti interventi di restauro. Pare che la truppa avesse delle difficoltà con il riscaldamento e così hanno messo legna di ogni tipo nel camino, prendendola anche dalle scale di servizio, dalle pareti, dalle ringhiere, dai pavimenti. Hanno bruciato perfino dei mobili, e un faggio di dieci metri del giardino, che era l'unico faggio gigante di Egham. Ma non gliene vogliamo, la nostra casa è niente rispetto ai milioni di persone che sono morte per la guerra.

Ciò detto, mamma e papà hanno ovviamente il cuore a pezzi e tra mille sofferenze cercano di adattarsi, anche se sono stati azzoppati dalle nuove tasse introdotte da Mr Attlee. Devono pagare il novantacinque per cento sui loro depositi e il sessantasei per cento sui guadagni, e se muoiono il governo si prende il sessantacinque per cento. L'Inghilterra è in bancarotta. Degli aristocratici amici di papà, gli Ozias, sono stati spogliati dei loro beni da due imposte di successione – prima il povero Julius e adesso il primogenito, Julius Caesar. Ho l'impressione che Mr Attlee non stia proprio dalla parte dei ricchi.

La mamma non ha potuto mangiare una banana per sette anni, e adesso è rosa dal desiderio demoniaco di averne una. Il modo migliore per far diventare qualcosa un oggetto di lusso è renderlo indisponibile.

«Questa guerra non è stata combattuta perché tu potessi goderti una banana» ha detto papà.

È il suo modo preferito per dare a tutto una prospettiva più grande. E noi ci sentiamo in colpa, e fortunati per essere ancora qui, liberi, sazi e vivi.

La mamma ha risposto caustica, anche se era già uscita dalla stanza: «Sì, invece».

Gioia, piacere e abbondanza fanno tutti parte del dono della libertà. Ma le luci nel mondo sono ancora accese, e c'è una donna nuda disegnata sul soffitto della mia stanza. Ci sono anche queste scritte sulle pareti:

*Arthur Marks, Aviazione degli Stati Uniti, 400 giorni.*
*Tenente Dorian Campbell ama le donne dell'aviazione nel bunker segreto. Voce dolce nella notte.*
*Maggiore Benedict Dunford. Squadriglia aerostati.*
*Sottotenente Colin Anderson, 615 Squadriglia RAF.*
*James Anderson, Royal Auxiliaries. Riposa in pace fratello.*

Ne ho aggiunte due di mio pugno:

*Riposa in pace Sayler*
*Riposa in pace Daniel Morris*

Si ha l'impressione che, nel bene e nel male, il vecchio mondo sia sparito per sempre.

Oggi il Dr John è venuto a porgere le sue condoglianze per Daniel e Sayler. Dicono che Daniel è rimasto separato dalla sua unità. Mrs Morris non vuole che si usi un'altra espressione. Nella Grande Guerra, la diserzione comportava la pena di morte, e così pure la codardia. Grazie a Dio oggi c'è più clemenza, tranne che per il tradimento e l'ammutinamento. Qualunque cosa gli sia successa, Daniel è ancora disperso, e di conseguenza, per certi versi, lo è Mrs Morris.

Si è saputo che l'unità del Dr John faceva parte della squadra destinata a recuperare i corpi nel D-Day, e che lui ha passato trentasei ore nonstop a operare, un ferito dopo l'altro dopo l'altro. Non c'è da stupirsi se, ancora oggi, appare stremato.

Mr D'Olivera non è tornato. Soffriva di disturbo dissociativo dell'identità, e sono vicina col cuore alla sua famiglia.

Ma mentre ci arrivano alla spicciolata le notizie sui nostri amici dispersi, grazie a Dio ci hanno anche comunicato delle buone notizie su Johnny. Anche se fatto prigioniero di guerra, pare che sia stato liberato da uno Stalag tedesco. Non sapevamo nemmeno che fosse stato catturato. Ma il nostro unico legame con Johnny è suo padre, Jackie Isles, e finché lui non è venuto a trovarci siamo rimasti all'oscuro di tutto. Mr Isles era pieno di orgoglio e felice di riavere indietro suo figlio. Ha detto che quando Johnny è stato mandato al fronte, aveva perso la speranza di diventare vecchio. Si può capire che adesso non riesca a contenere la gioia. È un miracolo. È andato a trovare tutti quelli che poteva. Voleva dirlo al mondo intero.

Ci ha detto che Johnny è ancora debole, e che soffre di psicosi traumatica. Ha vissuto con una ciotola di farina d'avena e 500 grammi di pane al giorno – sempre che facesse il suo lavoro. In caso contrario, le sue razioni venivano ridotte, e più aveva fame, più gli era impossibile fare il suo lavoro. Che torture! Ha anche i piedi coperti di ulcere perché, per la stanchezza, non si toglieva mai gli scarponi. Se non te li togli, i piedi restano soffocati e umidi, e quando si producono delle piaghe possono trasformarsi in cancrena. E tutto questo anche in un solo giorno, per cui è fortunato ad avere ancora i piedi. Spero che possa tenerli caldi e asciutti per il resto della sua vita.

Mr Isles ha detto che Johnny si sveglia nel cuore della notte con il desiderio di farla finita, perché sente che non potrà mai riaversi dagli orrori di cui è stato testimone. Si direbbe che, per quanto sia a casa e al sicuro, avverta ancora la minaccia del pericolo. Mi chiedo se abbia mai ricevuto la lettera che gli ho scritto quando ero al *Whistlers Corner*. Mi auguro che gli abbia dato un po' di conforto.

Centinaia di bambini salvati dai campi sono stati portati a Londra. L'hanno detto alla radio, ed è una vicenda davvero straziante. La maggior parte di loro era debolissima, alcuni stavano a un passo dalla morte. I più forti portavano le sacche dei più deboli, piccoli eroi che si sostengono l'un l'altro. Li hanno radunati alla Victoria Station e li hanno portati in una chiesa vicina, dove li hanno messi in fila e dei ginnasti hanno fatto fare loro dei saltelli sul posto. Sembra una cosa crudele, ma in realtà era un modo per stabilire chi aveva bisogno di un trattamento immediato, e chi cadeva veniva portato direttamente all'ospedale. I bambini rimasti si sono però messi a piangere perché pensavano, dopo tutto quello che hanno già passato, che i loro compagni venissero portati via per essere ammazzati. Molti di loro sono cresciuti nei campi, e per loro essere *portati via* vuol dire solo quello.

Corrono molte voci sul fatto che il responsabile di tutto questo terrore, Adolf Hitler, lavori come cameriere in Svizzera, ma con tutta probabilità è una diceria messa in circolazione dal Dipartimento della Disinformazione per cercare di catturare altri criminali.

Con l'economia in ginocchio succedono strane cose. Le pellicole fotografiche e il metallo in cui vengono custodite sono stati riutilizzati e rivenduti, e così capita di trovarsi degli estranei nelle foto che si fanno in famiglia. Il Dr John ci ha mostrato alcune delle sue foto di guerra, e ce ne sono alcune che mostrano una donna pallida che tiene in braccio un bambino sotto gli alberi di una foresta. Il Dr John dice che possono essere in

Polonia. Lei ha un'aria spaventata. Si era nascosta dai nazisti? O la foto era stata fatta da suo marito, che temeva li avrebbero presto catturati? E quella donna è ancora viva? E cosa ne è stato del bambino? Vorrei tanto sapere che si sono ricongiunti con tutti i loro cari dispersi. Come sono fortunata a essere qui. Per un caso del destino avrei potuto essere io al suo posto.

Nutro un'immensa stima per Winston Churchill. Il suo allontanamento dal governo ha scioccato l'intera Europa, e soprattutto la mamma. È stato un triste giorno per l'uomo che ha conseguito tanti risultati. Non dimenticherò il suo straordinario senso dell'umorismo – *Mussolini, il cencioso lacchè di Hitler*!

Ma basta parlare della guerra. Ho un diploma! Anche se non ho preso il massimo dei voti, cosa che non è stata molto apprezzata. Posso però dire di avercela messa tutta. Ci sono altre cose nella vita oltre al riduzionismo. Sono una donna che ha letto *Anna Karenina* tre volte.

***Qualche notizia privata***

In questi giorni di penuria e di austerità, Cameo è in piena espansione. Ha trovato lavoro in una fabbrica di sigarette perché era disperata per il suo americano e aveva bisogno di un diversivo. E in quella fabbrica ha conosciuto e si è innamorata di un certo maggiore Jack Laine. Era lì in visita privata dal proprietario. È terribilmente bello, ma purtroppo è già sposato.

Nessuno ne è al corrente, tranne io e un suo carissimo amico, il quale, lo so da fonte sicura, l'ha detto solo a quattrocento amici di Cameo. Malgrado i miei brutti presentimenti, forse sono un po' invidiosa, perché io non ho nessuno di decente, se non un arguto docente universitario che quando mangia si sbrodola sempre. Tuttavia, mi rassicura il fatto di sapere che sono ritenuta all'altezza di una domanda di matrimonio. Gerald mi ha chiesto di sposarlo, ma io non sopporterei mai di essere una Podger.

*So che è un segreto, perché lo sento sussurrare dappertutto* (Congreve)

# Sue

*Mercoledì 9 settembre*

Più o meno alle sette di stamattina, quando eravamo ancora tutti a letto, si è sentito uno schianto tremendo. Ho pensato che fosse crollato un albero sulla casa. È stato terribile, come se fosse caduto un aereo, o come un rombo di tuono capace di abbattere un'intera foresta. Ho sentito zia Coral precipitarsi giù per le scale e l'ammiraglio seguirla poco dopo. Quando li ho raggiunti erano in cucina, insieme a tutti gli altri inquilini di Green Place – tranne l'ammiraglio Ted, che ha continuato a dormire indisturbato.

«Forse è stata una bomba inesplosa» ha detto l'ammiraglio.

«Sta crollando la casa» ha detto zia Coral. Nessuno li ha accusati di fare del melodramma, chissà mai che potessero avere ragione.

Poi si è udito un secondo schianto, più forte del primo. Eravamo così spaventati che ci siamo buttati tutti a terra. Pochi secondi dopo è arrivato un rumore che ho immaginato potesse essere quello di un vulcano. Ci ha scosso tanto i nervi che sono passati dei secoli prima che qualcuno osasse rompere il silenzio.

«Vado di sopra» ha detto l'ammiraglio Little coraggiosamente.

«Vengo con te. Ted è rimasto su» ha replicato l'ammiraglio Gordon per non essere da meno.

Non volendo rimanere sole, noi donne li abbiamo seguiti, sicure di trovare l'ammiraglio Ted spiaccicato sul pavimento. Ci siamo introdotti con cautela in ogni stanza, come se avessimo fatto un addestramento speciale, controllando accuratamente. Ci è voluto un certo tempo, ma alla fine abbiamo scoperto il problema. Era crollato il soffitto in due camere da letto dell'Ala Orientale. E abbiamo temuto che l'effetto a catena potesse provocare altri danni.

«Non so proprio cosa dire, Miss Garden, non riesco a quantificare con precisione il danno» ha ammesso Glenn Miller, giunto dieci minuti dopo che zia Coral l'aveva chiamato, pregandolo di venire subito. «Probabilmente ci sono delle parti marce, o le travi sono tarlate. Ma in tutta sincerità, non riesco a capire perché siano crollate» ha detto.

Ha strappato un pezzo di intonaco che penzolava e ne è caduto un ampio squarcio, polverizzandosi. Quello che avevo preso per un vulcano era di fatto un crollo di muratura.

«Mio Dio!» gli è scappato.

Zia Coral era a pezzi.

«Allora, quanto può costare rimettere tutto a posto?» ha detto l'ammiraglio.

«Be', credo...» ha detto Glenn Miller, «credo sarà piuttosto caro.»

«È troppo presto per uno sherry?» ha detto zia C.

Ne è seguita la mattinata più caotica che si possa immaginare. Fra i soffitti crollati e la nostra precipitosa ritirata dall'Ala Orientale, ci si sono messi anche quelli che arrivavano portando delle tartarughe. Zia Coral non riusciva a occuparsene, e Delia non riusciva a identificare Bertie. Stavano anche portando delle impalcature d'emergenza, e Glenn Miller aveva fatto venire i suoi uomini, che arrivavano di corsa come una cavalleria in tuta da lavoro. Io ho fatto il tè per tutti e ho cercato di portare via la mia roba dall'Ala Orientale, poi mi sono preparata per andare al lavoro, sapendo già che sarei arrivata in ritardo. Loudolle se n'era già andata dopo aver fatto la sua solita nuotata – e avermi spillato altre £3,50 la sera prima.

«Sarai in ritardo al lavoro, Sue? Vuoi che avvisi Mrs Fry» ha detto.

«Dille quello che ti pare. Spero che tu caschi su una merda di mucca.»

«Oh, dovrai pentirti di questo» ha risposto. «Non dimenticare che so certe cose...»

«E io so che tu sei di Ealing, non di *Alpen*, Colorado» ho detto. Ma non ha avuto alcun effetto. Non si vergogna delle balle che racconta su di sé, e non c'è modo di farla sentire in imbarazzo.

Ho cercato di consolare zia Coral, che veniva assistita dall'ammiraglio. La sua principale preoccupazione, e anche la mia, è il rischio di dover lasciare Green Place.

«Questo spazzerà via il denaro raccolto con la vendita delle scarpe» ha detto. «Non riusciremo a fare niente di tutto quello che avevamo previsto.»

«Proviamo a scomporre il problema» ho detto, «come suggeriscono di fare nei momenti di crisi.»

Ma era fuori di sé e aveva perso il senso delle proporzioni, maledicendo e gridando che saremmo finiti tutti in un ricovero, perché l'edificio è pericolante.

«Mrs Bunion non ne avrà bisogno» ho detto. «Ha una famiglia con cui andare a vivere. E poi Mrs Bunion non abita nemmeno qui! *Nessuno* se ne dovrà andare in un ricovero, zia Coral, tranne forse Loudolle, come spero. Possiamo stare in un albergo, o qualcosa del genere. Possiamo trasferirci in un bel posto.»

Si è un po' ripresa, e quando l'ammiraglio è tornato, sono andata a telefonare al *Toastie* per dire che ero malata, cosa che sapevo avrebbe mandato Mrs Fry su tutte le furie. Ma siccome zia Coral non era in grado di fare niente, sapevo di dovermi occupare innanzitutto di lei. Quando sono tornata le avevano dato un'aspirina e l'ammiraglio era inginocchiato di fianco alla sua sedia.

«Non devi prendertela, zia Coral. Facciamoci coraggio e ricominciamo» ha detto.

«Ma non voglio vivere in un Tupperware, a me piace sentire gli spifferi» ha risposto, cercando di essere divertente.

Piano e delicatamente, con l'aiuto dell'ammiraglio, zia Coral cominciava a riprendersi, ma poi il momento è svanito perché c'è stato uno sviluppo misterioso. Sopra le stanze dove sono crollati i soffitti ci sono dei solai (uno dei nascondigli per cui Green Place è famosa) dove sono state riposte cose non più in uso, scatoloni e vecchi giocattoli. Vi si accede da una botola con una scala estraibile che si trova in una delle camere da letto. Ora, fra i calcinacci Glenn Miller ha trovato uno strano borsone da viaggio apparentemente da uomo. Dentro c'erano alcuni indumenti, che a Glenn sono sembrati *troppo cenciosi* per essere di qualcuno che abita o abbia abitato a Green Place.

I suoi operai hanno fatto una piccola indagine, telefonando anche a Badger per assicurarsi che quel borsone non fosse suo (e a quel punto zia Coral ci è parsa un tantino mortificata), ma sono poi giunti alla conclusione che il borsone non apparteneva a nessuno dei residenti *ufficiali* di Green Place. E così, facendo due più due – "uguale dieci", ha detto zia Coral – Glenn e i suoi uomini hanno elaborato una teoria. Sono convinti che sia stato il proprietario del borsone, un estraneo, a far cedere il soffitto mentre rovistava nei solai. All'ora di pranzo Green Place pullulava di poliziotti.

«Ms Garden» ha detto l'agente Pacey, «credo che siamo in presenza di un intruso o di un vagabondo. Non ci sono segni di effrazione o di scasso, quindi è improbabile che si tratti di un ladro. Avete un ospite indesiderato, sospetto. Ne vediamo molti da queste parti in case così grandi. Ma il ritrovamento di un borsone pieno di indumenti non significa necessariamente che sia stato l'intruso a far crollare il soffitto. A vedere in che condizioni sono le travi, i soffitti possono essere crollati da soli. Se voi riusciste a prenderlo, potremmo incriminarlo per violazione di domicilio. Roba da diritto civile. Ma a meno che voi non lo cogliate in flagrante, non c'è molto che noi possiamo fare.»

«Capisco» ha detto zia Coral. «Dicendo diritto civile intende dire che l'intruso è una persona educata?» Un misero tentativo di battuta, che però testimonia del suo spirito indomabile.

«No, intendo dire che l'intruso non ha scassinato nulla per entrare, non ha compiuto un vero reato.» L'agente Colin Pacey non aveva il minimo senso dell'umorismo.

«Ci sta dicendo che la legge ritiene ammissibile che qualcuno entri in una casa e ci venga a dormire ogni notte, a patto che lasci tutto in ordine?» ha detto l'ammiraglio, scuotendo incredulo la testa.

«No signore, la legge non ritiene ammissibile che qualcuno entri in questa casa per venirci a dormire ogni notte, ma succede e la gente non se ne accorge nemmeno. Chissà da quanto il vostro intruso si è sistemato qui.»

*Mercoledì 9 settembre, sera*

Finita la giornata, eravamo tutti stanchi e stressati. L'afa aveva lasciato il posto a una serata umida e appiccicosa, senza nemmeno il conforto di un po' di brezza. Ci siamo seduti intorno alla piscina, con i papà gambalunga nelle siepi e il ghiaccio nei Martini. Non fosse stato un momento di grande difficoltà, sarebbe stato un paradiso.

«Come facciamo a prenderlo?» ha detto l'ammiraglio.

«Con una trappola?» ha suggerito Delia.

«Con una trappola!» L'ammiraglio si stava entusiasmando.

«Che genere di trappola?» ha chiesto zia Coral. «Non è che si possa mettere una trappola così, il tizio potrebbe rimanere ferito. E cosa succederebbe se non si trattasse di un vagabondo, se il borsone appartenesse a qualcuno che ha abitato qui e che ha lasciato qui il borsone quando se n'è andato? Quei vestiti sono forse rimasti qui per molti anni. Il semplice fatto che di notte sentiamo dei rumori non significa che qualcuno abiti lì. Sono sicura che nessuno è più salito là sopra da anni.»

Ma l'ammiraglio era ispirato, aveva gli ormoni in piena attività. «Se il nostro uomo entra ed esce come noi, dovrebbe essere facile» ha detto. «Basta sorvegliare, o bloccare le uscite.»

«Ma ci sono cento modi per entrare a Green Place» ho detto.

«Perché non proviamo a scavare delle trappole nel bosco, come fanno nei film?» ha suggerito l'ammiraglio.

«Dove nel bosco?» ha chiesto zia Coral. «E se poi prendiamo uno che sta solo facendo un po' di jogging?»

«Dobbiamo stare attenti a che nessuno si faccia del male» ho detto. «Dobbiamo agire nel pieno rispetto della legge.»

«Sciocchezze! La legge è una stronzata» ha detto l'ammiraglio. «Guardate cosa è successo a noi.»

Dopo molte discussioni, abbiamo deciso come prima cosa che Badger e Tornegus scavino delle buche profonde che facciano da trappola in punti vulnerabili della recinzione. Per ottemperare alle mie preoccupazioni sulla sicurezza, imbottiranno le buche con materiale in grado di attutire la caduta, e lasceranno viveri e acqua nel caso improbabile che uno jogger o un escursionista ci cada per errore. Il piano B è sorveglianza. A turno controlleremo le uscite, in particolare fra le due e le tre del mattino, quando si sentono più spesso i rumori.

Il piano principale è comunque quello di ricostruire i soffitti al più presto, cercando in tutti i modi di procurarci il denaro necessario.

Nel frattempo ci siamo ritrasferiti tutti nell'Ala Occidentale, come dei rifugiati. Ora sto nella stanza del sottotetto dove Delia insegnava l'italiano. C'è un lucernario e se salgo sulla mia valigia riesco a vedere il panorama ben oltre Egham. Da questo punto di vista privilegiato che sovrasta ogni cosa, vedo Titford sulla sinistra e Egham sulla destra, mentre al centro ci sono legioni di buddleia. Al di là si stende la zona residenziale con le sue luci scintillanti, dove cento automobili sono al riparo nei loro garage, e cento chiavi della macchina giacciono su cento tavoli, dove cento commensali siedono a cena davanti a cento camini accesi, e cento mariti affamati accorrono e baciano centinaia di mogli.

## Brackencliffe

Nelle segrete di Brackencliffe, il guardiano di Cara era un brav'uomo che non pensava di avere alcun motivo per non essere gentile.

«Cosa vi affligge?» chiese alle fanciulle, entrando per portar loro il cibo.

«Non so dov'è il mio amato Keeper» rispose Cara. «L'ultima volta che l'ho visto era tenuto prigioniero per la collottola.»

«Diamine!» disse la guardia. «Intendi Keeper lo spaniel? Ecco, sta lassù nel canile - la Padrona l'ha tenuto per divertirsi.»

«Dobbiamo liberarlo, ti prego, aiutaci!» disse Cara.

«Missie ci ucciderà tutti!» intervenne Fiona. «Attenzione, il soffitto trema!» Infatti il peso di Missie che ballava con Knight Van Day sopra le loro teste era una minaccia per l'intero edificio.

E così la guardia ebbe pietà di loro, e le liberò con l'aiuto della notte, ricongiungendole con il loro spaniel Keeper, mentre sopra di loro i walzer di Pretafer scuotevano la terra.

Una volta liberate, corsero e corsero, Cara, la fedele Fiona e il lesto Keeper, corsero lontano, il più lontano possibile da Brackencliffe.

Mentre si avvicinavano a un porto sicuro, Fiona sussurrò sommessamente: «Ecco, prima che mi dimentichi» e diede a Cara il suo medaglione.

## Zibaldone di Coral: Volume 3

*Oxford, 15 maggio 1947*
*(24 anni)*

Telegramma di mamma e papà:

15 MAGGIO 1947.
UNA BAMBINA.
BUDDLEIA ROSE.
A GREEN PLACE.
8 DEL MATTINO.
2,7 KG.
TUTTO PERFETTO.

Un vero shock, considerando che la mamma non sapeva che fosse incinta finché non erano iniziate le doglie. Ha avuto quella che si definisce una *gravidanza a sorpresa*, cosa che, per quanto sconcertante, non è rarissima. Aveva continuato ad avere le mestruazioni, anche se un po' irregolari, ma era normale per lei in quei giorni, e non aveva avuto sintomi di nessun genere. Il Dr John dice che molto probabilmente la bambina è cresciuta in fondo all'utero, e siccome lei ha sempre avuto problemi di digestione, era difficile scoprirlo.

Un vero miracolo, ma anche un autentico shock! Ma lei da sempre voleva un altro figlio.

Ho detto che sarei andata subito a trovarla, ma mi hanno detto che non se ne parla fino al weekend, perché la mamma deve restare tranquilla a letto e Mrs Morris si sta prendendo cura della bambina.

*Green Place, 21 maggio 1947*

Buddleia ha agitato le braccia in aria questa mattina,

come se stesse dirigendo un'orchestra sul soffitto. Per il resto si sveglia solo per mangiare, e si addormenta quando non ha ancora finito. È piccolissima, non supera un avambraccio di papà. Somiglia a un girino.

A parte l'ovvio stress fisico, la mamma è al settimo cielo. Papà sembra un filo preoccupato e Cameo è molto tranquilla. È rimasta a letto per la maggior parte del tempo da quando sono qui – dice che si sente un po' raffreddata. Ma credo che ci sia dell'altro, credo che covi un cuore infranto.

Non è più lei da quando il maggiore Laine ha chiuso la loro relazione poco prima di Natale, l'anno scorso. Si è trasferito con sua moglie, dicendo che non avrebbe mai potuto lasciarla.

Non ho mai creduto che sarebbe durata, ma era facile gettare fumo negli occhi di Cameo. Lei ha solo diciannove anni e credeva in tutte le sciocchezze che lui le diceva. Cameo può avere tutti gli uomini che desidera.

Vorrei tanto che non si fosse mai innamorata di quell'uomo.

Ho cercato di consolarla ma non è stato facile, perché nessuno ne sa niente, solo io. Gli amici del maggiore, che sanno tutto, lo considereranno un poveretto per il quale una ragazzina ha perso la testa, e al quale la moglie non ha avuto la forza di dare il due di picche, e così lui sta solo cercando di fare la cosa giusta. Ma per me è solo un bastardo.

***Altre notizie:***
Il papà di Johnny-sulla-luna, Jackie Isles, è venuto di nuovo a trovarci per dirci che ha intenzione di tornare in Irlanda. Il mio cuore ha sussultato quando ho sentito la sua voce, perché ho pensato che Johnny fosse lì con lui. Purtroppo, benché la sua salute sia in netto

miglioramento, non era in grado di venire, oggi.

Sono delusa per non averlo visto. E questo è un fatto.

Mr Isles dice che si sta ritirando dal business del carbone, perché la concorrenza del gas è troppo forte. Ha in animo di tentare la fortuna con una piccola fattoria nel Donegal, dove spera di dare alla sua famiglia un tenore di vita più alto. Papà l'ha invitato a entrare e si sono fatti una fumatina insieme al Dr John. La guerra è stata una grande livellatrice!

Essendo il terzo, Jackie non voleva accendere la sigaretta con lo stesso fiammifero, e così papà ha dovuto accenderne un altro. Più tardi ne ho chiesto il motivo al Dr John, e mi ha detto che porta sfortuna, perché in trincea alla prima sigaretta il nemico ti vede, alla seconda prende la mira, e alla terza spara. Ma il Dr John ha subito aggiunto che è una sciocchezza. In trincea non ti si vede, le scavano apposta. È solo perché qualcuno spera di vendere più fiammiferi.

Mrs Morris andrà in pensione e si ritirerà a Eastbourne, sul mare, alla fine di agosto.

Perdere Daniel l'ha completamente svuotata. Voleva un bene dell'anima a quel povero ragazzo, e aveva progettato tutta la sua vita intorno a lui. Senza Daniel sembra fuori di senno, sradicata. Mamma e papà le daranno una cospicua pensione. Sono sicura che le avrebbero dato anche di più, se non fosse stato per la bambina appena nata.

Malgrado la sua grande tristezza, Mrs Morris ha trovato il tempo di aggiornare il suo libro di bordo. Non ci sono state nuove aggiunte ai nomi di famiglia per ben diciannove anni!

In genere lei registrava i nostri spostamenti, quando cambiavamo stanza o c'erano degli ospiti (nel caso in cui la mamma non ricordasse dove stavano).

DISTRIBUZIONE DELLE STANZE, maggio 1947

Suite della trota (Ala Occidentale) – Mr Garden

Camera di Pearl (Orientale) – Mrs Garden

Giacinto sinistra (Orientale) – Ms Coral

Giacinto destra (Orientale) – Ms Cameo

Camera Grigia (Occidentale) – Ms Buddleia

Ha anche fatto un regalo a Buddleia – la copia dell'*Opera poetica di Mrs Felicia Hemans* appartenuta a nonna Morris. Felicia Hemans è una poetessa tardo-romantica, e Buddleia è ancora troppo giovane per questo!

# *Sue*

*Martedì 15 sett*

Dovevo sapere che non ci sarebbe stata una gran richiesta per i corsi di cavalleria. Oggi, a quattro giorni dall'inizio e con mezza casa coperta dalle impalcature, c'erano solo due richieste d'iscrizione, e i due posti dati in omaggio a Tornegus e Badger dall'ammiraglio, che promette grandi successi con le donne per chi frequenta il corso. Io poi non ho ancora avuto il tempo di approvare il budget di zia Coral, che sarà di sicuro una bomba. Vorrei tanto che l'avesse già consegnato.

*Giovedì 17 sett*

Siamo arrivati a cinque iscritti, che è un bel miglioramento ma ancora un tantino imbarazzante. Ovviamente zia Coral ha invitato Joe, perché è il suo protetto. Poi ci sono Badger e suo figlio Tornegus, e infine due che si occupano di disinfestazione e derattizzazione, Derek e Pigpen, ai quali l'ho proposto poco tempo fa nei bagni del *Toastie*.

*Venerdì 18 sett*

Ci sono sempre e solo le stesse cinque persone iscritte al corso di cavalleria. A meno che un pullman di boyscout non perda la strada e finisca nel nostro viale, non ce ne saranno altre. Se avessimo un po' più di senso degli affari, io dico che dovremmo cancellare il corso e fermarci qui, ma a Green Place la si pensa in modo diverso. E poi Delia ne è entusiasta e ha invitato Nigel dell'*Herald*, il che comporta almeno un po' di pubblicità.

Abbiamo deciso che il lancio stampa (così lo chiama Delia!) sarà costituito da un evento in due tempi, con una serie di riunioni speciali del Gruppo Irsuto di Egham riservate alle donne in concomitanza con il corso, e da un raduno finale di uomini e donne a pranzo, in cui gli uomini metteranno alla prova le loro capacità. Se ne prevedono delle belle!

*Sabato 19 settembre*

**Weekend speciale di cavalleria per le signore del Gruppo Irsuto di Egham**

Questa mattina noi donne ci siamo riunite nella veranda per dare vita alla sessione speciale del Gruppo. Era una giornata afosa e soffocante, le vetrate aumentavano il calore e ti facevano venire la voglia di correre fuori per buttarti in piscina. Per gli uomini il corso era già iniziato, partendo dai rudimenti di base come il combattimento di due cavalieri in una giostra, motivo per cui gli ammiragli avevano noleggiato un pony. Erano fortunati a stare fuori nel paddock, sotto brevi e rinfrescanti scrosci di pioggia.

«Benvenute, signore, allo speciale weekend di cavalleria del Gruppo Irsuto di Egham» ha esordito zia Coral. «Chi può dirmi qual è il più famoso esempio di gesto cavalleresco?»

Abbiamo alzato tutti la mano.

«Sue?» ha detto zia Coral.

«Quello di Walter Raleigh, che si tolse il mantello e lo depose sul fango per far passare la regina.»

«Ottimo, Sue, risposta corretta. Nessun altro?»

Abbiamo alzato tutti di nuovo la mano.

«Sue» ha detto zia Coral.

«Il salvataggio di Rapunzel» ho detto.

«Ottimo, Sue, Rapunzel, certo. Delia?»

«Il principe Alberto che fa da scudo alla regina Vittoria durante l'attentato.»

«Ottimo, Delia, sì, il principe Alberto. E tu, Loudolle?» Purtroppo Delia aveva chiesto che venisse invitata all'evento.

«Scelgo il principe Alberto» ha risposto quella, mostrando di non aver capito niente.

«Grazie Loudolle, ma non c'entra molto. Dovrai ascoltare con più attenzione.»

La tensione fra noi signore era salita a un livello non tanto cavalleresco!

Gli uomini fuori erano passati alla teoria, e sentivamo le loro voci dalle porte aperte.

«Le signore non hanno bisogno di essere tirate fuori da un'automobile, ma possono gradire un aiuto» diceva l'ammiraglio.

«Bene, adesso...» ha detto zia Coral, richiamando la nostra attenzione, «voglio che scriviate un breve testo sull'offerta più romantica che abbiate mai ricevuto. Lo scopo di questo esercizio» ha continuato, «è di dare libero corso alla vostra immaginazione, quindi non abbiate paura di esagerare, proprio come nei sogni.»

Abbiamo buttato giù i nostri pensieri e poi li abbiamo condivisi.

«Non sapevo quale fosse la mia destinazione, dovevo ritirare il mio biglietto all'aeroporto. *Venezia* c'era scritto sulla busta, e quando l'ho aperta c'era un appunto: *Sposami domani* diceva. Firmato: *conte Jason*.»

«Splendido, Sue, davvero splendido, ottimo lavoro» ha detto zia Coral. «Mio Dio, conte Jason... Delia?»

«Ciou Caramia Deliaissima,
Amore Signomi Vittorio, amore, amore, amore. Amore grande, mi dispiace amore amore amore.
Vittorio»

«Splendido, Delia, mio Dio, che cosa romantica.»

Nel corso di una discussione, ricordate: NON SI SCUOTE UNA SIGNORA» diceva l'ammiraglio in giardino.

«E tu, Loudolle?» ha detto zia Coral.

«Scelgo il conte Jason» ha risposto quella, che non aveva ancora capito niente.

«Grazie, Loudolle, ma non è quello che ti era stato chiesto. Non ti preoccupare, non si può mica essere tutti Einstein.»

È facile immaginare come questa osservazione abbia avuto l'effetto di un sasso gettato in una piccionaia. Sono volati dei pugnali mentre eravamo tutti impegnati in silenziosi scontri personali. Credo che zia C volesse solo essere spiritosa, ma non è andata proprio così!

Loudolle non ha reagito ma è chiaro che covava la vendetta, e che l'avrebbe messa a segno più tardi, coinvolgendo tutti quanti. Si stava svolgendo una vera e propria giostra all'interno del gruppo.

«Ora, la cavalleria è una tradizione, una difesa e un onore. Un vero cavaliere è pronto a dare la propria vita per la donna che ama» ha detto zia C.

«Alzarsi quando lei lascia la tavola, e finire il suo cibo se lei non può» diceva la voce dell'ammiraglio Gordon.

«Cosa che mi induce a parlare dei favori» ha detto zia Coral, delusa nel sentire che la cavalleria degli inglesi era più ordinaria di quanto avesse sperato.

«Tradizionalmente, i favori si concretizzavano in un fazzoletto, o una giarrettiera, che venivano dati a un cavaliere perché li indossasse in torneo e gli portassero fortuna. Era anche un segnale per il resto del mondo che quell'uomo aveva un'amica speciale. Pensate un momento a chi scegliereste di dare il vostro fazzoletto!»

Questa frase ha suscitato un certo mormorio!

«Aiutare sempre una signora a indossare o a togliere il cappotto» continuava la voce dell'ammiraglio in giardino. «Alcune signore gradiscono anche un aiuto nel togliersi il cappello.»

Zia C aveva un'aria pericolosamente malinconica. Non era un mistero chi avrebbe scelto per concedergli i suo favori, perché guardava con tanto desiderio fuori dalla vetrata l'ammiraglio in alta uniforme (a parte i sandali). Ho capito che avrebbe voluto lasciare il Gruppo e andare a prendere un cappello, e quando Mrs Bunion ha suonato il gong del pranzo è corsa subito fuori dalla veranda.

Mentre andavamo in sala da pranzo, l'ho sentita discutere del menu con Mrs Bunion, e sono rimasta a bocca aperta quando ho capito che non stavano parlando del nostro pranzo, ma di cosa mettere nelle trappole. Comunque Mrs Bunion aveva superato se stessa, mantenendosi rigorosamente nei limiti del budget.

Nigel, il capocronista dell'*Herald*, è arrivato giusto in tempo per sedersi a tavola, e gli sono stati versati numerosi bicchieri di vino per indurlo a fare una bella recensione.

Più tardi ci siamo riuniti in giardino, in modo che gli uomini potessero passeggiare con le signore al braccio, benedetti da uno squarcio di sole. Ho concesso il mio proverbiale favore a Tornegus, e immagino cosa avranno pensato tutti gli altri...

«Questo è il modo corretto di condurre una signora quando si passeggia al suo fianco, onde prevenire reazioni negative. Ricordate di parlare sempre a voce bassa, alle signore piacciono le voci profonde» ha detto l'ammiraglio Ted, e ce ne ha data una dimostrazione pratica insieme a Mrs Bunion, mettendole una mano sulle reni e l'altra sotto il gomito, e incoraggiandola gentilmente con un baritonale: «Ecco, da questa parte».

Tornegus ha fatto lo stesso e mi ha invitato a procedere seguendo i consigli dell'ammiraglio, ma sembrava che stesse piuttosto guidando il suo cane. Nessuna delle signore che conosco ha bisogno di simili incoraggiamenti, nemmeno le tre vecchiette, che vanno avanti per inerzia.

«Se avete il passo più veloce della vostra signora, non dovete mai lasciarla indietro» ha detto l'ammiraglio. «E non portate mai fuori una signora quando c'è vento, potrebbe cadere.»

Tornegus e io siamo andati nel frutteto, e appena fuori dalla vista degli altri ha smesso di fare il cavaliere e mi ha preso istintivamente le mani. In un nanosecondo mi ha spinto contro un albero, è stato un momento piuttosto carico.

«Non mi sembra un comportamento da cavaliere»

ho detto, con tono ammiccante, perché non posso negare che ero un po' eccitata.

«Mi chiedevo se...» ed è rimasto senza parole.

Non riuscivo a capire perché, finché ho sentito dei passi dietro l'albero. Credo che Tornegus fosse sul punto di baciarmi ma abbia visto suo padre che veniva a cercarlo. Così con un balzo ci siamo separati e lui si è ricomposto, perché a questo punto Badger si era avvicinato ed eravamo in piena vista.

«Questo bisognerà potarlo prima della primavera» ha detto, riferendosi all'albero a cui mi ero appoggiata.

*Puoi dirlo!*, ho pensato. Ero quasi stata baciata.

Siamo tornati insieme verso casa, dov'era tutto inondato di romanticismo. Nigel correva per tutto il giardino, fingendo di essere un gentiluomo vittoriano, Derek e Pigpen erano in veranda a scrivere poesie d'amore dedicate alle loro mogli; l'ammiraglio Ted era in cucina per dare una mano a Mrs Bunion; Delia e l'ammiraglio Gordon erano di sopra a parlare in italiano. Il sole giocava con la polvere sospesa nell'aria, dando vita a caleidoscopici arabeschi d'amore.

Zia Coral armeggiava con il suo cappello, tentando di sedurre l'ammiraglio. Ma lui era un pezzo di legno.

«Dovremmo moderarci» ha detto.

«Dovremmo» ha risposto zia C con voce roca, continuando a giocherellare con il suo cappello.

Come previsto, Loudolle si è vendicata dell'offesa subita facendomi un ulteriore ricatto, ma chi se ne importa? L'idea di darle dei soldi non mi secca più come prima. Forse perché mi sento ricca, non di soldi ma di esperienze, e l'esperienza nel frutteto resterà mia per sempre. Nessuno me la potrà mai portare via.

Ovviamente Tornegus non può competere con Icarus, però mi ha dato una nuova prospettiva, e questo per me è un grande sollievo. E mi ha preso le mani nel frutteto, in un raro squarcio di sole. Le sue non erano le mani dell'uomo che amo, ma quelle di un viaggiatore lungo la strada.

*Più tardi*

Ieri sera, molto tardi, quando tutti erano già a letto, zia Coral è salita in camera mia.

«Non volevo rovinarti la giornata» ha detto. «Ma è proprio quello che penso?» Mi ha dato una busta con il timbro di Titford, scritta da mio padre e indirizzata a me. Non avevo bisogno di aprirla. La cattiva notizia bruciava fuori da sola.

> *A Sue e zia Coral*
>
> *Nicholas e Ivana*
>
> *richiedono il piacere della vostra compagnia*
>
> *in occasione del loro matrimonio*
>
> *il 22 dicembre, nel Municipio di Titford*

Se solo la vita potesse essere come nei film, dove le notti più sofferte si sciolgono in rapidi cambi di stagione, con un semplice *due anni dopo* o *alla fine*. Come sarebbe bello se le pagine del calendario potesse portarsele via il vento per andare direttamente al lieto fine. Ma non è così. Bisogna vivere ogni battito del cuore, senza sfuggire i momenti peggiori.

«Sapevo che poteva trattarsi di questo, così sono andata a prenderla» ha detto zia Coral, sistemandosi sul mio letto in vestaglia. Aveva in mano la bottiglia di vino che conservava in cantina per i miei diciott'anni.

«Ma compirò diciott'anni in gennaio» ho detto.

«Lo so, ma ci sarà d'aiuto.»

Ha tirato fuori dalla tasca un cavatappi come un'alcolizzata.

«È un bordeaux, bisogna farlo respirare» ha detto, esaminando la bottiglia diciassettenne. Pur essendo una grande intenditrice, a volte finisce per comprare una bottiglia solo perché le piace l'etichetta. Delicatamente, ha soffiato via la polvere.

«Quando ricevetti il telegramma che annunciava la tua nascita scelsi questa bottiglia. È un Chateau Lafite. Il migliore. Per portarti buona fortuna, concederti una lunga vita e...»

Si è fermata per esaminare più a fondo la scritta sull'etichetta e qualcosa le è scivolato di mano. Era un pezzo di carta umida, in cima al quale si vedevano le lettere S e U scritte a mano.

Ho immediatamente riconosciuto la scrittura della mamma. Non sono sicura che anche zia Coral l'abbia riconosciuta, ma deve avere capito dall'espressione del mio volto. Mi sono figurata come sarebbe stata la E, se non fosse stata lavata via. Sarebbe stata praticamente attaccata alla U, come se non volesse separarsene. Era il marchio di fabbrica della mamma.

Non c'era scritto altro. Mi battevano i denti, anche se non avevo freddo, e zia Coral era bianca come la neve. Non avevo guardato in cantina, perché la mamma aveva paura dei ragni. Aveva voluto essere proprio sicura di nasconderlo da mio padre.

«Ero convinta che non l'avremmo mai trovato. Avevo smesso di crederci» ho detto.

«Non sono pronta» ha detto zia Coral. Aveva la voce rotta, ma le sue mani avevano la forza di un uomo.

Ha aperto il biglietto senza tremare, preparandosi a leggere. Ma come si può pensare di essere preparati a una cosa simile? Se fossimo state in un film, avremmo indossato dei vestiti speciali, ci saremmo trovate nello studio di un avvocato, con degli assistenti a disposizione, nel caso una di noi non reggesse il colpo. Invece eravamo in un sottotetto polveroso, alla luce di una comunissima lampada, io e lei, nessun altro. Non era abbastanza. Stavamo vicinissime l'una all'altra, tuttavia zia C era lontana, e alla fine di quell'atroce ricerca ognuna era sola con se stessa.

Un rumore di passi lungo il corridoio ci ha fatto tornare alla realtà.

«Okay» ho detto. Un'espressione come un'altra.

*Mia cara Sue,*
*non esiste parola o numero in grado di esprimere quanto bene ti voglio. Mi spiace tanto per quello che ho fatto. E spero che se tu stai leggendo queste parole il giorno del tuo compleanno, significa che sei con zia Coral. È la migliore delle zie e delle sorelle, e so che si prenderà cura di te.*
*Sono stata così fortunata ad avere te, una gioia ininterrotta per tutti gli anni che abbiamo passato insieme. Il fatto che io non riesca a sopportare la mia tristezza è una debolezza mia, non tua.*
*Ti ho lasciato alcune cose in un armadietto alla stazione di Titford. La chiave è sotto un'asse del pavimento nella mia camera da letto, e l'armadietto è il numero 402. Questa è una cosa tra te e me, ti prego di tenerla privata. Mi spiace essere di così poche parole, ma credo sia meglio per tutti.*
*Mi chiedo se hai domandato a zia Coral di mettere una targa per me in giardino. Magari vicino a quella di mia madre. È un posto dove mi è sempre piaciuto stare.*

*Scusami se me ne sono andata senza salutare, ma non credo che ce l'avrei fatta.*
*Perdonami, amore mio, ti prego, perdonami.*

*Ti voglio tanto bene*

*Mamma XXXXXX*

A volte sembra che non tutto il male viene per nuocere. La risposta che ho cercato da quando la mamma è morta sta scritta lì sulla carta, bagnata dalle lacrime di zia Coral e ammuffita dalle infiltrazioni d'acqua che ci sono in cantina. Ma non è la risposta che cerco, è l'alba di nuove domande.

Di quello che ha detto, ci sono cose che mi sembra di capire, e altre che mi restano del tutto oscure. Capisco cosa intende quando dice di non riuscire a sopportare la sua tristezza, perché sono sicura che si riferisca a Ivana e papà. Ma perché prendersi la briga di nascondere certe cose in un armadietto di sicurezza? E perché quel bisogno di dire il meno possibile, e perché credere che fosse meglio così? Non aveva nulla da nascondere, e nulla di cui vergognarsi, che io sappia. Forse la sensazione che a papà non importava niente di lei l'ha spinta a nascondere i suoi oggetti preziosi.

Anche se è terribile, mi consola però la certezza che la mamma ha davvero voluto fare quello che ha fatto. Non è stata un'estrema richiesta di aiuto, e non c'era niente che avrei potuto fare per fermarla. Forse ha ragione zia Coral. Forse scoprire che non era quello che credeva di essere l'ha ferita. Era una persona così sensibile, dev'essere stato un colpo. Non aveva nemmeno la spalla di papà su cui piangere quando l'ha scoperto, per via di Ivana. Sono pensieri insopportabili, devo smetterla se voglio sopravvivere.

Zia C mi ha chiesto dieci volte come stavo prima che io la convincessi ad andare a letto. Sa che, a volte, tutto quello che uno può fare è starti di fianco sullo stesso lato della strada. So bene in che modo se la farà passare, ha il suo stile nel consolarsi. Scenderà giù e rovisterà nei suoi documenti, con la radio accesa e una coperta sulle gambe.

Io voglio star sola, mi sento svuotata, come se mi avessero tolto tutto il sangue, e anche le ossa e le vene. In questo istante posso solo dire che aver ritrovato quel biglietto fa male anche fisicamente.

L'ho messo nel cassetto della biancheria, dove posso sempre dare un'occhiata di sfuggita alla sua bella scrittura. Riporlo in uno scrigno sarebbe stato come escluderla, toglierle per sempre la luce, e sotto il cuscino sarebbe stato troppo doloroso, e sotto il letto troppo buio. Ma il cassetto della biancheria a volte rimane aperto, fa parte dei miei gesti abituali, che sono ancora vivi. Mi aggrappo a queste piccolezze come se fossero i resti alla deriva di una nave naufragata in mare aperto.

Dobbiamo andare avanti, non dobbiamo crollare, questo ormai l'ho imparato. Perché se smettiamo di andare avanti e ci fermiamo un attimo, la vita continua ad andare avanti senza di noi. E così quando il sole sorgerà domani, se mai sorgerà, affronterò il secondo giorno del corso di cavalleria con tutto il coraggio di cui dispongo.

Anche in momenti difficili come questo, la mente cerca di compensare con questioni pratiche. Come farò a recuperare la chiave dalla camera da letto di papà? Lui non esce quasi mai, quando sono qui. Preferiscono rimanere a casa ad amoreggiare. E cosa ci può essere di tanto terribile e spaventoso nell'armadietto di sicurezza? Temo che stanotte non riuscirò a dormire.

Alle nove circa, un cielo stanco ha lasciato passare un raggio di sole. È stato come se un proiettore fosse caduto dal cielo. Mi ha svegliato e io sono andata ad affacciarmi alla finestra per vedere tutta Egham all'inizio di un nuovo giorno. Ma in un nanosecondo il raggio è sparito e le nuvole si sono richiuse.

Loudolle ha un fiuto tutto particolare per i casini e ha subodorato qualcosa nel mio essere così agitata, come un sommelier delle emozioni che vuole esaltarne la pienezza.

«Hai un ammiratore?» mi ha chiesto mentre facevo la prima colazione, guardando i cioccolatini che mi erano stati appena regalati. Li aveva portati Tornegus, ma non erano bastati a tirarmi su il morale.

«Mi fa piacere che tu abbia qualcuno con cui andare a una festa – o a un matrimonio.»

Non so come avesse fatto a sapere – magari a zia Coral era sfuggito qualcosa – ma la crudeltà di cui è capace Loudolle mi lascia sempre esterrefatta. Mia madre è morta, non è uno scherzo. Mi chiedo come si sentirebbe lei se, una notte, dopo avere vegliato per scrivere delle lettere indirizzate a se stessa, Delia si suicidasse, e in meno di un anno Ralph si risposasse con una donna orrenda, con il cadavere di Delia ancora caldo. Per quanto possa odiarla, tuttavia, non le auguro di dover mai conoscere queste sofferenze. Non le augurerei nemmeno al diavolo.

«È un ammiratore in più di quelli che hai tu» le ho risposto. «Non riesci nemmeno a rimorchiare l'ammiraglio. E da qui in avanti è tutta discesa, Loudolle, fin dove riesci a vedere. A quel punto cosa ti rimane?»

«Credo che dovresti mostrarmi un po' più di rispetto, altrimenti dovrò dire a Icarus di te e del suo occhio.»

Avrei dovuto risponderle: «Diglielo, non m'interessa», ma l'idea di lavorare al fianco di Icarus dopo che qualcuno gli avesse detto che *vado a letto con il suo occhio* era insopportabile. Anche se, alla luce del mio recente ritrovamento, cosa può mai importare? Devo proprio essere messa male, in quanto a orgoglio, per permettere a quello stupido occhio di turbarmi tanto.

Alle undici gli uomini sono stati obbligati a rientrare per la pioggia. Il cielo, che si era gonfiato di aria calda, alla fine è scoppiato e il tetto, le grondaie e la buddleia se la sono vista brutta. Era un diluvio così forte che pareva di sentire delle onde frangersi contro un pianoforte. Ho immaginato che alla fine, una volta rispuntato il sole, ci sarebbe stato anche l'accompagnamento di una banda di percussioni caraibica.

Prima di sistemare dei secchi per raccogliere tutta l'acqua, zia Coral aveva organizzato di farci pettinare da Loudolle in sala, prima del banchetto finale. Impossibile dire di no, perché per zia Coral quello era un ramo d'olivo offerto a Delia con cui scusarsi per avere trattato male sua figlia. E una volta che l'aveva deciso niente l'avrebbe più fatta recedere, così aveva sistemato la sala come un negozio di parrucchiere, con tutto l'armamentario femminile. Aveva piazzato la poltrona davanti alla finestra, in modo che la cliente riluttante potesse godersi la vista della pioggia mentre veniva pettinata. Prima che giungesse il mio turno, ho cercato di distrarmi un po' rispondendo all'invito di papà.

*Caro Mr Bowl,*
*la sua storia con Ivana Schwartz è stata la causa dell'angoscia e della depressione che hanno ucciso mia madre, e non sarà sorpreso se le dico che non presenzierò al suo matrimonio.*

*Lei l'ha condotta alla disperazione, lei ora balla sulla sua tomba, lei è un insulto alla sua memoria.*

*S.*

Non si merita più niente da me: compassione, empatia, nemmeno le tre lettere del mio nome. Come può risposarsi così presto? Per non dire, come può risposarsi con la più deficiente di tutta la Scandinavia? È un'infamia. Spero che la mia assenza al matrimonio sia più significativa e più forte di mille parole.

«Sue» ha detto zia Coral, alzandosi dalla poltrona. «Tocca a te.»

Lei e Delia erano acconciate alla perfezione. Ho preso posto sulla poltrona di Loudolle come se fosse il patibolo, e lei si è messa *forneticamente* al lavoro, mentre le signore alle nostre spalle si mettevano delle creme.

«Mmh, che capelli meravigliosi» ha detto, ma sapevo benissimo che in realtà stava pensando: *Mmh, bei capelli, adesso ci metto su un po' di colla e te li concio come so io, in modo da far sembrare che hai il doppio dei tuoi anni e che sei cinque volte più depressa.*

E col pensiero le ho risposto: *Grazie, bugiardissima* sguardina*, ma sarei stata molto più felice con un nido d'uccelli in testa.*

Mi ha dato una raschiata col pettine che mi ha fatto sanguinare. «Scusa» ha detto, prima di sussurrare: «Dovrò comprarne un altro...».

A quel punto ha cominciato a pettinarmi selvaggiamente i capelli all'indietro, raccogliendoli sui lati in due grosse ali. Non ho osato appiattirli, avevo troppa paura delle conseguenze.

Il totale dei soldi che Loudolle mi ha chiesto ricattandomi assomma a più di 50 sterline, e mentre ero lì seduta mi sono accorta di un altro problema: non mi importa tanto se Icarus viene a sapere la storia dell'occhio, ormai me ne sono fatta una ragione, ma mi importa, e molto, se viene a sapere che ho *pagato* perché ne rimanesse all'oscuro. Per fortuna Loudolle riparte fra una settimana, così sarò in grado di rifarmi economicamente dopo che è tornata ad *Alpen* a imparare come si decorano le torte, e tutte le stronzate che le insegnano là. Però, com'è infingarda la natura, che mette un frutto marcio in un involucro così bello! È uno dei peggiori inganni della creazione.

Icarus è stato uno splendido sogno, e com'è difficile separarsene – proprio come è difficile separarmi dalla mamma. Però devo assolutamente farlo, bisogna proprio che li lasci andare. La mamma nel suo rifugio in paradiso, e Icarus in quello suo terrestre. So che non avviene in un nanosecondo ma a poco a poco, e in un periodo di tempo molto lungo, senza scorciatoie. È la conseguenza dell'essere vivi – a meno che uno non faccia l'eremita e passi la vita senza conoscere nessuno, con quel che comporta.

Mi chiedo se mi sono così innamorata di Icarus perché ero affamata d'amore. Se non fosse stato così, probabilmente non l'avrei neanche degnato di uno sguardo. Era la fame ad avere bisogno di attenzione. Dovevo trovarle altro cibo.

Nel frattempo, ho sentito comunque il bisogno di evitare che sapesse a cosa mi aveva portato la fame, e così mi sono ritrovata nell'orribile condizione di chiedere un prestito a zia Coral. Ci siamo sedute in sala e abbiamo parlato da donna a donna, e le ho detto tutto. Non avevo altra scelta, dovevo confidarmi con lei, era l'unico modo per sopravvivere.

«È veramente cattiva» ha detto zia Coral, prima di venire in mio soccorso. «Ma non ti preoccupare, credo sia molto romantico sognare sull'occhio di quel giovane, e non c'è niente di cui vergognarsi. Significa che sei capace di amare con passione, e questo è un dono meraviglioso. Chiederò all'ammiraglio se mi può prestare 50 sterline, poi tu me le restituirai appena puoi. Ma fossi in te direi a Icarus di tutto questo alla prima occasione, e a quel punto lei non potrà più pretendere nulla da te. E poi, ne salteranno fuori tanti altri come Icarus, appena sapranno che non sei più impegnata.»

A sentirla parlare si direbbe che là fuori ci siano centinaia di ragazzi che non aspettano altro, e che appena messi al corrente della mia situazione mi sommergeranno di inviti.

«È impossibile» ho detto.

«Niente è impossibile» ha risposto zia C. «In guerra hanno dato una medaglia ai piccioni per il loro coraggio, figurati un po'.»

«Stai scherzando.»

«Nient'affatto» ha detto. «La Dickin Medal viene conferita agli animali che si sono dimostrati coraggiosi, e nell'ultima guerra è andata ai piccioni che hanno fatto attività di spionaggio. È la prima cosa che mi viene in mente quando sento dire che qualcosa è impossibile.» Da quando è finita la guerra, zia Coral vede le cose sotto un'angolazione diversa.

Poi ha aggiunto, prima di andare a cercare Mrs Bunion: «Se pensi troppo a Icarus, finirai col perderti il resto della vita girando su te stessa. Cerca di pensare a qualcos'altro, e ti assicuro che tutto ti verrà più facile».

Era come una marea gentile che batteva sulla mia costa erosa. Questa è una delle gioie che ti dà parlare con qualcuno che ha vissuto a lungo – perché sai che hanno fatto molte più cose imbarazzanti di quante ne abbia fatte tu, e hanno vissuto abbastanza a lungo da non provarne più alcun imbarazzo.

L'acconciatura di Loudolle ha funzionato, durante il banchetto Tornegus sembrava turbato e continuava a guardarmi, cercando di vedere oltre le ali. Non è l'uomo dei sogni, come Icarus, ma devo cercare di essere gentile.

«Grazie per i cioccolatini» gli ho detto, strizzandogli l'occhio per confonderlo.

Nigel, il capocronista dell'*Herald*, ci ha letto la sua recensione, che avrà quattro stelle nel prossimo numero in uscita. Entusiasmo generale, com'è ovvio. Delia ha detto che vuole pensare seriamente a un evento di moda, con Georgette, Print e Taffetà a presentare i vestiti. Mentre zia Coral sta considerando l'idea di organizzare dei Gruppi di terapia, perché si può guadagnare anche dalla disperazione, mentre gli ammiragli discutevano di romanticismo, che sperano di far diventare materia di consulenza.

Così, a dispetto dei pregiudizi, si direbbe che qualcosa di buono può essere fatto da due anziane signore, tre ammiragli, una domestica e una cameriera-scrittrice che dispongono di una villa con sedici stanze e molte travi pericolanti. Il fatto che dal punto di vista economico abbiamo collezionato solo perdite è poca cosa in confronto alle possibilità che ci si offrono.

Purtroppo, però, la giornata non è finita su queste note positive.

«Hai preso tu le cinquanta sterline dalla mia borsa?» ha chiesto zia Coral poco più tardi, mentre ci prendevamo un caffè con dei biscottini.

«No!» ho risposto. «Assolutamente no! Non mi sarei mai permessa.»

«Be', sono sparite.» Ha lasciato la frase in sospeso nell'aria, e ho capito che dovevo in tutti i modi convincerla. Così siamo andate in veranda per parlarne a quattr'occhi.

«Devi credermi, davvero, non metterei mai le mani nella tua borsa. So che la tua borsa è intoccabile.»

«Certo, certo, non lo faresti mai. Bisogna chiamare gli altri.»

I residenti di Green Place si sono così riuniti nella veranda, e zia Coral non ha fatto tanti preamboli, affrontando di petto l'argomento. «Tra di noi c'è una gazza ladra» ha detto. «Mancano cinquanta sterline dal mio portafoglio.»

Un'invisibile cinepresa ha fatto il giro della stanza, zoomando sui tre ammiragli, su Delia, su Mrs Bunion, su Loudolle e su di me. Nessuno ha aperto bocca per qualche secondo, poi è partito il pericolo pubblico.

«Ho visto Sue che frugava nella tua borsa, zia Coral» ha detto Loudolle.

«Non è vero!» ho gridato. «Mente, non fa altro che mentire.»

«Per favore, lasciateci sole» ha detto zia Coral, e gli altri sono usciti dalla veranda parlottando.

«Ho chiesto quei soldi all'ammiraglio per te, Sue, te li avrei dati, non avevi bisogno di prenderteli. Dimmi la verità e non ti giudicherò.»

«Ma io non li ho presi, zia Coral. Devi credermi.»

«Vado in camera mia, ho bisogno di riflettere.»

È uscita barcollando dalla veranda con la testa piegata, come aspettandosi qualcosa. Avrei voluto correrle dietro e abbracciarle le gambe perché non andasse via, perché non pensasse male di me, perché mi credesse. Invece mi sono lasciata cadere sulla sedia vicino alla finestra e ho guardato la pioggia che veniva giù dal cielo nero e catramoso come una cascata di aghi rabbiosi.

È il maggior successo di Loudolle fino a oggi, aver creato un dissidio fra me e zia Coral.

Nessuno però ha suggerito: e se fosse il vagabondo?.

## Brackencliffe

Partito che fu Van Day, e terminata la futile danza per quel giorno, Pretafer venne informata della fuga delle fanciulle e le passò il buonumore. Era così piena di rancore e desiderosa di vendicarsi che le venne la febbre, e fu costretta a letto, con la pelle vaiolosa. La Nubile s'inginocchiò nella cappella e pregò per il volto butterato di Missie.

Ma proprio quando pensavano di averla persa, Pretafer si riprese. Quando fu completamente guarita, tuttavia, sul volto le erano rimaste tante cicatrici che dovette indossare una maschera per evitare di impaurire i bambini.

Nel frattempo, Cara stava diventando la ragazza più bella di quelle terre. Si era trattenuta con la fedele Fiona e Keeper nei Pascoli della salvia e del prezzemolo, dove avevano foggiato un'umile dimora nella capanna di un pastore sotto il cielo. E qui trascorsero i loro giorni davanti al focolare, in pace, ma in preda ai primi morsi della fame.

«Perché non vuoi che guardi nel medaglione?» disse Fiona. «Chi vi è racchiuso? Un giovane scudiero di bell'aspetto?»

«Mia madre» disse Cara. «Perché non mi dimentichi il suo volto.»

## Zibaldone di Coral: Volume 3

*Green Place, 16 giugno 1947*
*(25 anni)*

Estratto dall'*Egham Echo* del 2 giugno 1947, *Nascite, Matrimoni e Decessi*

> *La famiglia Garden di Green Place annuncia l'improvvisa scomparsa di Cameo Garden. La cerimonia funebre si terrà nella chiesa di San Giuda Taddeo. "Chi ama vola, corre lietamente; è libero, e non trattenuto da nulla."*

Non sono riuscita a fare niente nelle ultime due settimane. La penna è troppo pesante, e mi cedono le gambe se cerco di alzarmi. Ma non ci sono risposte sul soffitto, e nemmeno sotto il cielo.

Ero appena tornata a Oxford dopo la mia ultima visita per vedere la bambina quando ho ricevuto la telefonata.

«Devi tornare subito a casa» ha detto papà. «Si tratta di Cameo.»

«Sta bene?» ho chiesto.

Si è limitato a rispondere: «No».

Ho lasciato tutto in disordine e mi sono precipitata, ma era comunque troppo tardi. Ecco cosa aveva voluto dire papà rispondendo con un secco *no*, senza poterlo dire apertamente. Sono arrivata giusto in tempo per vedere un'ultima volta il suo volto, prima che lei fosse portata via. Era pallida, bellissima, immobile e fredda.

La sua è stata una morte improvvisa, senza avvertimenti né sintomi, e il Dr John dice che è stata provocata da un aneurisma cerebrale. Dice che può essere stato lì fin dai tempi dell'incidente all'occhio, e che era solo una questione di tempo. Non avevo mai tenuto conto degli effetti di quell'incidente, avvenuto quando lei era così piccola. Aveva solo cinque anni, e pensavo fosse completamente guarita. Ma ci ha spiegato che un coagulo di sangue per una ferita alla testa, anche se formatosi alla nascita, è come una bomba a orologeria, e che non c'è modo di rilevarlo se non quando è ormai troppo tardi.

Ma è proprio successo? Non sarà che tra poco mi sveglio da un brutto sogno? Mi sembra che siano passati cinque secondi da quando eravamo bambine nella casa sull'albero. È stata con noi appena il tempo di dare un calcio alle foglie.

Conosciamo il Dr John da sempre, e sarebbe un insulto mettere in dubbio la sua diagnosi. Papà non vuole che la mamma si deprima ulteriormente, e comunque niente potrà restituirci Cameo. Ma sono proprio sicuri che non sia stata assassinata da qualcuno? Che non sia stata avvelenata da un pazzo? Nessuno però mi darà retta, dicono che le mie ipotesi sconclusionate sono solo figlie del dolore e dello shock.

Come ho fatto a non capire che le sarebbe accaduto qualcosa? Se ne avessi avuto anche un vago sentore, l'avrei protetta, senza mai perderla di vista. Mi sento così stupida per non essermi in qualche modo preparata. Per tutta la vita mi sono data una definizione di me stessa basandomi su Cameo. Chi sono senza di lei? Che ne sarà di me ora che non mi vedo più riflessa in lei? Mi sento come una pietra sparata da una catapulta.

Odo una campana suonare nei boschi e il mio primo pensiero è che si tratta di Cameo che cerca di spaventare i serpenti, ma poi mi torna tutto presente. Oggi dev'essere uno che passa in bicicletta nelle vicinanze.

# *Sue*

*Venerdì 25 settembre*

In un battibaleno abbiamo organizzato delle sistemazioni d'emergenza. Il problema, secondo Glenn Miller, è dato dalla carie del legno dovuta a basidiomiceti e a una massiccia infestazione di tarme. Bisogna tirare su i pavimenti e disinfestare al più presto per bloccare l'attacco del fungo. È solo perché Green Place è tanto grande che ci sono delle zone ancora non colpite. Mi sono offerta di rimanere e di sovrintendere a tutto mentre gli altri domani abbandonano la nave. Zia Coral va a stare da Daphne, a Knightsbridge, Delia andrà a trovare Loudolle, e l'ammiraglio si trasferirà nel suo club. Gli altri ammiragli si stanno cercando un alloggio a Londra.

Non mi fa paura rimanere sola a Green Place. Se dovessi vedere uno spirito o un fantasma ne sarei oltremodo felice, perché sarebbe la conferma di una vita oltre la morte, e quindi una speranza per la mamma. Mercoledì prossimo sarà un anno esatto da quando l'abbiamo persa. Non mi sembra ancora vero. Papà ha telefonato e ha parlato con zia Coral, che mi ha trasmesso il suo messaggio. Ha detto che sarebbe venuto qui se avessi avuto bisogno di lui. Zia Coral ha detto che soffriva anche lui, e si è offerta di riferirgli un mio eventuale messaggio, ma non avevo niente nel cuore da comunicargli.

Non volevo che ci si agitasse troppo per questo, dopotutto non c'è niente da festeggiare, c'è da mettere solo una croce sul calendario che annota il folle trascorrere del tempo. Così sono rimasta quasi tutto il giorno in camera a leggere e a scrivere, e nessuno mi ha chiesto niente.

Ho sentito dire che nel mondo degli spiriti, quando pensi a qualcuno che hai perso e vedi una piuma bianca, vuol dire che quella persona sta cercando di comunicare con te. Mercoledì c'era una piuma bianca sul pavimento, ma forse era solo perché avevo appena rifatto il letto. Forse invece era la mamma che cercava di parlarmi.

Devo assolutamente andare a recuperare la sua chiave appena papà e Ivana si tolgono dai piedi un'altra volta. Non voleva che papà sapesse niente, e devo rispettare i suoi desideri.

Ovviamente c'è anche la possibilità della presenza di un intruso che si è installato segretamente in casa nostra, ma ho sostenuto di essere all'altezza della sfida – ciò che dimostra quanto non voglia tornare a Titford...

Cavaliere come sempre, Joe si è offerto di venire a stare qui con me in caso di bisogno, un gesto gentile, considerando che ha un letto caldo dove andare e che Green Place è solo un ricovero di ragni. Ho detto no grazie, ma so che zia Coral è molto più felice nel sapere che posso contare su di lui.

**Il Gruppo Irsuto di Egham**
*Sull'interpretazione*

Benché la principale preoccupazione di zia Coral siano

i soldi necessari per i lavori di restauro, ha comunque trovato il tempo di tenere un ultimo Gruppo prima di andarsene. L'atmosfera non era delle migliori, dopo la nota della mamma, e con tutte le spiacevolezze che l'hanno accompagnata, il furto delle cinquanta sterline e i soffitti crollati, nonché l'imminente partenza generale. Una sensazione a cui facevano da controcanto le ultime avvisaglie di un'estate morente, le mele che cadevano a una a una, e le ultime manciate di petali di rosa che imbrunivano sul terreno umido.

«Come interpretate quello che vi circonda? Come interpretate gli eventi?» ha detto zia Coral, sorseggiando il primo dei numerosi gin che le sono poi scesi per la gola nel corso della serata. «Un albero che cade sulla strada può essere interpretato da una persona come un cattivo presagio e da un altro come una buona scusa per non andare al lavoro quel giorno. Essere mollati davanti all'altare può essere interpretato come una disgrazia o come il modo migliore per iniziare una dieta. A qualcuno di voi vengono in mente altri esempi?»

Abbiamo alzato tutti la mano.

«Sue?» ha detto.

«La carie del legno, o meglio, il fungo che si sta impossessando di Green Place può essere visto come un disastro o come un allarme per salvare l'edificio.»

«Splendido, Sue, lo spero proprio» ha detto zia Coral. «E tu, Avery?»

«Il fungo che si sta impossessando di Green Place può essere visto come un disastro o come un'opportunità per andare a stare al club.»

«Splendido, Avery, un'interpretazione positiva dello stesso evento. Joe?»

«Il fungo che si sta impossessando di Green Place può essere visto come un disastro o come un'occasione per Sue di mostrare il suo coraggio.»

«Splendido, Joe, ottimo, ma non tutti gli esempi devono avere per oggetto il fungo di Green Place. Delia?»

«Il fungo che si sta impossessando di Green Place può essere visto come un disastro o come un buon pretesto per andare in America.»

«Sì, splendido, Delia, stesso argomento visto sotto un'angolazione diversa. Mio Dio, ma non sarà che siamo tutti ossessionati dal fungo? Loudolle?»

«Il fungo che si sta impossessando di Green Place può essere visto come un disastro o come l'occasione per imparare qualcosa sui funghi.»

«Grazie Loudolle» ha detto zia Coral, con una specie di amichevole disprezzo.

A questo punto devo far notare che Loudolle aveva continuato a frequentare il Gruppo, tanto da essere considerata idonea per partecipare alla gara di scrittura. È una decisione che ha preso quando Delia le ha detto che il premio in denaro ammonta a £250. Anche gli ammiragli G e T hanno deciso di partecipare, dopo essere stati coinvolti nell'ultimo weekend.

«Adesso ho un altro esercizio da farvi fare. Immaginate, se volete, una scena come quella a cui abbiamo assistito alla fine del weekend dedicato al corso di cavalleria, quando sono sparite cinquanta sterline dalla mia borsa e un testimone ha accusato Sue. A me è tornato in mente quando un testimone ha accusato Sue di avere rubato le salsicce. E quindi, facendo riferimento alla grande Agatha Christie per quanto riguarda l'interpretazione e facendo di quella scena la nostra scena del crimine, proviamo a chiederci come possiamo interpretare le cose in modo diverso. In entrambi i casi, le prove sembrano accusare Sue. C'è anche un testimone dei fatti... la questione è aperta.»

Abbiamo alzato tutti la mano. L'atmosfera era pesante.

«Sue» ha detto zia Coral.

«Il semplice fatto che qualcuno dica di aver visto qualcosa non significa che l'abbia vista davvero. Forse dice di averla vista. O forse *crede* di averla vista.» (Ho aggiunto quest'ultima possibilità per non urtare i sentimenti di Delia.)

«Splendido, Sue, ben detto. Avery?»

«Può esserci anche una spiegazione innocente, se la testimone ha visto ciò che crede di aver visto ma l'ha interpretato in modo errato» ha detto l'ammiraglio difendendo la strega-cameriera.

«Questo è un ulteriore punto di vista, Avery, molto bene. E tu, Joe?»

«Potrebbe invece essere che la testimone mentiva, perché detesta la persona che accusava» ha risposto.

«Splendido, Joe, davvero, sì, potrebbe essere. Delia?»

«Potrebbe essere che la testimone abbia detto la verità, mostrando anche un notevole coraggio, e che abbia agito nell'interesse di tutti, anche del ladro.» Stava solo ingannando se stessa.

«Grazie Delia. E tu, Loudolle?»

«Forse la testimone ha visto proprio quello che ha affermato di aver visto, però poi nessuno le ha creduto.»

«Forse» ha detto zia Coral. «Vedete quante diverse possibilità ci sono nell'interpretare la stessa scena. Ora, tutto questo ci porta a un'interessante considerazione. Io, Coral Elizabeth Garden, desidero portare la mia testimonianza e dirvi che Sue *non* ha preso i soldi dalla mia borsa, e vi spiego perché. Quando sono sparite le salsicce dal tavolo della cucina, ho pensato che non era proprio da Sue averle fatte cadere in piscina senza poi scusarsi, o senza andare a prenderne delle altre. Ho quindi immediatamente sospettato che qualcuno avesse giocato sporco. Non sapevo chi avesse preso le salsicce, ma sapevo che non poteva essere stata Sue.»

Eravamo tutti tesi e affascinati.

«Da quel momento, ho tenuto alta la guardia. E così, quando Sue mi ha chiesto se potevo prestarle una bella somma di denaro, nel mettere i soldi nella borsa ho preso la precauzione di contrassegnarli con un piccolo cerchio rosso. Poi, quando Loudolle ha accusato Sue di aver frugato nella mia borsa per rubarli, ho seguito il mio istinto, già risvegliato dalla faccenda delle salsicce, e sono andata in camera di Loudolle a cercarli. E lì li ho trovati, nascosti nel suo nécessaire.»

A quel punto ha buttato sul tavolo con aria trionfante le banconote contrassegnate, e Loudolle ha spalancato la bocca in un grido inatteso: «Allora sei stata tu a prenderli!».

«È una confessione?» ha detto zia Coral, e Loudolle per paura si è zittita.

«Dirò di più, signore e signori. So che il crimine è anche più grave, perché Sue mi aveva in precedenza confessato che il motivo per cui aveva bisogno di quei soldi era il fatto che Loudolle la stava ricattando, e che il denaro richiesto in più occasioni ammontava a £50. Il ricatto doveva essere pagato per comprare il silenzio di Loudolle su un segreto di natura sentimentale, e Sue non ha avuto altra scelta che venire a chiedermi di prestarle il denaro, perché non voleva che quel segreto venisse rivelato.»

*Ti prego, non dire niente dell'occhio. Ti prego, non dire niente dell'occhio* pensavo con tutta me stessa.

«Pertanto... se Lucinda Shoot è riuscita a rubare il denaro del ricatto dal mio portafoglio prima che io lo consegnassi a Sue, impedendo in tal modo a Sue di usarlo per pagare il ricatto e quindi costringendola a pagarlo nuovamente, allora Lucinda Shoot sarebbe tornata al college con cento sterline e non cinquanta, lasciando Sue in bancarotta e ingiustamente accusata.»

Silenzio generale.

«Ma Lucinda Shoot ha commesso *un altro* errore gravissimo» ha proseguito zia Coral. «Non ha capito che per nulla al mondo avrei permesso che si perpetrasse un simile oltraggio a un membro tanto amato della mia famiglia.»

A quel punto, apriti cielo! Delia ha buttato indietro la sedia, e così pure l'ammiraglio, mentre Loudolle è scappata via piangendo. Joe era in stato di shock, io ero come inebetita. Alla fine l'ammiraglio Gordon e l'ammiraglio Ted sono riusciti a riportare la calma.

Sono stata veramente baciata dalla fortuna ad avere una zia come zia Coral. Quanto a lealtà e intelligenza non ha rivali. Sentirò la sua mancanza quando starà da Daphne. Sono decisa a salvare Green Place dalla rovina. La sosterrei con le mie mani, se potessi.

È il momento della lettura prima di dormire. Non oserei mostrare a zia Coral cosa sto leggendo, anche se è particolarmente appropriato.

*serpula lacrymans* (carie del legno)
La prima condizione è la presenza di un alto tasso di umidità. Spesso il focolaio si sviluppa a causa di una perdita d'acqua. Ambienti tradizionalmente favorevoli alla *serpula lacrymans* sono le navi, e in molti casi i costi delle riparazioni superano di molto il costo di costruzione iniziale.

L'insidioso e rapido degrado produce un odore fetido di muffa. Diversamente da altri funghi, la *serpula lacrymans* riesce a "saltare" su materiali diversi dal legno, motivo per cui nel trattamento è necessario raschiare l'intonaco e i pavimenti in un raggio di circa mezzo metro a partire dal focolaio per essere sicuri di bloccarlo.

Il suo nome viene spesso usato come metafora della corruzione che in modo invisibile mina la società, o di certi problemi nascosti che possono condurre a una catastrofe.

## Zibaldone di Coral: Volume 4

*Green Place, 4 luglio 1954*

*(32)*

Mangia, bevi e goditela! Sono finite le restrizioni. Finalmente, dopo quattordici anni di cibo razionato, la mamma può dare alle fiamme la sua tessera annonaria. Festeggeremo con bacon, patate, banane, e le parole "quanto ne vuoi".

Ho un nuovo lavoro all'Ospedale per le Malattie Tropicali, faccio ricerca sui veleni e sulle morsicature di certi animali. Una triste ironia della sorte, considerando che la mamma sta combattendo contro la malaria, o la febbre del fiume come la chiama lei, che ha contratto in Australia nel Bush. Preferisce il deserto rosso alle praterie, il fuoco dell'accampamento ai fornelli, ma le gioie della vita all'aria aperta hanno un costo, e a suo tempo lei ha dovuto prendere la nave più veloce per tornare a casa.

La piccola Buddleia è stata mandata in un collegio nei Monti Pennini, con il suo accento australiano e tutto il resto – mi chiedo cosa ne faranno le suore di lei! Naturalmente non voleva andarci, ma papà dice che a lui non ha fatto certo male. E la mamma non riesce quasi a muoversi, figuriamoci se può prendersi cura di una bambina.

La povera Buddleia deve sopportare bagni ghiacciati e punizioni corporali, e si lamenta perché non danno il pane tostato, anche se ne sente l'aroma proveniente dalle cucine delle suore. Mi sono sentita a disagio nel lasciarla a scuola l'ultima volta che siamo andati a trovarla, ma a trascinarmi via è stata una forza maggiore che ha assunto la forma del Botanico... ma di questo parlerò più avanti. Mi ha mandato una lettera piuttosto triste, in cui dice di essere molto dispiaciuta del fatto che nessuno vuole condividere il suo tempo libero. L'ultima volta che è stata a Green Place papà è andato a caccia di conigli e l'ha portata con sé.

«La mia arma sarà la macchina fotografica, non sparerò mai con un fucile» ha detto Buddleia solennemente.

E ogni volta che sentiva papà sparare, si teneva la testa fra le mani e pregava. Adora gli animali, proprio come Cameo.

«Non possono parlare» dice.

È orribile avere sette anni, soprattutto se hai la testa di un adulto sulle spalle. Sostiene di essersi iscritta al Partito della Libertà della scuola. Lei e un gruppo selezionato di suoi compagni hanno chiesto che li aiutassi a scrivere un volantino. *Una proposta per cambiare il mondo* si intitola. Sarà un posto migliore per i conigli.

***Notizie di Green Place:***

L'economia e l'edilizia del Paese sono state distrutte dalla guerra, e alcuni ministri sostengono che le roulotte sono la soluzione alla crisi degli alloggi. A questo proposito, stavo giusto pensando di lasciare per sempre Green Place e andare a stare con il Botanico. Ma non credo che sarei capace di lasciare papà da solo, con la mamma in ospedale e i giornali che raccontano di grandi edifici che vengono demoliti ogni cinque minuti. Una casa demolita non vale come garanzia, per questo molti se ne sono andati.

Papà sta seguendo le procedure per fare di Green Place un edificio d'interesse storico e architettonico, in modo da garantire noi e le nostre terre. Sarebbe tutto più facile se avessimo la villa gotica di Strawberry Hill o qualcosa di simile, anziché un modesto palazzotto in stile regina Anna. Nella richiesta ha scritto che i giardini sono stati realizzati da Getrude Jekyll, e che i sostegni dei terrazzini sul davanti erano un esempio di ingegneria edile all'avanguardia quando furono costruiti – il che spiega perché poi sono arrugginiti e crollati. Gli ho suggerito di scrivere inoltre che a Green Place ha soggiornato la duchessa del Devonshire, Louisa Frederica Cavendish. Gli urbanisti vanno pazzi per i nomi celebri, e potrebbero darci la classificazione 1 (Edifici di straordinario interesse).

***Il Botanico:***
Edgar Van Campen. Un metro e settanta di perfezione, e un genio in laboratorio. Stava dicendo in refettorio quanto apprezza una piccola anomalia in una donna, come i denti che si sovrappongono, il picco della vedova e il ciuffo ribelle. Non li ho, quindi farei meglio a tenerlo d'occhio quando c'è in giro Doris Trent.

# *Sue*

*Venerdì 9 ottobre*

I giorni passati facendo la guardia a Green Place sono lunghi. Mi sveglio e preparo il primo tè alle sette – Glenn Miller e i suoi uomini ne consumano così tanto e uno degli idraulici vuole un biscotto ogni undici minuti. Poi vado al *Toastie* e ci lavoro tutto il giorno, prima di tornare a casa a preparare un ultimo tè per tutti. A quel punto mi ritiro nel mio accampamento nel sottotetto, dove scrivo a lume di candela. Glenn è molto premuroso, e cerca di lasciarmi l'energia elettrica nei weekend. Gli piace chiacchierare e mi racconta un sacco di storie su questa casa. Si direbbe che sa molte cose di mia madre, ma c'è da dire che l'ha conosciuta da giovane, quando lui era un semplice muratore.

«L'ho vista una volta nel ripostiglio degli attrezzi» ha detto. «Aveva otto o nove anni all'epoca. Mr Garden le aveva vietato di leggere *Black Beauty* e così lei si intrufolava lì dentro per leggere di nascosto.»

«Perché le aveva proibito di leggere *Black Beauty*? Non è così osceno, né volgare.»

«No, per niente» ha risposto Glenn. «Credo che glielo avesse proibito perché è triste.»

Glenn dev'essere stato una presenza rassicurante per la mamma. Zia Coral se lo ricorda nel corso degli anni appeso alle finestre con un pennello di vernice in mano. Ma vista la grandezza dell'edificio, senza che se ne notasse davvero il risultato.

Nei giorni feriali la casa è invasa dalla cavalleria in tuta da lavoro, e quando la domenica mi ritrovo sola c'è sempre il giardino per fare una passeggiata e le trappole da controllare. È difficile trovare il modo giusto di vestirsi con il clima che c'è. Esco con il maglione e il cappotto e devo in fretta togliere il primo, poi devo togliere anche il secondo e finisco per averli entrambi allacciati in vita, poi devo rimettermi il maglione, e alla fine anche il cappotto. Così vanno le cose nella stagione di passaggio fra autunno e inverno.

Il posto dove preferisco andare è la capanna del croquet sul prato esposto al sole. È un casotto di legno, ormai quasi completamente inghiottito dai rovi, da cui si gode un panorama mozzafiato di Egham. Se, Dio non voglia, Green Place dovesse crollare, chiederei a zia Coral di lasciarmi vivere lì.

Mi ha scritto da Knightsbridge, da un appartamento con le sbarre alle finestre e solo un cortiletto interno. Deve condividere la sua stanza con il gatto di Daphne ed è molto preoccupata per i propri vestiti. Non mi sorprende, visto che se ne è messa in valigia quasi duecento, nella speranza di essere invitata a tutte le cerimonie di Belgravia Square.

Per farmi sentire un po' della sua presenza – come se stare a Green Place non bastasse – zia Coral mi ha lasciato il suo zibaldone perché lo leggessi prima di dormire. Cinque volumi di pensieri e ritagli riguardanti la sua vita. Lo trovo avvincente. Anche se mi sembra buffo pensare che zia Coral ha un passato. È uno dei problemi dell'invecchiamento, agli altri può sembrare che tu sia nata all'età in cui ti trovi adesso.

Papà ha lasciato un messaggio nella segreteria telefonica per dire che è sempre disponibile se voglio parlare, e mi ha chiesto di riconsiderare la mia decisione di non presenziare al matrimonio. Sono contenta di non avere risposto al telefono quando ha chiamato, però mi piacerebbe sapere se hanno intenzione di andare via. Sogno sempre di recuperare le chiavi e trovare il tesoro segreto della mamma.

Sono ormai più di due settimane che abito qui da sola, e mi sono finalmente abituata a tutti i rumori notturni, per i quali ho messo su una *placenta* di spiegazioni... tubi, cigolii, sgocciolamenti, umidità, pipistrelli, tassi, forse un attrezzo lasciato dagli operai.

A volte, di notte, nel mio letto, viaggio con la mente per tutta Green Place, girando intorno all'edificio e fermandomi a fare delle foto. Il bagno di Delia con la vasca della tartaruga, gli asciugamani degli ammiragli come li hanno lasciati, il letto rosa di zia Coral con un fiocco che penzola, la veranda con i pizzi disegnati dal gelo e le ragnatele che fremono.

Quando sono accese, le luci tremolano, soprattutto durante i temporali, si sforzano di mantenere il contatto. In quei momenti sono sicura che dei fantasmi di bambini vittoriani volano negli armadi nell'attimo in cui mi giro, e devo farmi un po' di coraggio.

## Zibaldone di Coral: Volume 4

Ritaglio di giornale, Nascite, *Matrimoni e Decessi*, *Egham Echo*, 18 novembre 1955

> *Evelyn William Garden di Green Place, Clockhouse Lane, annuncia con grande dolore la scomparsa dell'amatissima moglie Pearl Ellen Garden 1900-1955, dopo una lunga battaglia contro la malaria. La piangono le figlie Coral Elizabeth e Buddleia Rose.*

Non è stato uno shock, e per certi versi è stato addirittura un sollievo. Si è ripresa per un breve tempo dopo essere tornata a casa, ma poi sono tornate le febbri. È una cosa così rara da queste parti, forse non le hanno dato una terapia efficace. Ma ci hanno provato, siamo sicuri che ci hanno provato.

E siccome dobbiamo morire, non avrei potuto sperare di meglio per la mamma. Ha sofferto un po', e vorrei tanto che non avesse dovuto, ma c'è stato dato il tempo per salutarci e per prepararci. Abbiamo fatto dei bei viaggi sulla costa, e abbiamo passato dei bei momenti a ricordare e a farle fare tutto quello che desiderava. È sempre stata una donna dal carattere allegro, e ha sempre apprezzato le piccole cose della vita. In inverno le piaceva tenere un piede fuori dalle coperte per il puro piacere di rinfilarlo poi al caldo.

Verso la fine, quando la malattia ha preso il sopravvento, ha detto che voleva tornare a Green Place per morire. Non nel suo letto, come ci saremmo tutti aspettati, ma fuori, sotto le stelle, e ha chiesto di essere portata al capanno del croquet, dove la vista spazia sul mondo.

Era la mia eco, a volte forte, a volte sommessa, ma sempre delicata, che mi chiamava al sole.

# Sue

*Mercoledì 21 ottobre*

Erano quasi le nove meno dieci quando è successo. Avevo appena finito di cenare in veranda, a lume di candela, quando ho sentito dei passi al piano di sopra. In un primo momento non mi sono preoccupata, perché ormai mi ero abituata a pensare razionalmente. Forse Glenn aveva dimenticato qualcosa – forse era solo un tasso – ma mentre facevo l'elenco delle varie possibilità i passi sono scesi al pianterreno, e questa volta suonavano più minacciosi, perché erano inconfondibilmente i passi di un essere umano. Sono corsa fuori a nascondermi dietro un cumulo di macerie, aspettandomi di veder comparire il fantasma di Cameo. Ma quello che ho visto non era una signora con un manto trasparente, o un fantasma, o uno spirito, o un essere demoniaco, bensì un *uomo*. Un uomo con la barba, i capelli lunghi, e un grande mantello. Camminava spedito lungo il viale verso Clockhouse Lane, dove è stato inghiottito dal buio.

Ho aspettato un po', e quando sono stata sicura che non sarebbe tornato indietro, sono rientrata in casa e ho chiamato la polizia, oscillando per tutto il tempo tra calma e terrore.

«Si direbbe un vagabondo, Miss Bowl» ha detto l'agente Pacey, arrivato ventidue minuti dopo la mia chiamata. «Ed è uscito dalla porta principale, se ho capito bene?»

«Esatto» ho risposto.

«Che faccia tosta! Le consiglio di chiudersi bene dentro in casa. Se è uscito dalla porta principale, molto probabilmente cercherà di rientrare da lì. Magari ha anche la chiave.»

Poi ha riempito dei moduli, mi ha lasciato una radio ed è uscito nella notte.

Pensandoci con la mente razionale di un adulto, mi sono detta che questo vagabondo, chiunque sia, è stato molto attento a evitarci, e quindi non può essere un assassino sanguinario perché a questo punto mi sarebbe già saltato addosso. Probabilmente si tratta di una persona gentile che ha solo bisogno di un posto per vivere, probabilmente un giorno è finito qui nei suoi vagabondaggi e ha visto che era tutto vuoto. Probabilmente è uno che agisce d'istinto, come immagino siano quasi tutti i vagabondi. E se ha fame ed è povero, forse dovrei condividere la mia ricchezza. Forse dovrei lasciargli qualcosa da mangiare nell'ingresso e fargli capire che gli sono amica.

La forza di questa teoria mi ha rassicurato, tanto da farmi ritrovare la calma necessaria per tornarmene a letto, dove ho cercato di distrarmi con la corrispondenza del giorno. È solo quando ti trovi in una situazione come questa che capisci come il coraggio sia solo una decisione.

La prima era una lettera di mio padre:

*Cara Sue,*
*sono sconvolto dopo aver letto quello che mi hai scritto. Mi spiace che tu ti senta così. Ma se da un lato capisco la tua rabbia, e il fatto che il matrimonio possa*

*sembrarti una decisione affrettata, dall'altro voglio tu sappia che tua madre e io ci eravamo di fatto separati molto tempo prima che io conoscessi Ivana. E tua madre, che Dio la benedica, non sapeva nulla. So che potrà sembrarti crudele, ma sento che è giunto il momento di dire la verità.*
*Spero che ci ripenserai, sarebbe la cosa più bella del mondo per me. A Titford c'è solo amore nei tuoi confronti, e la verità, se ti interessa.*
*Non essere un'estranea.*

*Papà x*

Finito di leggerla l'ho strappata e sono andata a lasciare uno spuntino nell'ingresso, con un bigliettino che diceva solo: *pace*. Un gesto della mia Caroline interiore, che mi ha dato un po' di serenità. (NB: zia Coral ha un temperamento forte, che se dovessi dargli un nome chiamerei *Caroline* – una persona allegra e vivace che consiglia di raccogliere fiori. Procedendo su questa strada, credo che gli ammiragli sarebbero *Brian* – un tipo calmo che consiglia di leggere libri – mentre Delia sarebbe *Ogera* – una incline alla malinconia.)

Adesso sono tornata nel sottotetto per immergermi in *Brackencliffe* e scacciare i brutti pensieri. Ma mentre scrivo, nubi cariche di tuoni si stanno ammassando dietro gli alberi che fiancheggiano Clockhouse Lane. Le foglie sembrano sul punto di cadere più per la paura che per l'inverno incipiente.

Per tutta la vita ho desiderato scrivere di come ci si sente a essere vivi, e spero che questo si rifletta entro le mura di Brackencliffe. Voglio sottomettermi interamente a questo compito fintantoché sono qui, in splendida e desolata solitudine.

*Venerdì 20 novembre*

Sono trascorse delle settimane e le nozze di papà incombono all'orizzonte. Visto in un'ottica positiva, però, è anche arrivata l'occasione che aspettavo da tempo.

Zia Coral mi ha telefonato stamattina per dirmi che aveva parlato con papà, scoprendo che lui e Ivana sarebbero stati assenti nel weekend. Vanno in un albergo per qualcosa di simile a una serata di addio al celibato, o al nubilato.

Loudolle è tornata qui per una breve vacanza. Grazie a Dio non sta a Green Place, non è tipa da sopportare il freddo. Sta a casa dei Fry, dove dorme su un futon in una stanza con armadi a specchio e pot pourri. Mrs Fry parla sempre delle sue *luminose qualità, che altrove sarebbero altamente apprezzate*, ma a cosa servono in un bar, o dando una mano in casa? Lei mi sta sempre alle calcagna, come un cattivo odore, mi segue quando faccio la spesa con quello sguardo vile, guardingo e pieno dei suoi intrighi.

Stamattina presto ero nella toilette maschile per appendere un invito a lavarsi le mani che Mrs Fry aveva scritto. È felice di poter aderire alla campagna governativa che raccomanda di lavarsi sempre le mani, soprattutto gli uomini, i quali – come dice lei – hanno più probabilità delle donne che gli restino attaccate delle tracce di cacca!

Stavo pensando a come arrivare a Titford, e a cosa fare con il lavoro e le incombenze di Green Place, cose quindi di una certa importanza, quando Loudolle è entrata nella toilette. Ha spruzzato del deodorante per ambienti, poi mi ha squadrato lentamente finché le si sono illuminati gli occhi quando mi ha guardato in testa. Cosa che mi ha fatto precipitare in uno stato di agitazione per il cerchietto che avevo sui capelli. Mi era sembrato così carino e spiritoso quando l'avevo messo, ma forse era un po' eccessivo per andare a lavorare.

«Come stai, Sue?» ha chiesto, rivolgendosi cordialmente al mio cerchietto. «Pronta per la festa di gala? Penso proprio che tu possa vincere.»

Per un istante mi sono sentita lusingata, ma sapevo che era tutta una finta, perché rischiava di scatenare l'ira di zia Coral se solo si fosse provata a ricattarmi un'altra volta. Ha fatto pipì in uno dei cessi chiusi – ne ho sentito distinto il rumore – e poi se n'è andata senza lavarsi le mani, con solenne disprezzo dell'avviso appena messo.

«Fico» ha detto, come salutando il mio cerchietto.

Ho tirato un sospiro di sollievo quando sono rimasta sola. Non ha più alcun potere su di me.

È passato un po' di tempo prima che tornassi in sala, dopo essermi tolta il cerchietto. Era piena di adolescenti tedeschi, l'aria era satura di ormoni. Erano insieme a un gruppo di Oxford e indossavano dei lunghi maglioni. Avevano un'aria intelligente e discutevano del menu, chiedendo se fosse possibile avere qualcosa alla griglia.

Ma la vita è piena di cose orribili: brufoli, pene d'amore, Loudolle. Zia Coral dice sempre che l'età e l'esperienza finiranno col trovarmi, e che un giorno riderò di tutto questo, ma io al momento ho delle serie difficoltà a volgerlo nel tenero ricordo di domani.

«Tutto a posto, Sue?» mi ha chiesto Joe quando sono rientrata in sala.

«Sì, ho solo tolto il cerchietto» ho risposto, «e ha lasciato il segno.»

«Avevi l'aria preoccupata» ha detto. «Posso fare qualcosa per te?»

«Papà e Ivana sono via per il weekend e devo andare

a Titford a prendere una cosa» ho detto, sapendo di allettarlo.

«Posso portartici io domani sera, se vuoi. Ci metteremo un attimo in bicicletta.»

È stato con un senso di gratitudine e di spiacevole timore che ho lasciato Joe alle prese con lo schiumalatte – ma poi a casa ho trovato tutto tranquillo. C'erano solo gli alberi che si stagliavano contro il cielo e si chiedevano il perché di tutto quel trambusto. Sono rimasta un po' in terrazzo a guardare un ragno arrampicarsi su un ciuffo di capelli. Quando è arrivato in cima si è buttato giù, poi ha ripreso ad arrampicarsi, per la pura gioia di essere un ragno. In casa regnava il silenzio e lo spuntino era ancora lì, intonso. Glenn aveva lasciato acceso lo scaldabagno, e quindi non avevo scuse.

Fatto un bel bagno, sono andata a mettere dei fiori nella Camera Grigia. Li avevo colti alla luce della torcia fra i pochi rimasti in giardino. (Nello zibaldone di zia Coral si dice che sia stata la camera della mamma quando, da bambina, tornava a casa per le vacanze, e questo me la rende ancora più speciale.) Era da tanto che non ci entravo, e non era come me la ricordavo. Le camere patiscono le assenze e stanno meglio quando vedono un po' di luce e sentono dei passi. Ho messo i fiori sul davanzale della finestra che dà sulla piscina e mi è venuta in mente l'immagine delle ondine che ne increspavano la superficie quando, in estate, l'acqua era ancora calda.

Il letto era leggermente scostato dalla parete e sopra c'era un lungo cappotto nero. Di Glenn Miller, forse. O di uno dei suoi operai.

«È di Glenn, è di Glenn» ho continuato a ripetermi mentre tornavo in camera mia.

Più tardi, facendo la ronda dei pipistrelli, ho visto

un filo di luce sotto la porta della stanza sempre chiusa. In un primo momento ho pensato che Glenn l'avesse lasciata accesa per errore, ma sapevo che era impossibile perché c'è solo una chiave di quella porta e zia Coral la tiene nascosta.

Che fosse stato il vagabondo ad accendere la luce nella stanza chiusa? E in questo caso, come si è procurato la chiave? E se non fosse un vagabondo ma uno spirito?

Sono le tre di notte e ho appena sognato che non era un uomo quello che ho visto uscire da Green Place, ma una donna. Attenzione, però: i sogni possono essere ingannevoli, e avere spesso gli interpreti sbagliati.

*Sabato 21 novembre*

Oggi ho ricevuto una visita a sorpresa delle tre vecchiette. Sono arrivate quando avevo appena finito di fare colazione. Non le vedevo da un secolo, perché era scoppiata un'epidemia di influenza alla casa di riposo. Sono salite a piedi lungo il viale, dopo che il taxi le aveva scaricate davanti al cancello. Print era avvolta in una coperta da cavallo e Taffetà indossava dei calzettoni fatti a mano. Niente da dire, viene sempre il momento in cui star bene è più importante che essere eleganti. Erano rimaste rinchiuse per lungo tempo, così ho riscaldato delle focaccine e gliele ho servite a bordo piscina, dove si erano sedute sulle sdraio riparandosi dal freddo con delle coperte.

«Dove sono i tuoi amici?» ha chiesto Taffetà con tono indagatore.

«Escono solo di sera» ho risposto.

«I miei escono solo di pomeriggio» ha concluso, senza aver minimamente capito il mio scherzo.

«Siamo venute appena ci è stato possibile» ha detto Georgette. Sembrava che fossero venute in missione.

«Vedi, stavamo leggendo dei vecchi giornali» ha detto Print, «e non ci sarebbe mai venuto in mente se non avessimo ricevuto la visita di una vecchia amica. Si trovava da queste parti e ha visto il vostro annuncio.»

«Scusate, ma non vi seguo» ho detto, confusa da quel discorso sconclusionato.

«Si chiama Emily Laine» ha detto Print, «ed è la vedova di Jack Laine.»

Non ci è voluto molto perché passassero al loro argomento preferito (il Duca di Edimburgo), ma in tutti quei discorsi sui pantaloni scozzesi che il Duca indossa per giocare a golf io pensavo solo a Emily Laine. Sono rimaste un'ora o poco più prima di rientrare all'ovile, e appena il loro taxi si è allontanato ho telefonato a zia Coral.

«Pensi di contattare Emily Laine?» le ho chiesto, dopo averle raccontato tutto.

«Non saprei come» ha risposto zia Coral. «E se poi fosse all'oscuro di tutto?»

«Potresti chiedere a Print di indagare.»

«No, Print non sa nulla di Jack e Cameo e dovrei dirle tutto, e a quel punto starebbe male per Emily. No, mia cara, bisogna che ci rifletta.»

Le ho anche detto dell'uomo che ho visto, e del cappotto.

«Sei sicura che fosse un uomo? Sei sicura che non fosse uno spirito?» ha chiesto.

Mi è parso piuttosto inquietante che potesse credere più a uno spirito che a un uomo. Si direbbe che voglia credere solo a ciò che più la tranquillizza. È una Caroline fatta e finita.

Sono di nuovo seduta nella Camera Grigia, cercando di comunicare con la mamma e di prepararmi per quando Joe verrà a prendermi per accompagnarmi a Titford.

Come promesso, alla fine del pomeriggio Joe è arrivato in sella alla sua bicicletta. Era la prima volta che andavo in due su una bici, e non ignoravo l'importanza del momento.

Ci abbiamo messo solo tre quarti d'ora per arrivare a destinazione – in treno ci vuole un'ora e mezza. Ma fra Titford e Green Place passa il tempo di una vita.

Una volta entrati sono salita immediatamente di sopra per recuperare la chiave, seguendo le istruzioni della mamma.

«Vorrei tanto che mio padre mi avesse lasciato qualcosa di simile» ha detto Joe, lasciando affiorare il suo dolore.

«Mi spiace. A volte dimentico che hai perso tuo padre.»

«Non ti preoccupare, ormai l'ho superata, sono cresciuto» ha detto, cercando di essere allegro e virile. «Allora è la chiave di una cassetta di sicurezza che tua madre ti ha lasciato nascosta? Mio Dio.»

«Sta sotto un'asse del pavimento di cui solo io e lei siamo a conoscenza» ho detto.

«Wow!» ha esclamato, seguendomi su per le scale.

La camera da letto di papà e Ivana puzzava come l'atrio di un grande magazzino, e c'era dello champagne sgasato nel bicchiere degli spazzolini.

Ho sollevato delicatamente l'asse del pavimento, guardando nel buco che c'era sotto come se guardassi un precipizio nel quale rischiavo di cadere.

«Joe» ho detto.

«Allora?»

«Non c'è nessuna chiave.»

## Zibaldone di Coral: Volume 4

*Green Place, 2 dic 1962*

*(40 anni)*

Con il botanico è finita. Andava avanti da tempo ad alti e bassi. Daphne è convinta che è solo per il fatto che alla fine lui si è dichiarato, e che se lui non avesse detto niente gli correrei ancora dietro. Nell'attimo in cui sono sicura di averlo non lo voglio più, e nell'attimo in cui lo perdo, lo voglio.

In tutti questi anni, parlando di sentimenti, ho pensato di essere molto tradizionalista. Ma ora scopro che mi manca il respiro quando mi sento legata. Edgar, poi, è così simile a me. Sono viziata? Sono malata? Sono avida, pensando che l'erba possa sempre essere più verde? Voglio rimanere bambina, quando tutti i miei amici sono diventati grandi?

Guardo fuori dalla finestra e vedo nuvole di fumo salire da un falò. Il vetro è appannato, a parte una zona centrale, e all'esterno siamo come intrappolati. Forse sono i ragni ad avere tenuto insieme questa casa. È come se avessero lanciato le loro reti in aria e l'avessero catturata.

C'è un'isola al largo di Madeira che chiamano l'Isola dei ragni. Dicono che è abitata SOLO da ragni, grandi come la mano di un ragazzo. Mi piacerebbe molto andare a vederli, ma chi oserebbe accompagnarmi? Per Edgar sarebbe stata una festa, ma non ha senso continuare a pensarci... Grazie a Dio avevamo fatto dei piani solo per la Notte dei falò, e non per la vita.

Mi ha scritto una lettera pomposa per spiegarmi le sue ragioni, sembrava scritta sotto il controllo di un terzo occhio, nel caso un biografo se ne impossessi. Si trasferirà nell'Hampshire con una donna che ha un marcato picco della vedova. Se da un lato mi sento molto giù, dall'altro continuo a pensare che non mi vedevo proprio a lavare i suoi piatti o a nutrire i suoi ospiti famelici, o a guardarlo passare mentre esce dal bagno nel suo pigiama di flanella. Non potrei mai vivere in un appartamento, e non lascerò mai papà. Non è difficile capire perché Edgar abbia deciso di mettere fine alla nostra storia.

I miei amici hanno tutti l'aria di essere felici per questa soluzione. Daphne preferisce che io mantenga il mio status di *zia matta*, perché fa sembrare stabili e rassicuranti le fatiche della maternità. *Zia*: è una parola che mi fa pensare a una figura solitaria sempre vestita di tweed, oppure, Dio non voglia, a una specie di Miss Havisham. No, se Buddleia farà di me una Zia, non seguirò l'esempio di Miss H. Non mi struggerò per Edgar. I cuori infranti si aggiustano, e comunque, una figlia persa in giovane età è già abbastanza per papà. Ci ho pensato all'improvviso ieri sera, ero a letto impegnata in una profonda conversazione con il soffitto: Cameo ha vissuto la sua vita così in fretta. Forse era consapevole di dover crescere a doppia velocità. Le nostre vite sono come le onde, alcune coprono la distanza di tutti gli oceani, altre fluttuano due o tre volte prima di infrangersi sulla riva.

A questo proposito, sto cercando di convincere papà, che ha ormai sessantaquattro anni, a venire via con me per un paio di giorni al mare, giusto per farlo uscire di casa, perché è davvero giù di questi tempi. Ma dice che in dicembre non può, perché ha un "appuntamento". «Dicembre è escluso» dice. È un vecchio bisbetico, un eremita, ha proprio un brutto carattere. Mi chiedo: se diventerò vecchia, comincerò anch'io a essere sempre così evasiva?

Oh, dimenticavo. A scuola Buddleia ha vinto un premio all'originalità. Mi chiedo cos'abbia fatto per meritarselo!

***Da fare***:
*-Scrivere testamento*
*-Iniezione all'orecchio*

# *Sue*

*Domenica 6 dicembre*

SCRITTRICE NATIVA DELLO HAMPSHIRE,
AMA LA CUCINA E STARE IN GRUPPO,
CERCA OCCHI SCINTILLANTI E TRASPORTO.
CONTATTARE S. BOWL, EGHAM 69950

Ho pensato che trovare un escursionista in una delle nostre trappole è una potenziale scintilla per una storia d'amore, e così ho messo in ciascuna un bigliettino, nel caso dovesse caderci un tipo interessante. Vedete un po' se non sto perdendo ogni speranza riguardo a Icarus. L'amore è cieco. Ma è anche impaziente.

È il giorno più freddo e umido dell'anno. La casa è piena di secchi per evitare che l'acqua impregni i tappeti e ho tolto i mobili dalla veranda perché il cielo minaccia di caderci dentro. È stata una fortuna avere tutte queste cose da fare che mi hanno distratto dalla disperazione per non avere trovato la chiave.

L'abbiamo cercata dappertutto, ma inutilmente, e così siamo rientrati a Egham a mani vuote. Più tardi ho telefonato a Zia Coral, era confusa e incredula quanto lo sono io.

«Pensi che tuo padre possa averla trovata?» ha chiesto.

«Sono sicura che non ha mai saputo niente di quel nascondiglio» ho risposto. «E Ivana non ha mai avuto motivo di notare qualcosa di strano sul pavimento perché hanno una cameriera.»

«Mi spiace tanto, Sue. Forse dovresti chiedergli direttamente se l'ha presa lui.»

«E se non l'ha presa lui? La mamma è stata chiara, non voleva che lui sapesse niente.»

«Lo so. È un bel mistero. Devo rifletterci, ma tu cerca di non preoccuparti. Sono sicura che salterà fuori» ha concluso, cercando di consolarmi.

Mi ha anche detto, per distrarmi un po', che ha messo in piedi un salotto letterario a Knightsbridge che si riunisce *ogni* sera. È chiaro che lei e la sua cerchia prendono molto sul serio la faccenda del Gruppo. E siccome il gala si avvicina a grandi passi, zia Coral ha convocato il Gruppo Irsuto di Egham per venerdì prossimo nell'appartamento dove sta a Londra, e tutti gli irsuti vi si daranno convegno provenendo dai quattro angoli della terra (insomma, Egham, Londra e *Alpen*.)

*Venerdì 18 dicembre*

**Il Gruppo Irsuto di Egham nella capitale**

Joe e io abbiamo preso il treno insieme, e lui ha tenuto i biglietti nel suo portafoglio come un vero gentiluomo. All'altoparlante il controllore ha detto: «Assicuratevi di aver preso tutti i vostri *affetti* personali quando scendete dal treno». Mi chiedo se si è reso conto del suo piccolo errore.

È stato un Gruppo molto più numeroso di quanto ci saremmo aspettati, con Daphne, Mrs Stock Ferrell e il suo labrador Daniel, gli ammiragli G e T con il loro amico ammiraglio Ranger, l'ammiraglio Little, Joe, io e George Buchanan, un dentista. Gli ammiragli si sono seduti in base al grado, per rispetto all'ammiraglio Ranger. Delia era appena arrivata dall'aeroporto, un po' più triste del solito. Aveva incollato sul suo block-notes la foto di una donna magrissima che sorrideva a dei frutti di bosco. Il fuoco era acceso nel camino, e a tutti è stato dato un cuscino di Knightsbridge.

«Benvenuti, benvenuti, *benvenuti* al Gruppo Irsuto della metropoli» ha esordito zia Coral, e gli ammiragli hanno sollevato le loro penne come una schiera di piccoli cannoni.

«Cominciamo con un esercizio di riscaldamento» ha continuato, e l'ammiraglio le ha versato un bicchiere di gin. «Allora, al volo, chi sa dirmi una parola che abbia lo stesso significato di stile?»

Abbiamo alzato tutti la mano.

«Sue» ha detto.

«Eleganza.»

«Benissimo, sì. Avery?»

«Classe.»

«Benissimo, sì. George?»

«Chic.»

«Benissimo. Ammiraglio Ranger?»

«Tirare di scherma» ha risposto.

«Ottimo, sì» ha detto, passando rapidamente all'esercizio successivo della sua lista. «Adesso vorrei che uno di voi prendesse il via da una frase del suo racconto. Se non ne avete scritto uno, non preoccupatevi, sarete comunque in grado di seguire l'esercizio.»

Abbiamo alzato tutti la mano.

«Sue» ha detto zia Coral, e io ho cominciato a leggere da *Brackencliffe*, sperando di non aver fatto vedere che morivo dalla voglia di farlo.

«“Sono Knight Van Day” disse, “e vengo da lidi remoti.”»

«Grazie Sue. Chi vuole provare a esprimere con altre parole ciò che ha detto Knight Van Day? Avery?»

«Mi chiamo Knight Van Day» ha detto l’ammiraglio, «e vado in giro.»

«Benissimo, Avery, sì. George?»

«Il mio nome è Knight Van Day e non vi dirò dove vivo.»

«Bene, George, ben detto. Un approccio completamente diverso allo stesso concetto, ottimo. Ammiraglio Ranger?»

«Il mio nome è Knight Van Day e quella è la mia casa.»

«Grazie, ammiraglio Ranger, molto bene.»

Zia C ha davvero un modo tutto suo per fare sentire speciali questi gentiluomini. George, l’ammiraglio Little e l’ammiraglio Ranger erano quel che si dice raggianti, anche se le loro variazioni sulla mia frase erano del tutto sbagliate. Zia C sembrava essersi dimenticata delle signore, che pure avevano alzato la mano. Ogni tanto si direbbe che ha una specie di cecità femminile, o perlomeno un occhio di riguardo per gli uomini!

«Ora» ha proseguito, «mi sembra che la maggior parte di noi abbia un’età in cui l’infanzia è un lontano ricordo. Dico questo perché voglio che pensiamo tutti al tempo. Se posso prendere a esempio la mia vita» ha continuato, leggendo dai suoi appunti: «*L’aria sembra diversa nel passato. Quando guardo i miei vecchi filmini è come se l’aria fosse più spessa, più piena, più dolce, il cielo è chiaro e caldo. O sono io che attribuisco al passato una vaga quanto significativa importanza? Che lo rivesto di una nebbia leggera e dolce come il miele? Perché sono sicura che l’aria era come adesso –*

*a parte, forse, una salutare assenza di deodoranti.*»

Ha fatto una pausa per permettere al Gruppo di ridere e apprezzare il suo spirito.

«Credo che ognuno di noi vorrebbe poter prendere un evento del passato e cambiarlo per far succedere qualcosa di diverso. Possiamo però scriverci un *futuro*, possiamo persino cercare di realizzarlo. Ciò premesso, vorrei che scriveste un breve componimento in cui giocate a vostro piacimento con il tempo. Potete scrivere del passato così come potete proiettarvi nel futuro, raccontando, in questo caso, cosa farete e cosa sarete diventati.»

Le teste di tutti i partecipanti si sono messe a dondolare pensando a cosa avrebbero mai potuto scrivere. Prima che avessi finito, Delia si è alzata in piedi per leggere: «*La ragazza che ero nell'infanzia mi è oggi irriconoscibile; è diventata la bambina di altri, esiste solo nella memoria di altre persone. E la casa che non volevo lasciare oggi è soltanto un edificio in una foto. Il tempo cambia tutto, anche chi siamo*».

«Splendido, Delia, ottimo lavoro. Mio Dio» ha detto zia Coral tirando fuori un fazzoletto dalla borsa. Ha dato fondo al suo bicchiere di gin mentre un'auto girava, giù in strada, illuminandole per qualche secondo i capelli con la luce dei fari.

L'umore di alcuni dei presenti si era fatto decisamente melanconico, e così si è rivolta ai giovani del Gruppo per cercare di tirare su il morale a tutti loro.

«E così... abbiamo un futuro, Sue?»

Ho attaccato con una voce da vecchio: «*Se guardo indietro alla mia vita, mi vengono in mente i momenti più felici. Stare nel box, i primi giorni di scuola, l'arrivo a Green Place, mio marito, il quale per molti mesi non si è accorto che ero lì. È buffo pensarci adesso, dopo la nascita dei nostri amati figli: George, Hattie, Henri-*

*que, Jason, Claudius, Cordelia e Annabelle. Purtroppo, anche se la mente è ancora lucida, sono vecchia e faccio fatica a camminare, e così vivo sempre di più per la scrittura. Domani sarò ospite di un talk show per parlare dei miei libri, e se qualcuno mi chiederà come tutto è cominciato, darò la risposta che do sempre: è cominciato con zia Coral e il Gruppo Irsuto di Egham.»*

Il silenzio è calato sugli irsuti, e alcuni di loro erano proprio commossi. Zia Coral, Delia, Daphne e Meriel sono dovute uscire dalla stanza. Mi sentivo tremendamente lusingata dall'effetto che le mie parole avevano avuto su di loro. Anche adesso mi sento piuttosto su di giri.

## Zibaldone di Coral: Volume 4

*Green Place, 5 aprile 1968*
*(46 anni, ma ne dimostro 37)*

***Notizie locali***:
Braeburn Grange, in cima a Clockhouse Lane, è stato comprato da una famiglia di ambiziosi arrampicatori sociali. Prima apparteneva a Marigold, un'aristocratica di Cheltenham, che era felice di chiamarla Braeburn. Ma tra Ville, Palazzi, Feudi, Tenute, e tutta la gerarchia delle proprietà, i nuovi titolari hanno sentito il bisogno di promuoverla a Grange, casa colonica.

A volte penso ancora al botanico, che sbarca il lunario nell'Hampshire. Adesso ha un figlio, Frederick Alun. Tutte le cose che mi piacevano di lui hanno ancora un certo richiamo su di me. Ah, se fosse stato antipatico al cento per cento, e non carino al cinquanta!

Più tardi, Daphne verrà a cena da noi. Facendo la spesa mi sono lasciata andare a comprare della carta igienica di lusso, cosa che ha scatenato l'ira di papà. Non ha nessuna simpatia per Daphne.

«Dovresti darle la British numero tre» ha detto.

La British numero tre era la carta igienica che avevamo durante la guerra, quando non c'erano soldi per comprare grandi quantità di legname.

«Sembrava carta vetrata» ha detto papà stringendo i denti, anche se io avrei detto piuttosto che sembrava carta da lucido.

Tra qualche giorno arriverà una domestica dall'agenzia *Cooks*, si chiama Mrs Bunion. Viene per cucinare. Papà dice che non uscirà più dalla sua stanza finché non se ne sarà andata. Ma ne abbiamo bisogno, in cucina io sono un vero disastro.

Buddleia ha telefonato per dire che ha ottenuto il

posto alla *BOAC* (*British Overseas Airways Corporation*).

"Qualcuno lassù si prende cura di voi!" (è lo slogan della *BOAC*).

***Da fare:***

1) Far valutare il Turner. (La sala è così umida che il cielo rosa del dipinto – un dipinto che è sopravvissuto a due guerre – è diventato verde.) Comunque non credo che avrò cuore di venderlo.
2) Trovare un giardiniere. (Il giardino è una miniera di gallerie.)
3) Prendere delle casette per i pipistrelli e provare a farli spostare nel bosco. (Abbiamo tre specie diverse di pipistrelli, che io sappia: il *pipistrello soprano*, il *barbastello* e il *ferro di cavallo maggiore*. I loro piccoli nascono in giugno e possono stare in luoghi molto particolari, come la mia borsa. Ho avviato un'attività di ronde, per cercare di farli andare altrove.)
4) Chiamare l'idraulico. (Il serbatoio sopra l'atrio perde e quando piove vengono giù le cascate del Niagara dalle scale. Però è una meraviglia, chi preferirebbe un vecchio, noioso scalone?)
5) Iniezione all'orecchio.
6) Scrivere testamento.
7) Isolare la cassetta delle lettere.

# *Sue*

*Lunedì 21 dicembre*

Oggi era il giorno più corto dell'anno, il che vuol dire che questa sarà la notte più lunga. In cielo è sospeso un fiacco mozzicone di luna e le stelle sono troppo velate per brillare. Tutto il mese è stato contrassegnato da una nebbiolina, a causa del matrimonio di papà, e sono tutti usciti sempre prima: gatti neri, gazze ladre, dovunque guardassi vedevo solo cattivi presagi.

All'ora di cena mi sono fatta un sandwich solitario prima di fare la ronda dei pipistrelli. Non ero tanto certa di cosa avrei potuto trovare, perché la domanda scottante di domani è: «Vuoi tu, Ivana Schwartz, prendere Nicholas Bowl come tuo legittimo marito?».

Mi sono immaginata il prete che li benedice sull'altare. Ivana indossava le scarpe da guida. L'immaginazione è un po' il comico cattivello che abbiamo nella mente. E quando sorgerà il sole, se sorgerà, inizieranno la loro vita di coppia come se la mamma non fosse mai esistita.

Ho terminato la ronda dei pipistrelli e stavo sprimacciando i cuscini in sala quando mi ha investito una ventata d'aria fredda da sotto la porta. Poi ho sentito dei rapidi passi, che alla fine si sono fermati, mi è parso, in veranda. Sono rimasta un attimo impietrita, poi mi sono fatta coraggio e sono andata a controllare nell'ingresso. Ma non ci ho trovato un uomo con un fucile o una sega elettrica, e nemmeno un fantasma o uno spirito, solo un mazzo di fiori con un biglietto:

*Per Miss Susan Olivia Bowl*

Mi è crollato il mondo addosso. Non poteva arrivare dall'aldilà, tanto più se il mittente era passato dal fiorista! È stato uno shock sufficientemente forte da farmi dimenticare il matrimonio. Così ho deciso di lasciargli una fetta di torta come ringraziamento, con un cartoncino di benvenuto.

*Caro Ospite,*
*grazie mille per i fiori. Spero che lei abbia tutto ciò di cui ha bisogno.*
*Con i miei migliori auguri*
*Sue*

Ho preferito scrivere *Caro Ospite* perché è più gentile che *Caro Vagabondo* e non c'era ragione di offenderlo se gli offrivo la mano in segno di amicizia. Forse, però, nel mio inconscio la parola *ospite* è meno spaventosa di *vagabondo*.

Adesso sono in camera nel sottotetto. Il vento fuori si è scatenato in un delirio di porte e finestre che sbattono. Mi fa pensare a certe tempeste che colpiscono paesi lontani alle quali danno nomi graziosi come Uragano Enid. Mi fa uno strano effetto, anche se è sorprendentemente tranquillizzante, sapere che il vagabondo è qui da qualche parte. Sono sicura che il temporale, il vagabondo e il matrimonio mi priveranno di un sonno profondo e ristoratore.

*Martedì 22 dicembre*

Stamattina la torta e il biglietto erano ancora al loro posto e li ho lasciati lì (non si sa mai), poi ho preso dallo zerbino il giornale e la posta che avrei letto sull'autobus.

A volte si riesce a dare un'altra piega alla propria giornata obbligando la mente a concentrarsi su altre cose. Ma può anche essere rovinata dalla follia del *Toastie* e di Mrs Fry. Mi è venuto da pensare che c'è gente che muore mentre noi serviamo le colazioni e i clienti le consumano, e che forse ogni volta bisognerebbe fermarsi, o chiudere, in segno di rispetto. Se tutto dovesse bloccarsi, però, quando qualcuno muore, l'economia crollerebbe. Il mondo non può fermarsi, e io neppure.

La mia mattina al Bistrot coincideva con le nozze di papà e Ivana, e mi aspettava una giornata pesante. Distribuivamo orgogliosamente un menu di prova, per fare una specie di test di mercato: *soupe de la rue*, *saucisses de la mer* e *camembert*, serviti con un succo di frutta.

Sono arrivati il sindaco e un personaggio famoso da queste parti, e hanno fatto delle foto con Mrs Fry, foto che lei ha subito appeso alla cassa per la posterità, e per le sue velleità esibizioniste.

*La Toastie* era pieno di fili d'argento e di un'arrogante quantità di vischio, e Mrs Fry giocava a fare la francese, con i capelli acconciati in ripetute sedute dal parrucchiere in modo che la loro lucentezza non potesse essere surclassata da nessun'altra signora.

«*Bien venu a* la Toast» ha detto, con il tono di chi vuole piacere a tutti i costi. «*Et aussi, j'espere que vous avez le meme que bon appetite!*»

«Tutto bene, Sue?» ha chiesto Joe. Mi ha scoccato un sorriso assassino, rubato direttamente a Icarus.

«Sì.»

Era vero. I giorni di avvicinamento al matrimonio erano in fondo molto peggio del giorno fatidico, in cui ero tutta presa dalle ambizioni di Mrs Fry. Zia Coral ha telefonato due volte al *Toastie* per assicurarsi che fosse tutto ok. Alla resa dei conti, scopri finalmente chi sono i tuoi amici.

Più tardi Joe si è offerto di farmi da mangiare e così siamo tornati insieme a Green Place, dopo aver dato una bella ripulita al locale. Era già buio quando abbiamo imboccato il viale, illuminato da una splendente mezza luna e da qualche luce accesa alle finestre.

«Non le spegni mai?» ha chiesto Joe.

«È colpa dell'impianto elettrico» ho risposto. «O forse è il vagabondo. Ma non c'è motivo di allarmarsi.»

«Non c'è motivo di allarmarsi?»

Appena entrati gli ho fatto vedere i fiori. Torta e biglietto erano ancora dove li avevo lasciati.

«Guarda, dev'essere un uomo anziano» ho detto. «Mi ha anche regalato dei fiori.»

Joe era allibito.

«So che sembra impossibile, non trovi?» ho detto.

Era troppo per Joe, non riusciva a crederci, ma poi ha detto: «Mi sembra che tu stia traendo delle conclusioni affrettate, Sue. Non sai che tipo sia. E se fosse un pazzo?».

Si è avvicinato alla scala con un passo solenne che non gli avevo mai visto.

«È qui ormai da parecchie settimane. Se ne sta isolato» ho detto.

«Be', quando mai hai sentito parlare di un assassino che ama la compagnia?» ha risposto. «La polizia è al corrente?»

«Sì. Mi hanno anche dato una radio ricetrasmittente per sicurezza.»

«E zia Coral?»

«Sa tutto, ma pensa che si tratti di uno spirito.»

«Uno *spirito*?»

Abbiamo controllato di sopra, perlustrando e spegnendo le luci.

«Sei davvero coraggiosa» ha detto alla fine, entrando in cucina.

«La morte della mamma mi ha reso più intrepida.»

«Magari ti ha reso anche più scriteriata» ha detto.

Abbiamo fatto una cena alla buona e abbiamo ascoltato una commedia alla radio in cui un pastore gallese aveva dei problemi con il suo gregge. Poi abbiamo ascoltato l'ultima edizione del giornale radio, e alla fine ci siamo messi a parlare, e siamo andati avanti per ore senza accorgercene. Alle quattro del mattino, quando è tornato alla ribalta l'argomento della mia solitudine, Joe si è offerto di restare.

«Non posso lasciarti qui da sola, zia Coral non me lo perdonerebbe mai» ha detto.

Sul momento ho risposto che non ero d'accordo, ma ho deciso di versarci su un bicchierino prima di lasciarci – cognac per lui e Campari per me, entrambi con ghiaccio e nei bicchieri adatti. Volevo che Joe continuasse a parlare di quanto sono coraggiosa e via dicendo.

«Insomma, quanti fantasmi ci sono?» ha chiesto, togliendosi le scarpe e roteando il suo cognac.

«In realtà non ne ho ancora visto uno, ma in teoria

ci sono nonna Cameo, la donna, quelli dei sussurri...»

«Quelli dei sussurri?» ha detto Joe, sempre più pronto a ripetere le mie parole.

«Quando si fa la doccia di sopra, i tubi cantano e sembra che qualcuno sussurri in cucina.»

«Quando avevo dieci anni ho visto il fantasma di mio padre pochi giorni dopo la sua morte» ha detto Joe. «Mi sono svegliato ed era sdraiato di fianco a me.»

«Stavi sognando?»

«Ero sveglissimo, ma nessuno mi ha mai creduto.»

«Sarei felice di svegliarmi di fianco a mia madre» ho detto.

«Ti capisco... Sue» ha poi detto, dopo un lungo silenzio rotto solo dal rumore del ghiaccio nei bicchieri, «mi sentirei meglio se rimanessi qui. Davvero.»

Con perfetto tempismo, si è sentito dal piano di sopra qualcuno che canticchiava.

«Uno spiffero d'aria» ho detto.

«Come fai a essere così sicura?»

Mi ha cinto le spalle con grande naturalezza, come se l'avesse già fatto mille volte. L'ho lasciato fare. Mi piaceva. Non avevo mai bevuto Campari a colazione, è una cosa che si fa in momenti di grande sconforto. E lì l'alcol, l'ora e il silenzio hanno portato al primo vero bacio della mia vita.

È durato diversi, stupendi minuti, poi si è trasformato in un abbraccio, sprofondati sui cuscini. Siamo rimasti così per un'ora intera, bellissima. Nessuno mi aveva mai baciato in quel modo. Joe mi baciava come se fosse una questione vitale, impellente, irrefrenabile. E per tutto quel tempo ogni ansia è svanita.

Da tanto lo aspettavo, e mi chiedevo come sarebbe stato, e *chi* l'avrebbe fatto, e *dove* sarebbe successo, e *come* sarei stata vestita... Un abito bianco, nell'erba alta, su una spiaggia, o un'amaca lungo il fiume? Mai, tuttavia, ero riuscita a vedere il volto dell'uomo che mi baciava. Voglio tornare indietro e dire alla bambina che sogna nel suo letto a Titford, che sarà Joe Fry, che io indosso un grembiule, e che siamo nella sala di Green Place.

«Adoro stare con te» ha detto Joe, quando alla fine abbiamo ripreso respiro, dopo quella che mi era sembrata un'eternità.

«Le cose più belle della vita meritano di essere a lungo desiderate.»

Il vento è cessato e subito i rampicanti hanno cominciato a picchiettare leggermente sulle finestre.

«Dobbiamo recuperare il tempo perduto» ha detto, e io ho sentito un fremito corrermi per tutto il corpo.

Non c'erano uccellini e campane come previsto, ma la sensazione di essere desiderata e valorizzata e femminile. Era come se tutto il denaro del mondo fosse confluito nel mio conto alla banca dell'amore, e io fossi passata dall'essere in rosso a un conto privilegiato pieno di benefit.

La luna del mattino era chiara e nitida, sembrava che l'avessero tagliata in due con un bisturi. Ho pensato che sarebbe stato un buon titolo per un libro, *Luna di dicembre* di Sue Bowl. Protagonista una zingara.

Ero sorpresa di avere ancora spazio per la creatività in presenza dell'amore. Ma queste cose non sono logiche e lineari come si crede, anche se ci lusingano enormemente.

Il resto della notte è passato in un lampo, sospinto dalle stelle nella loro corsa veloce, precipitandomi in un'alba di diamanti ghiacciati che brillavano nella prima luce del mattino. Il gelo sospeso nell'aria era ancora più gelato, e il cielo era di un blu assurdo. Quelle ore saranno per sempre al sicuro nella mia memoria, e se arriverò a essere nonna, mi passeranno luminose nella mente, messaggere di quell'inverno della mia giovinezza.

Mi chiedo se, domani, qualcuno noterà in me qualcosa di diverso.

## Brackencliffe

di Sue Bowl

E nelle dolci terre della Salvia e del Prezzemolo, Cara aveva schiere di ammiratori, primo fra tutti un semplice contadino di nome Philip. Quando Philip per la prima volta la baciò, la sua giovane femminilità trovò compimento, dando vita a una donna radiosa sotto il tocco della sua mano lavoratrice. Dal giorno di quel primo bacio, la grazia di Cara crebbe senza limiti, perfino gli uomini nei campi cantavano una canzone che parlava di lei, della sua pelle fresca come il bucaneve, della sua voce morbida come il giorno, e del suo amore dolce come il sidro che lava via ogni preoccupazione.

Di fronte a un ammiratore come Philip, Van Day cadde dal suo piedistallo, e Cara rievocò la propria infanzia e pensò, nella sua mente di fanciulla, che la sua vita era un albero dai rami spogli alla ricerca di un valido approdo, e in quel guardare indietro realizzò che i rami non erano rimasti spogli molto a lungo.

Alle 6.54 circa del mattino mi sono svegliata da un breve sogno in cui ero una reginetta del sud che correva giù per uno scalone in fondo al quale mi aspettava un giovane innamorato da farti perdere la testa. Devo aggiungere per la precisione che non si trattava di Icarus!

Al *Toastie*, quando ci siamo messi al lavoro, Mrs Fry non si è accorta né di me né di Joe. Le sue antenne dovevano essere un tantino arrugginite, perché avevamo entrambi delle occhiaie spaventose, che ci mettono anche due ore a sgonfiarsi. E io mi sentivo euforica per le cose più stupide, come la luce che si rifletteva su un cucchiaino.

Ma Michael mi ha ripreso, mentre in bagno ci spazzolavamo i capelli. Lei adesso li ha tinti di un marrone scuro, perché frequenta un nuovo ragazzo.

Tornate in sala, Mrs Fry stava inventando nuovi nomi per i vari tipi di caffè. I suoi braccialetti tintinnavano sopra il taccuino.

«Caffè La La, Caffè Succulento, Caffè Sveglio...»

«Caffè Amore?» ha detto Michael strizzando l'occhio.

Più tardi Joe mi ha accompagnato fino a Green Place. Stava per scatenarsi un temporale, ma non poteva fermarsi perché aveva una cena di famiglia.

«Mi spiace molto doverti lasciare qui da sola. Sarei molto più felice di saperti in buona compagnia» ha detto.

«Ma sono in ottima compagnia, ho il mio ospite.»

Joe ha dovuto ammettere che gli avevo risposto per le rime.

Le comunicazioni con il vagabondo erano progredite, in quanto il biglietto che gli avevo lasciato era sparito.

Di sopra, la luce nella stanza chiusa era nuovamente accesa.

Dal cielo cadevano sciabolate di nevischio che promettevano di scatenare la guerra per tutto il weekend ed ero pronta al peggio, decisa a chiudermi dentro, quando ho guardato fuori dalla finestra e ho visto in lontananza una figura che agitava una torcia potente. Il suo raggio incandescente illuminava la collina e le strade, trasformando le gocce di pioggia in spilli acuminati e l'asfalto in un diabolico specchio. Le piante di buddleia investite dalla luce avevano ancora i loro pennacchi, proprio come in estate, con la stessa forma, anche se adesso di colore scuro. Direi quasi affumicato. E con un profumo non più di lillà, ma di tabacco. Ho aperto la finestra per sentirlo.

E cosa ho visto! La luce che balenava sul viale era di Joe, che stava tornando indietro. Ma c'era qualcun altro sulla sua bicicletta, una figura seduta di traverso con la gonna svolazzante. La vista delle sue gambe da uccellino – ecco una cosa che non dimenticherò mai. Il suo volto freddo e sottile aveva un'espressione preoccupata e manifestava una specie di urgenza quando sono entrati.

«Cosa fai qui?» ho detto.

«Non sono riuscita a trovare un taxi» ha risposto zia Coral.

«Sono passato davanti alla stazione e l'ho vista che aspettava sotto la pioggia» ha aggiunto Joe.

«È stata una benedizione, grazie Joe» ha detto zia C.

«Ma dove sono le tue cose? E Delia? E l'ammiraglio?» le ho chiesto.

«Dovevo tornare senza indugio. C'è una cosa che dobbiamo guardare. Non voglio essere criptica, ma è più semplice se te la faccio vedere.» E senza nemmeno togliersi il cappotto è entrata in sala.

«La casa sembra in buone condizioni» ha detto distrattamente, coprendo il pavimento di pioggia.

Ha passato in rassegna le sue carte, che avevo messo al riparo per lei, e ha tirato fuori il libro di bordo di Mrs Morris, la vecchia governante. Ha sfogliato qualche pagina prima di porgermelo.

«Non so perché non ci ho pensato fino a stasera» ha detto. «Mi spiace essere stata così lenta. Ma meglio tardi che mai. E ho voluto venire qui il più in fretta possibile.»

DISTRIBUZIONE DELLE STANZE, maggio 1947

| |
|---|
| Suite della trota (Ala Occidentale) – Mr Garden |
| Camera di Pearl (Orientale) – Mrs Garden |
| Giacinto sinistra (Orientale) – Ms Coral |
| Giacinto destra (Orientale) – Ms Cameo |
| Camera Grigia (Occidentale) – Ms Buddleia |

Siamo corse nella Camera Grigia come due ispettori impazziti. E lì abbiamo trovato un'asse del pavimento scollata, e sotto *c'era* una chiave. Mi era sempre sembrato strano che l'avesse lasciata a Titford, in territorio nemico. L'ho stretta fra le mani, come se fossero le sue preziose ceneri. La risposta è sicuramente qui, in questa piccola chiave d'ottone.

«Quando è venuta a Green Place l'ultima volta?» ho chiesto, con la certezza che questo significava che aveva programmato la sua morte tempo prima.

«È venuta per il funerale, e una volta ancora in settembre» ha risposto zia Coral.

«Non le hai chiesto perché era venuta?»

«Non ero qui.»

«Mi sento male» ho detto.

Tornata dal bagno, ho trovato zia Coral al telefono che chiamava un taxi. Ci ha messo venti minuti ad arrivare, perché è alta stagione. Stavo già per incamminarmi quando si è presentato.

Gli armadietti di sicurezza della stazione di Titford sono dei contenitori impersonali usati principalmente per metterci degli abiti sudaticci. Il taxi si è fermato nella nuvola dei gas di scarico davanti all'atrio d'ingresso, riempiendoci il naso di tutte quelle esalazioni. Rumore di portiere sbattute, ventate di calore che uscivano dalle macchine, e gente che correva a casa per il Natale.

Ma una volta dentro la stazione mi sono chiesta se qualcuno avesse mai calpestato quelle banchine per uno scopo tanto triste. Il pavimento era lucido sotto i nostri piedi, e zia Coral mi teneva per mano. Era lo stesso pavimento su cui Aileen e io scivolavamo senza scarpe quando capitava che un adulto ci portasse con sé venendo a prendere degli amici giunti qui in treno.

Avevo il cuore colmo di paura e di eccitazione quando ci siamo fermati davanti al n. 402. Era come se mi aspettassi di vederla. Lo sportello era nero come una bara e il numerino bianco era sbeccato. Abbiamo esitato un momento, nell'incertezza che fosse quello giusto.

Poi Zia Coral mi ha guardato e ha cercato delicatamente di prendermi la chiave dalle dita.

«No, voglio aprirlo io» ho detto.

Con la mano che tremava ho aperto lo sportello e ho visto due semplici scatole da scarpe. Non so cosa mi aspettassi – pistole, forse, o una testa mozzata – ma quelle due scatole erano qualcosa di troppo banale per le mie aspettative. Mi ero immaginata dei soldi rubati, o droghe, o vestiti insanguinati, qualcosa di fantastico, non due scatole inanimate.

Le ho tirate fuori e siamo tornate al posteggio dei taxi. Il rumore dei nostri passi sul marciapiede sembrava quello di una solenne banda militare. Tenevo stretto in braccio il mio tesoro tombale come un figlio. Zia Coral aveva portato il suo carrellino della spesa, nel caso avessimo avuto bisogno di un contenitore per il trasporto, ma non ho voluto usarlo, e così lei se lo trascinava dietro vuoto.

Purtroppo il taxista era un chiacchierone, ma zia C ha sostenuto valorosamente la conversazione. Mi manifestava lo sforzo che le costava stringendomi di nascosto la mano. Lui parlava dei lavori stradali con cui stavano modificando la circolazione, e ha detto che faceva il Babbo Natale ai grandi magazzini, ma che non volevano dargli una nicchia.

«L'hanno concessa solo a un elfo» ha detto.

Anche in momenti simili sembra che non ci sia mai spazio per un po' di silenzio. Però, come poteva sapere?

La luna si è aperta un varco nel cielo come una torcia e ha improvvisamente illuminato l'interno del taxi, quasi cercando le mie scatole con un raggio argenteo e triste. Quella stessa luna che aveva brillato per me e Joe, quella stessa luna che in silenzio guarda tutto.

Tornate a Green Place, sono andata subito in sala, senza nemmeno togliermi il cappotto e il cappello, mentre zia Coral si è seduta vicino alla finestra. Ho rovesciato il contenuto delle scatole sul pavimento. Ero piena di adrenalina, dalla testa ai piedi. Il sangue del coraggio. Mi ha lasciato un conto corrente con i risparmi che aveva tenuto per far fronte a eventuali difficoltà, diecimila sterline in tutto. C'erano poi delle vecchie cartoline e foto di bambini, e le cose che conservava nella sua cartellina *Blu*. Ritagli montati in un collage, con foto che le piacevano particolarmente, le ciglia finte che usava negli anni Sessanta, e i nastri dei suoi bouquet. Una vita può essere condensata fino a stare in due scatole. Nascite, vacanze... La sua vita è stata breve, ma ora sembrava perfino piccola.

Fogli sparsi dei tempi della scuola giacevano qua e là sul pavimento come coriandoli. Risalivano al periodo che aveva passato al *St Hilary's*, una specie di componimento poetico sconclusionato, e uno scritto indirizzato a zia Coral.

**Partito della Libertà del St Hilary's**
**Manifesto, 30 luglio 1954**
Segretario Generale, Buddleia Garden

**UNA PROPOSTA PER CAMBIARE IL MONDO**

- Le suore hanno bisogno di riposo. Momenti di svago obbligatori per le suore.

- Pane abbrustolito obbligatorio per tutti i pensionanti.

- Ai ragazzi deve essere data la possibilità di scegliere se entrare in collegio o no. I genitori sono obbligati a adeguarsi.

- Trimestri scolastici più brevi.

- Bagno non obbligatorio.

- Lezioni non obbligatorie.

- Scuola non obbligatoria (da discutere).

Premio all'originalità gastronomica, *St Hilary's* 1962
Proposta di Buddleia Garden:

## VINO DI PETALI DI ROSA

Questa è una ricetta di famiglia, scoperta per caso da mia sorella.

Per l'infuso:
Zucchero
Lievito di champagne (mai usare il lievito per il pane, ha un sapore schifoso)
Acqua bollita e lasciata raffreddare

Preparazione:
1 Attivare il lievito aggiungendo zucchero e acqua tiepida in una ciotola. Lasciare riposare per dieci minuti.
2 Aggiungere i petali di rosa e mescolare, aggiungendo acqua secondo il gusto.
3 Versare in una bottiglia e tappare con una calza appallottolata.
N.B. È necessario che passi dell'ARIA, la fermentazione può provocare un'ESPLOSIONE.

**Mio padre (Una poesia di BG)**
15 luglio 1986

Chi sei tu?
Un imperatore, o un re? Se ti vedessi in un caffè, ti riconoscerei?
Avrei il coraggio di batterti sulla spalla e chiederti,
«Sei tu mio padre?»

*A Coral,*
*La verità ha finalmente spiegato perché mi sono sempre sentita come un'outsider, perché sono stata manda-*

*ta in collegio, perché sono mancate tante cose.*
*Però sono profondamente grata perché mi hanno protetto dallo stigma dell'illegittimità. Erano pur sempre i miei genitori perché da genitori si comportavano, e da questo punto di vista non è stata una bugia.*
*Ma vorrei tanto aver conosciuto mio padre. E la mia povera mamma. So così poco di loro. È, come dico spesso, un vuoto.*
*Carissima Coral, mi rendo conto che sei stata un testimone riluttante di tutto questo, ma avrei voluto che fra noi ci fosse verità. Amore e bugie; affascinanti disadattati, come la ragazzina scoordinata della porta accanto, che adora ballare. Anch'io, una volta.*
*Vorrei che le cose fossero andate diversamente. Ma non te ne faccio nessuna colpa.*
*Con tutto l'amore di sempre,*
*Tua sorella, tua nipote*

*Buddleia*

Zia C è rimasta in silenzio per un po', scuotendo la testa.

«Adesso» ha poi concluso, «è troppo tardi per dire che non sapevo, *non sapevo*.»

A quel punto i singulti hanno avuto la meglio, e l'ho tenuta stretta per qualche istante.

Poi abbiamo ripreso a guardare quei resti di una vita sparpagliati sul pavimento. C'era una locandina del film *Perdutamente tua*, con un uomo che si accendeva due sigarette per darne una a Bette Davis. Era un'immagine in bianco e nero, e stava vicino a un fascio di lettere prive di francobollo.

Sul retro di una delle buste più vecchie c'era il primo verso di una poesia di W.B. Yeats, che comincia: *Se avessi le stoffe ricamate del cielo*, e finisce: *Cammina leggera, perché cammini sui miei sogni*. In fondo, con la grafia di chi aveva scritto la lettera, c'era una frase di grande tenerezza: *Ti darei il cielo intero*.

Ho riconosciuto la grafia, ma non riuscivo a ricordare di chi fosse. Erano lettere di tanto tempo fa, e su tutte c'era scritto a biro *privato*, cosa che è come il rosso per un toro, soprattutto allora.

Zia Coral stava guardando un'altra cosa e così, in silenzio, misteriosamente guidata dal mio sesto senso, ho letto per prima l'ultima lettera.

*Tesoro,*
*questa è l'ultima che posso mandarti. Dobbiamo cessare ogni contatto.*
*Ti sarò sempre grato per la felicità che mi hai dato in un momento della mia vita pieno di ombre. Ti amo, sai che ti amo, ma J non potrebbe sopportarlo.*
*Mi spiace solo averci messo tanto a capire che non posso andare avanti.*
*Ti prego di capirmi. Non posso liberarmi della mia coscienza, e non sarò mai libero finché non lo faccio.*
*Ti auguro ogni bene.*

*Mick X*

La lettera era datata 17 settembre 1986. Una settimana dopo se n'era andata.

«Zia Coral» ho detto, mostrandole la lettera, «credo che sia quello che stavamo cercando.»

L'ha letta lentamente, le tremavano le mani.

«Chi è Mick?» ha chiesto, con tono circospetto.

«È Mr Edgeley... Non può essere stato per un *uomo*, non può» ho detto.

Le lacrime indignate che ho cominciato a versare non erano lacrime di dolore ma di rabbia. «LA ODIO.

Come può avermi fatto questo?»

«Quest'uomo è solo la goccia che ha fatto traboccare il vaso. *Lei non aveva coscienza di sé, di cosa era*» ha detto zia C.

«Avrei dovuto essere capace di fermarla. Avrei dovuto sapere.»

«Non c'era niente che potessi fare, evidentemente era troppo infelice.»

«Ma è pieno di gente che divorzia e perde i suoi affetti, e non per questo *si ammazza*.»

«Ma lei era diversa, è anche una questione di carattere. Pensa solo a tutti i poeti che non hanno sopportato di vivere. O immagina un ragno la cui vista si estende oltre i raggi ultravioletti, è destinato ad avere una percezione più profonda delle cose, così profonda da far male, e così uno è disposto a qualunque cosa pur di fermarla. Vedi, lei era...»

«Nata triste. Lo so.»

Stava disperatamente cercando di dare un senso a tutto questo per consolarmi. Mi ha preso per le spalle, perché ero ormai uno straccio, e mi ha guardato negli occhi con la dolcezza che ha sempre avuto.

«Tu l'hai resa felice, Sue. L'ha scritto nel suo biglietto. TU L'HAI RESA FELICE. Devi tenerti stretta a questo.»

«Non la odio, ti prego, non pensarlo nemmeno» ho risposto, mettendo tutto quello che avevo dentro in un'espressione di amore eterno.

«Certo che non la odi» ha concluso zia Coral. Tremava in quel suo stupido cardigan.

Ho appoggiato la testa sulla sua spalla per un po', in silenzio, e siamo rimaste sedute immobili fra quelle carte a ricordarla. La pendola sul camino, ignara, ha continuato i suoi rintocchi.

*24 dicembre (vigilia di Natale)*

Stamattina nella cassetta c'era una lettera dal mondo dei vivi:

*Cara Miss Bowl,*
*la prego di accettare le mie scuse per il ritardo nel risponderle, ma sono stato sommerso di lettere.*
*In risposta alla sua domanda se sia meglio scrivere basandosi sulle esperienze o sull'immaginazione, dirò che nella maggior parte dei casi è meglio basarsi sull'immaginazione, tanto più quando si parla di questioni di cuore.*
*Anche se non si conosce il vero amore nella vita reale, penso sia giusto dire che il cuore sa, e questo per via dei suoi stretti legami con l'immaginazione. L'immaginazione è il migliore amico dell'uomo, che si tratti di veri o solo immaginati corteggiamenti. Si può essere l'autore di se stessi nell'immaginazione, laddove nella vita reale gli altri hanno il loro peso.*
*Mi spiace sapere che ha avuto esperienza delle pene d'amore, ma anche una triste esperienza è materia di racconto.*
*Colgo l'occasione per ringraziarla vivamente della sua lettera e per augurarle ogni successo.*

*Suo*
*Benjamin O'Carroll*
*Laurea ad honorem in Economia*

E finalmente sono tornati! E Green Place è tornata a vivere.

L'ammiraglio Gordon è rientrato da un giro in città stamattina dicendo che un carico di conigli è in viaggio per Egham. E ne ha ordinato uno da dare a Delia, per aiutarla a superare la perdita di Bertie, che non è stata più ritrovata.

L'ammiraglio Ted ha passato le sue prime ore a casa scalpellando il ghiaccio dal portone, e poi scartavetrandolo dove si era deformato per l'umidità, perché si potesse entrare e uscire normalmente.

È come se non fossero mai stati via, anche se, devo dire, la casa sembra molto diversa. Sparite le distese di carta da parati, ora brilla un intonaco rosa, che produce un odore di unguento da far sembrare di essere in un ospedale.

Ho sentito zia Coral e Glenn Miller che discutevano della sua fattura per i lavori quando è venuto qui oggi. Si è detto d'accordo di aspettare che lei dia il via libera per emetterla, ciò che avverrà di sicuro nel nuovo anno. Mi ha detto che si è decisa a vendere le sue azioni, e a cosa servono i soldi messi da parte per i giorni bui, se non li usi nei giorni bui?

Allora senza ulteriori indugi, perché non debba farlo lei, ho concordato il mio piano con Glenn, e gli verserò le mie diecimila sterline dopo Natale, cosicché zia Coral non dovrà preoccuparsi di nulla. È il minimo che posso fare per lei, e sono sicura che la mamma approverebbe. Che sorpresa sarà per zia Coral scoprire di essere in credito per una volta! Ma non voglio dirle niente finché il bonifico non sarà stato fatto, e ho chiesto a Glenn di comportarsi nello stesso modo.

Ogni volta che penso a mio padre sento un forte senso di colpa. Zia Coral continua a dire che non devo rimproverarmi per non aver saputo che era in atto un'altra storia. La scoperta della relazione nascosta della mamma ha cambiato tutto. E vorrei che fosse stato per un motivo più accettabile. È caduta dal piedistallo su cui la morte l'aveva messa. È di nuovo un essere umano, ed è lei, non la santa che ho rimpianto. Appena tornano dal loro viaggio voglio andare a trovare papà.

Zia Coral non ha avuto il tempo di preparare qualcosa di speciale per Natale, come avrebbe fatto normalmente, a causa dei lavori di ristrutturazione. E adesso che il principale motivo di ansia è stato risolto, il suo problema è essere sicura che siamo pronti per il Gala.

Dopo pranzo ci siamo riuniti per una speciale sessione di Natale del Gruppo, dove ognuno ha consegnato il suo racconto. I giurati a questo punto hanno una settimana per leggere e fare le loro scelte.

Ho lavorato al testo fino all'ultimo minuto, ma mi era difficile concentrarmi su *Brackencliffe*. La casa era in pieno fermento, e io mi sentivo il cuore ferito. Come può la vendetta della mamma su Mr Edgeley non sembrare anche una vendetta su di me? Come madre ha sempre cercato di proteggermi dal fuoco, dall'annegamento, dalla crudeltà o dalla paura. E mi sembra una beffa che la sola cosa da cui non abbia potuto proteggermi sia stata la forza della sua disperazione.

Ma siccome non c'era più tempo per riflettere, ho dovuto trovare una fine per il mio racconto. Ho lavorato nella mia cameretta fino all'ultimo minuto, interrotta soltanto da Delia che si chiedeva dove insegnare l'italiano all'ammiraglio G. Si era messa una gonna, per la buona riuscita della lezione.

Loudolle è tornata verso le dodici, giusto in tempo per consegnare il suo racconto. Dal lucernario ho sentito arrivare il suo taxi, ma non mi sono fatta viva con nessuno finché il Gruppo non si è riunito dopo pranzo.

**Gruppo Irsuto di Egham**
*Sessione speciale di Natale, pre Gala*

«Certi giorni mi sembra» ha detto zia Coral, «che tutto somigli al titolo di un libro. Stavo dicendo a Pat, poco fa: "Sono troppo bassa per questa sedia", e ho pensato che avrebbe potuto essere un titolo. Pat ha risposto: "Non è da lei sedersi nei pomeriggi", e ho pensato che anche questo avrebbe potuto essere un titolo. Ma forse è solo che sono così emozionata che siamo finalmente arrivati a questo momento. Auguro a tutti buona fortuna. Ora, perché non scambiarci un piccolo assaggio dei vostri lavori?»

Abbiamo alzato tutti la mano.

«Sue» ha detto zia Coral con una lacrima nell'occhio.

## Brackencliffe

Tuttavia Pretafer non era soddisfatta, e con l'astuzia penetrò nei Pascoli della salvia e del prezzemolo. Qui mise un coltello sulla tenera gola di Cara, sapendo che Keeper era a caccia di qualche preda e Fiona era andata di corsa al mercato. Com'era bella in quell'alba di ghiaccio, con il fiore della sua giovinezza sul punto di sbocciare.

Pretafer giocherellava malvagia con la gola opalescente di Cara, accarezzandola con la sua mano devastata e tremante, quando all'improvviso la sua sete di morte venne bloccata dai passi decisi di uno straniero.

«La felicità è una parente lontana che

non vedo quasi mai» gridò Pretafer frustrata.

«Allora devi fare della felicità la tua cuffia da notte» rispose Balia Chopin, che cospirava con il demonio. E corsero via al gran galoppo.

Ma la felicità è al seguito del bene, e di tutti coloro che lo esercitano.

Keeper tornò a casa integro, e Fiona tornò con la sua cesta. Poi, all'improvviso, dal soffocante fumo di legna apparve l'autore dei passi che si erano uditi. E se Cara non fosse mai venuta a Brackencliffe, non ne avrebbe mai sentito l'amato rumore.

Era Philip, che allungò le sue braccia virili e tirò fuori un diamante dal drappo che copriva il suo cavallo.

«Sposami, Cara» disse.

«Keeper, il mio Cavaliere è arrivato.»

Fine

I membri del Gruppo mi hanno applaudito brevemente. Joe e Zia Coral erano raggianti, come se fossero i miei genitori.

«Loudolle?» ha detto zia Coral.

## Il giocatore di polo

di Loudolle Shoot

L'argentino Allain D'Angelo aveva vinto più partite di quante scommesse Kitty avesse mai fatto. A quel punto pensò di avere tutto il diritto di invitarla a un party privato per due a bordo piscina.

«Tu ci metti l'amore, io ci metto gli alcolici» grugnì, sapendo che effetto avrebbe avuto su Kitty.

«Oh, Allain D'Angelo» disse Kitty, «io... Sì! Sì!»

«Perché non vieni qui, così ti faccio vedere come si gioca a polo?» disse lui, tirandola a sé su un lettino prendisole.

«Ma come? Qui?» disse Kitty.

«Sì, qui, puttanella. Voglio farti vedere la mia stecca.»

«Grazie, Loudolle» disse zia Coral, interrompendola per evitare che l'ammiraglio sentisse il bisogno di uscire dalla stanza. Di nuovo qualche cortese applauso, anche se quel brano era parso a tutti disgustoso.

«Avery?»

L'ammiraglio stava ancora finendo di scrivere il suo racconto, cosa che avrebbe potuto far sorgere qualche polemica, ma si fermò per dare lettura di un paio di paragrafi.

«Siamo tutti come dei treni che arrivano in stazione, e qualcuno arriva prima degli altri» ha detto zia Coral in sua difesa.

## Gente di mondo

dell'ammiraglio Avery John Little

C'era una grande varietà di abiti, e molta bellezza. Nel mondo in continuo movimento della moda, bisognava essere sempre al passo. Debs era in ritardo per la sfilata perché aveva appena avuto una controversia. Avrebbe sollevato la questione il giorno dopo presso le autorità competenti. Aveva superato la linea bianca, e aveva avuto un duro scambio di opinioni con un agente, il quale alla fine le aveva spiccato una contravvenzione, dicendo che aveva ventotto giorni per fare ricorso.

«Quel che si dice scrivere dei propri argomenti preferiti. Ben fatto, Avery!» ha detto zia Coral radiosa. Poi, lasciati morire gli applausi, ha continuato: «A te, Joe».

## Roger Mead

di Josef Fry

Roger Mead poteva credere di aver ingannato Vienna, ma non certo Hawley. Se Hawley avesse avuto i soldi o un aeroplano, avrebbe portato Vienna lontano. Invece rientrò in ufficio, dove lei stava fotocopiando la lettera.

«Non ti credo. Ti sei inventato tutto, dov'è Roger?» disse Vienna.

«Ha qualche importanza?»

«Per me sì.»

«Vienna, ti prego, Roger se n'è andato. È partito e non tornerà» disse Hawley, pestando il pugno su quella stupida macchina per la delusione.

Abbiamo di nuovo applaudito. C'era un clima di

grande sostegno reciproco, anche se non sarebbe durato a lungo perché al Gala ci saremmo ritrovati l'uno contro l'altro.

«Dio mio, un thriller! Non vedo l'ora di sapere come va a finire» ha detto zia Coral. «Grazie Joe. Ammiraglio Gordon?»

## A quaranta nodi

del contrammiraglio
William Percival Gordon

Era solo un ragazzo, ed era solo il suo primo anno per mare. Era come un'ochetta nella vasca da bagno. Eppure, quando il vento si alzò e issarono le vele, successe qualcosa. Era come se non fosse esistito finché non avevano cominciato a muoversi in velocità.

«Ne ho visti di giovani in gamba come questo» disse il capitano John, «e in genere finiscono tutti ufficiali.»

«O in mare» rispose l'ufficiale di bordo, il cui fratello era stato inghiottito dalle onde.

«Mio Dio, grazie ammiraglio Gordon. Ma che bella varietà di soggetti!» ha detto zia Coral. «Grazie davvero. Delia?»

## Non aspettare

D Shoot

Sarebbe mai giunto il giorno in cui sentirsi finalmente in pace, il giorno in cui avrebbe potuto dimenticare le sue spine nel fianco?

«Tra poco compirai settant'anni e non hai ancora mollato» disse Imogen, muovendosi impettita nel fare la sua scenetta.

Per lei non c'erano problemi, non le era ancora successo niente di brutto, non aveva ancora vissuto abbastanza. Ma Ray era vecchio e grasso, con il suo pizzetto e quel suo caratteraccio.

«Grazie Delia, ma che cosa triste! Da ultimo, ammiraglio Ted?»

## Una mano straordinaria
del viceammiraglio Edward Anthony

Il salottino pieno di fumo li ospitava per l'ultima volta. La lingua non era un ostacolo, parlavano il linguaggio del gioco. Agitò il bicchiere e tirò i dadi. Iris si scrollò lo scialle di dosso.

«Grazie, ammiraglio Ted, ottimo. Mio Dio, ci lascia ancora in sospeso. Be', dovremo aspettare per vedere come va a finire!»

Abbiamo consegnato a zia Coral i nostri racconti in superbe buste A4 e lei le ha impilate con fare solenne.

«Spero che un giorno questo possa diventare un rito» ha detto. «Congratulazioni a tutti.»

A quel punto sono entrati Glenn e Mrs Bunion portando una torta natalizia, cappellini e spumante. Pat è rimasta in disparte, mentre Glenn Miller si è unito a noi, continuando a lisciare un muro.

«Sto solo ascoltando, ma a casa tengo un diario» ha detto.

Una delle cose che preferisco del Gruppo è il mix *totalitario* dei suoi componenti. C'era di tutto, dagli ammiragli a Pat Bunion, ma tutti con le stesse aspirazioni.

«Ora» ha detto zia C, come se fosse stata sveglia tutta la notte per inventarsi qualcosa, «questo è il penultimo esercizio dell'anno, e a ispirarmelo è stato proprio il Gruppo Irsuto di Egham, che prende il suo nome da un errore di linguaggio. Quindi, vorrei che pensassimo tutti a una parola che abbiamo usato in modo scorretto. Alzate la mano se ve ne viene in mente una. Sue?»

«Servo muto» ho risposto.

«Ottimo Sue... e tu, Avery?»

«Capezziera. Ho sempre pensato che fosse un posto dove mettere i cappelli.»

«Splendido, Avery! Ammiraglio Gordon?»

«Scrupoloso. Da bambino pensavo che volesse dire uno che si gratta.»

«Oh, che caro! Ammiraglio Ted?»

«Uxorio, che non significa criminale.»

«E cosa significa?»

«Che spetta alla moglie.»

«Ottimo, davvero splendido, proprio un bell'esempio. Ora, questo esercizio ci dimostra che le parole possono significare qualunque cosa noi *vogliamo* che significhino.

«E con questo, passiamo alla domanda finale, per divertirci un po'. Al volo, chi sa dirmi una parola che inizi con la G e che significhi un indumento femminile particolarmente apprezzato dagli uomini?»

Abbiamo alzato tutti la mano.

«Avery?» ha detto zia Coral.

«Gonna?»

«Sì, può andare, anche se pensavo piuttosto a guepière.» Ero sicura che avesse in mente qualcosa. Sembrava di nuovo raggiante, cosa che l'ammiraglio non ha notato perché stava solo pensando a indovinare la prossima risposta.

«Adesso, chi mi sa dire quale parola comprende carote, cavolini di Bruxelles, piselli eccetera?»

Abbiamo alzato tutti la mano.

«Ammiraglio Gordon?» ha detto zia Coral.

«Contorno» ha risposto.

«Può andare, anche se pensavo piuttosto a ortaggi.»

Finalmente cominciava a dar segno di biasimare la stupidità di quelle risposte.

«Okay, proviamo ancora. Chi sa dirmi una parola che inizi con C e che sia sinonimo di secchio? Di' tu, Sue.»

«Catino» ho detto.

«Giusto. Ma forse è giunto il momento di aprire lo champagne e di andare in sala.» Credo si fosse resa finalmente conto che ormai avevamo dato fondo alla nostra inventiva.

L'ammiraglio ha stappato lo spumante mentre zia Coral faceva un ultimo tentativo. «Quale parola inizia con A e significa affetto?»

«Amicizia?» ha detto l'ammiraglio.

«Può andare, anche se io pensavo ad amore...»

*Più tardi*

Alla fine è stata una splendida vigilia di Natale.

Dopo lo spumante l'ammiraglio è uscito, lasciandoci tutti intorno al tavolo a mangiare una bella crema di pomodori calda. Stavamo per iniziare quando ha telefonato la polizia di Egham per dire che la Bentley aveva investito a forte velocità un'auto parcheggiata sul lato opposto della strada, ripartendo poi davanti a un autobus e travolgendo quattro pilastri spartitraffico. Stavano cercando l'ammiraglio per ritirargli la patente.

«Avery è al club» ha detto l'ammiraglio Ted. «Cosa diavolo sta succedendo?»

A quel punto ha chiamato l'ammiraglio dalla stazione di polizia. L'avevano arrestato al club, ed essendo innocente chiedeva se per caso non ci fosse stata zia Coral alla guida. Lei ha dimostrato di avere un alibi, e l'ammiraglio pure, così l'hanno subito liberato.

L'ammiraglio Gordon ha preso la Rover ed è andato a prenderlo, mentre noi cercavamo dei possibili testimoni lungo Clockhouse Lane. Mrs Bunion è rimasta in casa per rispondere a eventuali telefonate, e Loudolle è andata a disfare le valigie, essendo l'unica a non preoccuparsi dell'accaduto. Quando siamo tornati a casa, dopo circa un'ora, la polizia ci ha riferito che qualcuno aveva visto la Bentley con un uomo dai capelli lunghi alla guida, «altrimenti noto come il vagabondo di Green Place, passo» ha detto PX alla radio.

«Forse l'ha presa in prestito per andare dal parrucchiere» ha commentato zia Coral, per fare come sempre la spiritosa nei momenti difficili.

La Bentley era coperta da un'assicurazione limitata, visto che veniva usata solo per andare a Egham, e zia Coral è salita di sopra per controllare la polizza. Avevamo programmato di andare ai *Canti di Natale a lume di candela* dopo cena, e dovevamo ancora fare lo scambio dei regali, così abbiamo tutti continuato a occuparci dei nostri preparativi.

Stamattina, prima che succedesse tutto questo, ero riuscita a trasformare uno dei miei scamiciati in un vestitino elegante – che per quanto non coprisse le ginocchia, ha comunque avuto un effetto devastante su Joe. Non avevo mai realizzato finora come si può essere civettuole soltanto grazie a un vestito! Ma forse è solo perché Joe mi vede così, e allora in qualche modo lo divento, come se lui fosse il creatore di una coquette fin qui sconosciuta.

Joe doveva tornare a casa per la cena, ci avrebbe poi raggiunto ai Canti, ma prima mi ha aiutato ad apparecchiare, porgendomi i piatti di zia Coral come fossero pezzi da museo.

«Ci vediamo al Gala, se non ti vedo prima» ha detto.

«Grazie di tutto, Joe» gli ho risposto.

È rimasto zitto, ma si vedeva che era emozionato. E triste di dovermi lasciare un'altra volta per tornare alle follie di sua madre. Mrs Fry è molto rigorosa sul Natale, credo che lui faccia un po' le veci di suo padre. L'ho guardato sparire lungo il viale, e ho sperato che tornasse subito indietro. Ha la capacità di rendere eccitante una cosa stupida come apparecchiare una tavola.

Mrs Bunion ha suonato il gong prima di andarsene, diretta al municipio con i nostri racconti.

«A presto, Mrs Bunion, e si riposi, mi raccomando» ha detto l'ammiraglio Ted aprendole sconsolato il portone.

«Le ho lasciato della mousse nel frigo. Solo per lei» ha risposto Mrs Bunion.

Ogni chef ha bisogno di qualcuno che apprezzi quello che fa. Senza questo, la vita non ha senso.

A parte la Bentley scomparsa, si respirava un'atmosfera di sereno ottimismo. Gli ammiragli si sono coperti di profumo e tutti i bagni cantavano. Nell'aria si sentiva odore di vaniglia, ma anche di burro, erbe aromatiche, muschio e cicoria. Mi sentivo così normale che sono salita di sopra a mettermi una goccia di profumo dietro le orecchie, poi sono finalmente uscita con i vecchi che, *irsuto*, sanno come divertirsi. (Uso qui la parola *irsuto* deliberatamente – chissà mai che non diventi un modo di dire.)

*Natale*

Stamattina hanno trovato sul viale la Bentley con qualche ammaccatura e qualche graffio. Nessuno di noi ha sentito nulla. Ci saranno almeno venti vagabondi a Egham, e più di sette con i capelli lunghi – anche se sono sicura che il nostro non c'entri. Ma l'agente Pacey è convinto che si tratti dello stesso vagabondo che si è introdotto a Green Place, perché avrebbe avuto la possibilità di fare un duplicato delle chiavi della macchina. Vuole venire a verificare se le impronte trovate sulla Bentley corrispondono a quelle che ci sono in casa, ma siccome è Natale ci vorrà del tempo.

Spero che non sia il mio ospite. È mio amico, uno strano amico forse, ma solo mio, e non ha mai cercato di farmi del male.

Quando sono scesa, stamattina, mi sono fermata davanti alla sala ad ascoltare i commenti degli altri, senza essere con loro, ma anche senza essere sola, dalla terra di nessuno dell'ingresso. Bing Crosby cantava e avevano cominciato ad aprire i regali. In fatto di acquisti Zia C è cintura nera, e stava godendo i frutti del suo lavoro.

«Belty è un amore» ha detto Delia. Si riferiva al suo nuovo coniglio, al quale è stato concesso di scorrazzare per la sua suite nell'Ala Orientale.

«Un altro gin & tonic?» ha chiesto zia Coral.

«Oh sì, grazie. Anzi, fammelo doppio» ha risposto Delia.

«P.D. James!» ha esclamato l'ammiraglio Ted, rispondendo a una qualche domanda.

«Se non trovano nessuna impronta, vuol dire che stanno cercando l'uomo sbagliato» ha detto l'ammiraglio.

«O che non è mai stato qui» è intervenuta zia Coral. «Sue ha un'immaginazione sfrenata.»

«Ted, dove sei?» ha gridato l'ammiraglio Gordon. Chiamava dalla cucina.

«Tutto sotto controllo» ha risposto, perché è duro d'orecchi.

Era così che il vagabondo doveva sentirci. Loudolle mi è passata davanti uscendo dalla stanza e io ho fatto finta di pulire la cornice, per cui non penso che abbia sospettato nulla. Era tutta in ghingheri e stava andando a pranzo da qualcuno, visto che aveva già concesso a sua madre due ore del suo preziosissimo tempo. Mi ha guardato nervosa. Non ci eravamo più parlate dall'ultima volta al *Toastie*.

«Ci vediamo al Gala» ha detto, trascinando le vocali come se avesse delle difficoltà ad apparire sincera.

«Ci vediamo al Gala» ho risposto, sapendo che, se a questo mondo c'è giustizia, prima del nuovo anno sarebbe stata sconfitta.

«C'erano così tanti uccellini stamattina intorno al mangime, ti sei persa uno storno» ha detto Delia, venuta a salutare Loudolle.

«Fantastico» ha risposto Loudolle. «A più tardi.»

Delia crede che, indipendentemente da quello che fa, la sua progenie sia il massimo. Ma sia lei che Loudolle sono state molto influenzate dalla loro esperienza di vita. Delia è una cinica convinta che gli uomini vogliano solo donne da esibire, ma da adolescente era un'inguaribile ottimista, e Loudolle si è reinventata completamente, al punto di non essere più nemmeno inglese. Quando sua figlia ha chiuso la porta, Delia è tornata in cucina a scrivere qualcosa sul suo calendario. Abbiamo tutti delle zone d'ombra, anche nella luce del Natale.

«Dal momento in cui nascono cominciano a lasciarti» ha detto, sentendosi in vena di confidenze.

«Davvero» ho risposto, e mi ha colpito. Non so perché ho sempre preferito stare seduta con Aileen alla fermata dell'autobus piuttosto che vedere un film natalizio alla tv con la mamma.

Dopo pranzo, mentre zia Coral e gli altri giocavano a rubamazzetto, ho deciso di fare una passeggiata. Mi sentivo agitata.

A Egham era tutto chiuso, tranne un negozietto che vendeva roba come pesche sciroppate in scatola. E il cielo sembrava restio a far passare una luce decente. Sentivo una banda in lontananza e mi sono fermata a guardare un sacchetto di carta che rimbalzava sulla strada al ritmo del zum-pa-pa. Finché all'improvviso, come se fossi stata attratta da una calamita, mi sono trovata davanti a casa di Joe.

L'appartamento dei Fry si trova in una zona d'interesse storico-artistico. È stata Mrs Fry a rispondere al citofono, e si è mostrata sorpresa nell'udire la mia voce. Dopo un minuto è sceso Joe, con indosso una vestaglia con sopra degli aeroplani.

«Sue!» ha esclamato.

«Ciao.»

«Sue.»

Sembrava che avesse una sola parola nel suo vocabolario.

Non ci era permesso di stare insieme in casa sua e così abbiamo girovagato in bicicletta fino all'ora del tè, fermandoci in un punto appena fuori Egham da cui si gode una splendida vista. E lì mi ha fatto ascoltare una canzone sul suo walkman. Mi ha confessato che non ascolta altro da quando ci siamo baciati. S'intitola *Classico* e il testo dice qualcosa come *Voglio scrivere un classico, voglio scriverlo in una soffitta... yeah!*. Mi piaceva l'idea di Joe che si chiude in una stanza e mi scrive una canzone d'amore. Mi sono chiesta se è quello che avrebbe fatto una volta rimasto solo, ma mi ha detto che doveva andare con sua madre a trovare dei parenti a Staines.

Tornando verso casa, le strade erano illuminate da luci tipicamente invernali. Guardavo dentro le finestre delle case. La vita degli altri mi sembra sempre bella nella luce delle lampadine accese.

Mi sono resa conto che sto bene con Joe. Lui apprezza delle cose che a me non piacciono: il piede in dentro che deforma le scarpe, il modo in cui pronuncio i nomi di certi piatti in francese. Il tempo vola quando sono con lui, tanto che dopo devo riviverlo a mezza velocità nella memoria per apprezzarne tutte le cose belle. Io sono una caramella per gli altri, ma Joe è capace di togliermi dall'involucro. È un po' la differenza che c'è tra stare seduti in sala da pranzo a una cena con i pantaloni stretti, accaldati, annoiati, tesi, e salire di sopra per sdraiarsi sul letto senza pantaloni, al fresco, rilassati, pensando a qualcosa di interessante. Mi si spezza il cuore all'idea che un giorno Joe morirà.

Quando sono rientrata, zia C e Delia erano molto emozionate e colpite dal fatto che ero andata a trovare Joe. Non eravamo andati a passeggiare su una spiaggia per scrivere i nostri nomi sulla sabbia, o roba del genere, ma provati a farlo capire a due anziane signore che concepiscono solo il matrimonio! Ne ho parlato un istante con zia Coral, perché sapevo che stava morendo dalla voglia di sapere.

«È come se sia morta una parte di me quando Joe mi ha baciato.»

«Questo è davvero notevole.»

«Intendo la parte che da tanto sognava che accadesse, e non la rimpiango affatto.»

Ha fissato un punto lontano, dove generalmente ritrova la sua saggezza.

«Un giorno potrai volere il contrario – sognare il tempo in cui eri una ragazza.» Poi è scappata dai suoi amici.

«Non credo che potrà mai succedere» ho detto.

*Santo Stefano*

Stasera sono andata a mangiare con zia Carol e l'ammiraglio al suo club. In genere non sono ammesse le signore, ma una volta all'anno fanno eccezione. I camerieri erano molto sussiegosi e mi servivano come se non me lo meritassi, spazzando le briciole tra una portata e l'altra come se avessi fatto un casino.

Dopo il secondo, zia C si è alzata per andare a mettersi un po' di cipria sul naso. Non dice mai che va in bagno. Questo perché era una giovane signora degli anni Cinquanta e a quel tempo non avevano il naso lucido, né facevano la pipì.

Mentre era via, sono rimasta sola con l'ammiraglio, che si comportava in modo sforzato. Credo che si sentisse a disagio perché è convinto che io mi sia inventata la faccenda del vagabondo. Zia Coral ha un forte ascendente su di lui, e anche lei è dello stesso parere, perché è molto più tranquillizzante per lei credere che sia il frutto della mia immaginazione piuttosto che la vera verità. È la sua natura di Carolina (che può essere anche fastidiosa, a volte).

«Sto cercando di convincermi a non prendere lo sticky toffee pudding» ha detto, sentendosi molto sollevato quando zia Coral è tornata dal bagno.

«E cosa sta cercando di convincersi a prendere?»

Si sono entrambi decisi per un sorbetto.

Nei giorni fra Natale e Capodanno, un periodo che in genere si trascina, mi emoziona sapere che da qualche parte a Egham un giurato sta leggendo *Brackencliffe*.

*Giovedì 31 dic, vigilia di Capodanno*

Zia Coral non aveva detto a nessuno che aveva chiesto a Mr O'Carroll di partecipare al Gala dell'Associazione degli Escursionisti. «Non so proprio come sono riuscita a tenerlo segreto» ha detto, strizzandomi l'occhio.

«Non era mai successo» ha detto Delia, che da vera irsuta era estasiata.

L'intero salotto di Knightsbridge era presente nella Grossacre Hall, il quartier generale dell'Associazione. C'erano anche Nigel, il capocronista dell'*Herald*, le tre vecchiette, Badger, Tornegus, Mrs Fry e il gruppo del *Toastie*, incluso Sandy, Icarus e Mary-Margaret. C'erano i due della disinfestazione – Derk e Pigpen – e i dipendenti del gommista, e da ultimo anche Glenn Miller e Dean Martin. L'ammiraglio scherzava dicendo che se fosse venuto anche il suo amico Gary Cooper, sarebbe stata una bella tripletta.

Ai presenti veniva consegnata la biografia degli scrittori, e ho scorto un signore che leggeva la mia. Me l'aveva scritta Joe, tessendo le mie lodi e facendomi apparire al meglio, anche se la verità è che fino a quel momento avevo passato la mia vita in una stanza tre metri per tre.

Eravamo seduti insieme in una fila di sedie segnate GIE.

Ci saranno state duecento persone, fra cui i giurati. Dire che ero agitata è dire poco. Avevo anche commesso un errore nel vestirmi, perché l'abito che avevo scelto era troppo complicato per andare in bagno.

Mr O'Carroll ha fatto un breve discorso di benvenuto. Ha una bella faccia, sembra che abbia passato gran parte della vita a pensare.

«Il mio ringraziamento va a Ms Garden, che mi ha invitato a essere qui con voi oggi pomeriggio» ha detto, «e ai giurati che mi hanno concesso il privilegio di consegnare il premio ai vincitori. Ma credo sia giunto il momento di cominciare, e allora ascoltiamo... Arthur Dunn» ha detto dando un'occhiata ai suoi appunti.

Scroscio di applausi, poi è salito sul palco un ragazzo in pantaloni di velluto a coste marrone.

«Fa solo da introduzione» ha detto Delia. Indossava un vestito da lei stessa realizzato, totalmente inadatto a meno di essere un tipo esuberante.

«Perché raccontiamo delle storie?» ha cominciato il ragazzo. «Perché vogliamo scriverle? I Celti non hanno mai scritto nulla, si tramandavano le loro leggende oralmente da una generazione all'altra. Ma l'arte di raccontare è una forma d'arte antica, e vorrei cantarvi una canzone a questo proposito. Musica, maestro!» ha detto, e Joyce (l'organista della chiesa) si è alzato per andare a mettersi al pianoforte.

L'ammiraglio ha cominciato a battere i piedi al ritmo della musica, mentre Loudolle sbadigliava. Io ero tesa e all'improvviso mi è venuto l'impellente bisogno di andare al bagno... per il motivo importante.

Arthur ha terminato ed è stato educatamente applaudito, ma sono seguiti altri *quattro* interventi.

Non so come ho fatto a rimanere seduta, avevo lo

stomaco completamente in subbuglio.

«Ora, proprio come in una sfilata di bellezza» ha detto finalmente Mr O'Carroll, «non vi farò aspettare oltre. Annuncerò il nome dei vincitori partendo dall'ultimo. Al terzo posto...»

Il mio stomaco ha sussultato.

«Con il racconto intitolato *Un'impresa rischiosa*... Lady Jillet dei Resti di Egham.»

Una signora con un ciuffo di capelli si è alzata dal suo gruppo, che si congratulava con lei. È salita sul palco per prendere una busta, ma aveva l'aria sorpresa e un po' delusa. Poi è tornata fra i Resti, che facevano a gara per vedere in cosa consistesse il premio.

«Al secondo posto...» ha continuato Mr O'Carroll. I tamburi nella pancia battevano forte.

«*Roger Mead* di Josef Fry, del Gruppo Irsuto di Egham.»

Siamo scattati in piedi per applaudirlo. Era così emozionante e inatteso. Joe mi ha guardato con la bocca spalancata, mi stava silenziosamente dicendo che non poteva crederci. Se è mai possibile essere felici per qualcuno desiderando al tempo stesso esserlo per se stessi e per lo stesso motivo, ecco, io lo ero.

«E adesso» ha continuato Mr O'Carroll, «il momento che abbiamo tutti tanto atteso...»

I tamburi nel cuore battevano all'impazzata.

Ho pensato a tutte le sedute del Gruppo e alle ore di duro lavoro passate nella mia stanza. Ai giorni trascorsi in solitudine a Green Place, quando potevo mangiare il cocktail di scampi appena sveglia, se mi andava, e trasferirmi a Brackencliffe tutto il pomeriggio. Ho pensato a Cara, Keeper e Fiona, tutti parte della mia presa di coscienza. Ho pensato a zia Coral e alla sua meravigliosa capacità di incoraggiarmi, e mi sono vista la mamma spiegare una tovaglia ricamata per decorare la tavola del paradiso.

«Il vincitore del Gala 1987 è...»

Ancora i tamburi, sempre più forti.

«Loudolle Shoot del Gruppo Irsuto di Egham, con il racconto intitolato *Il giocatore di polo*.»

Sono scrosciati gli applausi, ma non dal GIE. Eravamo paralizzati dallo stupore. Mentre Loudolle saliva a ritirare il premio, la delusione più grande che io avessi mai provato si è impadronita di me, e mi è venuto un gigantesco groppo alla gola.

Le è stato consegnato un assegno di £250. Sembrava che si fosse lungamente esercitata a scuotere i capelli facendo finta di essere sorpresa. Come avrei voluto affrontarla e dirgliene quattro. Ero sicura che avesse corrotto i giurati. Che gli avesse dato dei caffè speciali. Ma come? Non sapevamo chi erano, fino ad oggi. E loro non potevano avere tanto cattivo gusto.

Stava per scendere dal palco e riunirsi al Gruppo sotto shock quando Mr O'Carroll l'ha fermata. «Un momento. Miss Shoot» ha detto, «sono sicuro che tutti vorrebbero ascoltare il racconto vincitore. *Io* perlomeno, non avendo avuto la possibilità di leggerlo.»

Il pubblico ha manifestato il suo consenso.

«Quindi, se volesse essere così gentile da leggercelo ad alta voce...» ha continuato, mostrandole garbatamente dove mettersi.

«Sono troppo timida, non posso» ha risposto Loudolle, dimenandosi come un gattino.

Troppo timida? Sembrava aver subito una completa metamorfosi.

Il pubblico ha cominciato a incoraggiarla e a incitarla, ma all'improvviso Loudolle ha lasciato cadere i fogli ed è scappata fra le quinte. Delia le è subito corsa dietro per capire cos'era successo, seguita immediatamente da Icarus, seguito immediatamente da Mrs Fry.

«Ahi» ha detto Mr O'Carroll, «anch'io una volta ero timido.» Ha guardato i giurati, che non erano meno sconcertati di lui. «Forse un altro membro del suo gruppo vuole salire sul palco e fare gli onori di casa?»

Gli ammiragli hanno tutti guardato me, ma ero troppo sconvolta, e così rimanevano solo zia C e Joe, che tra loro hanno deciso toccasse a Joe. Lui si sentiva preso alla sprovvista, ma zia Coral era troppo turbata. E così Joe è salito sul palco per la seconda volta, ha raccolto i fogli sparsi per terra e li ha messi in ordine. Il pubblico si stava scaldando, a questo punto, e applaudiva forsennatamente perché Joe iniziasse, tanto che lui si è sentito in dovere di calmarlo.

«*Il giocatore di polo* di Loudolle Shoot» ha detto, e tutti hanno fatto silenzio. «*Si svegliò sul terreno che riprendeva a vivere sotto la brina luccicante. Chiamò Keeper e insieme si misero in viaggio. Salì in alto, ancora più in alto, con il vento che le riempiva la gonna e Keeper sempre dietro, fino al limite della scogliera*... Scusatemi» e si è interrotto. «Questo non è quello giusto.»

Panico generale, nessuno sapeva cosa dire. Io cercavo disperatamente di capire.

«Il ragazzo ha ragione» è intervenuto Mr Lucas, il presidente della giuria. «Il racconto che ha cominciato a leggere è quello da noi scelto – una satira seicentesca – ma...» e si è fermato per leggere i suoi appunti. «Ah, ecco, è come pensavo, il *frontespizio* è quello sbagliato, il *titolo* del racconto vincitore è...» Si è fermato un'altra volta per leggere i suoi appunti. «... è *Brackencliffe*!»

«E l'autrice è Sue Bowl» ha aggiunto Joe, indicandomi.

«Una satira?» ho chiesto a zia Coral, che nel frattempo si era messa a piangere.

C'è stato un attimo di confusione mentre il pubblico cercava di raccapezzarsi, poi è scoppiato un grande applauso, fortissimo, seguito da grida e battiti di piedi, fino a esplodere in un ripetuto e sonoro: «Fuori l'autore! L'au-to-re, l'au-to-re!».

Mi sono alzata in piedi, anche se non mi reggevano le gambe. Joe mi ha preso per mano e mi ha sorretto fino al leggio, poi mi ha dato i fogli ed è tornato a sedersi. Un coro di «Zitti! Silenzio!» ha riempito la sala, come se stessi per fare una dichiarazione di guerra. Ho cominciato a leggere con una voce così flebile che non si sentiva. Ma grazie a Dio la voce dell'emergenza è venuta in mio soccorso, cosa che mi succede spesso quando sono scossa.

Verso la fine ho guardato i volti delle persone che conoscevo e di quella platea a me ignota. Sembravano tutti più ammirati di quanto avrei mai osato sperare.

«*Keeper, il mio Cavaliere è arrivato.*»

Silenzio.

«*Fine.*» Scroscio di applausi come prima. Zia Coral è balzata in piedi.

Almeno nessuno può guardare alla mia vita e dire che è grigia.

## Zibaldone di Coral: Volume 5

Copia di una lettera ricevuta il 30 dicembre 1987:

*10 Charter Lane*
*Derbyshire*

*Cara Ms Garden,*
*la prego di accettare le mie scuse per il ritardo con cui mi metto in contatto con lei. Vista la natura delicata di questa vicenda, mi sono lungamente dibattuta.*
*Per molti anni mi sono chiesta se avrei potuto avere sue notizie, e quando ho visto il suo annuncio sul giornale mentre ero in visita da Mrs Villier, ho capito che era giunto il momento.*
*Non c'era bisogno che lei si preoccupasse del fatto che io potessi essere all'oscuro di Jack e Cameo. Jack mi aveva confessato tutto dopo che era successo, e in qualche modo ha trovato posto nel nostro matrimonio. Ma suo padre ci aveva imposto il silenzio, e noi ci eravamo trovati d'accordo, a parte il terribile senso di colpa che provava Jack nei confronti della bambina. Ma poi abbiamo scoperto qualcosa che ci ha fatto cambiare idea.*
*Quello che sto per dirle sarà per lei uno shock, ma dopo una tragedia simile mi sento obbligata a ristabilire la verità. Per anni Jack ha sofferto a causa delle rivendicazioni di sua sorella. E ho sofferto anch'io, perché credevo di non poter avere figli. Ma alla fine, dopo anni di tentativi, abbiamo deciso di fare delle indagini, e dai test clinici abbiamo scoperto che era Jack a non poter avere figli. Ho la documentazione a sostegno, se mai volesse vederla. Prova senza ombra di dubbio che lui non poteva essere il padre di sua nipote.*
*Mi rendo conto che sia un duro colpo per lei, ma spero che con questo lei possa proseguire nella sua ricerca.*

*Le mando i miei migliori auguri e spero che lei possa trovare la persona che sta cercando.*
*Cordiali saluti*

*Emily Marian Laine*

# *Sue*

*31 dic, più tardi*

Dopo il Gala, zia Coral ha organizzato un party improvvisato per celebrare la nostra vittoria e il nuovo anno. Ma prima che cominciasse mi ha preso un momento da parte. Pensavo che volesse congratularsi personalmente con me, invece desiderava parlarmi di una questione completamente diversa.

«Mi spiace di avere aspettato a dirtelo, ma non volevo stressarti prima del Gala» ha esordito, poi mi ha mostrato una lettera che aveva ricevuto al mattino. L'ho letta con ansia crescente.

«Così siamo punto e a capo nella ricerca del padre di Buddleia.»

È stata un'enorme delusione scoprire che non era la pista giusta, e che il maggiore Laine, riposi in pace, è stato solo un diversivo.

«Ma perché Cameo avrebbe dovuto nominarlo nel certificato di nascita? A meno che Emily Laine stia mentendo» ho detto.

«Però afferma di avere dalle prove mediche» ha detto zia C. «Un mistero tira l'altro, sembrerebbe.»

In quel momento è suonato il campanello e si sono presentati diversi invitati.

«Ne riparliamo domani mattina, Sue» ha tagliato

corto zia C. «Sono molto disorientata.»

Ma eravamo all'apice del 1987 e ci aspettava un nuovo anno. Le candele guizzavano, i bicchieri splendevano, e Mrs Bunion era di nuovo in cucina.

«Lei conosce il mio Gruppo» ha detto zia Coral introducendo Mr O'Carroll, che aveva convinto a essere della partita.

«Le presento George Buchanan, Meriel Stock Ferrell, Daphne Podger, Mr e Mrs Rodriguez...»

«Molto piacere» ha detto Mr O'Caroll, sedendosi sulla sedia migliore, che gli era stata riservata.

Fuori, benché fosse buio, Delia aveva acceso uno dei suoi falò. Era rimasta in camera a scriversi delle lettere mentre l'ammiraglio Gordon cercava di convincerla a scendere. Di questi tempi si comporta spesso così quando è stressata.

Poco prima mi aveva preso in disparte in cucina e si era profusa in mille scuse.

«Sono così dispiaciuta, Sue. Anche Loudolle è dispiaciuta per quello che è successo e ha seriamente intenzione di chiederti perdono. Non so cosa le è preso. Ma nel frattempo volevo dirti che mi spiace – e complimenti!»

Zia C si è seduta di fianco a Mr O'Carroll, per farlo sentire a suo agio. È un uomo molto riservato, anche se di successo. È serio e profondo.

«Mr O'Carroll vorrebbe parlarti» ha detto quando sono arrivata con i *vulovan*. «Dammi qua.» Li ha presi e si è unita agli altri, lasciando libera la sedia.

Mr O'Carroll si è tolto gli occhiali e se li è posati in grembo. «Il tuo racconto è molto bello, davvero *molto* bello. Non è da tutti saper scrivere una commedia brillante.»

«Grazie» ho risposto, profondamente delusa che un uomo come lui non avesse capito le mie intenzioni.

«Volevo chiederti se non ti interesserebbe partecipare al mio prossimo corso di scrittura» ha detto. «Sono pronto a ridurti la quota d'iscrizione della metà.»

«Oh, grazie mille. Mi piacerebbe moltissimo. Ma dove si tiene?» (Speravo che avrebbe detto Londra.)

«In Grecia» ha risposto, «nell'isola di Creta.»

«Be', grazie mille» ho detto, cercando di apparire normale.

«Avrai bisogno di cinquecento sterline per coprire le spese. Staremo là da gennaio ad aprile.»

«È un periodo piuttosto lungo» ho risposto, non sapendo cos'altro dire.

Zia Coral ha incrociato il mio sguardo e ci ha raggiunto, eccitatissima.

«Splendido, Sue, non è una cosa splendida?» ha detto.

«Ma non posso» ho risposto. «Mi spiace, ma non me lo posso permettere.»

«La prego di scusarmi, Mr O'Carroll» ha detto, spingendomi rapidamente in un zona appartata con l'aria di doversi occupare del cibo.

«Cosa vuol dire che non te lo puoi permettere? Tua madre ti ha lasciato diecimila sterline!»

«Le ho usate per pagare Glenn» ho detto. «Volevo farti una sorpresa.»

«Sue!» ha detto, allibita. «Non posso permetterlo.»

«È chiaro che mi piacerebbe molto andarci, ma sarei ugualmente felice di stare qui.»

«Ma c'è un mare di differenza tra gioia e felicità, e per me sarebbe una grande gioia se tu ci andassi.»

«Però hai bisogno dei soldi per la casa. E avresti a disposizione un'altra stanza.»

«Questa casa l'avrei persa, se non fosse stato per te.»

«Sono state le tue scarpe a salvarti.»

«Mettiamola in un altro modo. *Insisto* perché tu vada a quel corso.» Mi ha messo le mani sulle spalle, come fanno gli eroi nei film quando vogliono persuadere l'eroina a sposarli. «Immagina questa situazione: sono a letto con un libro» ha detto, «io che ho divorato tutti i classici, anche due volte, e l'autore di quel libro non è Dickens, o Defoe, o Austen, ma *la mia* Sue, nativa dello Hampshire. Niente potrebbe darmi più piacere, niente, nemmeno un fidanzato. Cara Sue, se c'è una cosa che ho imparato nella vita è che dobbiamo bere il vino finché è rosso.»

Mi ha dato un bacio, e non era un bacio qualsiasi, ma un vero bacio di dedizione. Non c'era più modo di discutere, a quel punto.

Siamo tornate da Mr O'Carroll perché io glielo dicessi.

«Grazie, Mr O'Carroll, verrei molto volentieri» ho detto.

La pioggia faceva un rumore come di perle che cadono sul parquet. Forse era la pioggia della fortuna.

«E ci andrai» ha gridato zia C con molta enfasi dall'altra parte della stanza, in mezzo all'élite dei suoi ospiti. È quasi caduta addosso all'ammiraglio, era così eccitata da sembrare già ubriaca.

Loudolle era andata da Mrs Fry con Icarus dopo il Gala, ma a metà della serata mi sono girata e li ho visti tutti e tre entrare in sala. Era come vedere sbattere le porte del saloon con i cattivi che fanno il loro ingresso.

«Ah, Loudolle» ha detto zia Coral. «Sei stata gentile a venire.»

Poi ha spinto Loudolle e Icarus in veranda e ha chiamato a raccolta l'intero Gruppo Irsuto.

«Questione di un attimo, Mr O'Carroll» ha detto, lasciandolo in compagnia di Mrs Fry.

Loudolle sembrava il ritratto dell'innocenza, seduta contro la vetrata con Icarus al suo fianco.

«Quando hai scambiato i fogli?» le ha chiesto zia Coral, andando dritta al punto.

«Subito dopo il Gruppo» ha risposto Loudolle.

«Ma eravamo tutti in casa» ha detto zia Coral.

«Stavate cercando la Bentley.»

«Così ne hai approfittato per scambiare i fogli. Fantastico!» ha detto l'ammiraglio.

«Sì, lo so» ha risposto lei. «Mi spiace... È tutto?»

«No» ha detto zia Coral. «Voglio parlare un attimo con Icarus.»

Icarus si è guardato di fianco, come per accertarsi che non ci fosse nessun altro con quel nome seduto lì.

«Dimmi, Icarus, hai passato l'esame della patente?» gli ha chiesto zia Coral.

«Per la moto, ma non per la macchina» ha risposto.

«Però sai guidare la Bentley, vero?» ha chiesto zia Coral.

Loudolle ha tossito nervosamente e Icarus è rimasto immobile in totale imbarazzo, mentre lei cercava di suggerirgli la risposta con gli occhi.

«Scusatemi» ha detto Icarus alla fine, «volevo solo fare un giro.»

«Voilà! Ecco chi ha rubato la Bentley» ha esclamato zia Coral.

«Perdio!» ha detto l'ammiraglio.

È davvero sconcertante. Icarus aveva creato un diversivo per farci uscire da Green Place, dando così a Loudolle l'opportunità di scambiare i frontespizi dei nostri racconti. Ma non aveva previsto che le chiedessero di leggere il suo a voce alta, cosa che un individuo di media intelligenza avrebbe immaginato.

Icarus e Loudolle erano mortificati e sono scappati

dalla veranda, scusandosi con gli altri invitati perché dovevano correre da un'altra parte. Delia sembrava morta per l'imbarazzo, proprio lei aveva invitato Nigel, il giornalista dell'*Herald*, e adesso era troppo tardi per tenerlo all'oscuro dei fatti. Che scoop!

Rientrati in sala, la festa ha cominciato ad animarsi. Un'estranea – o meglio, un'amica di zia Coral di nome Poseidon – si è congratulata con me per *Brackencliffe*, dicendo che ne era rimasta ammirata. Le tre vecchiette hanno alzato i loro calici di cocktail alla frutta, decise ad aspettare mezzanotte per concedersi un goccio di champagne. George Buchanan, il dentista, e Daphne parlavano di otturazioni, mentre l'ammiraglio stava spiegando a zia C le ultime disposizioni riguardanti il traffico nel centro cittadino. Malgrado questo, sembrava felice.

Dopo un po' è entrata Mrs Bunion con un carrello dorato pieno di bicchieri scintillanti e abbiamo fatto il conto alla rovescia con un tipo scozzese alla tv. «Dieci, nove, otto, sette, sei, cinque, quattro, tre, due, uno...»

«Buon anno!» ha gridato zia Coral, con perfetto tempismo.

«Buon anno a tutti!» ha detto Joe.

Io però stavo ancora pensando al comportamento ingannevole di Loudolle.

«Mi chiedo se non possa essere stato Icarus a lasciarmi i fiori» ho detto a Joe, «come parte del piano.»

«Può darsi» mi ha risposto. «È facile entrare a Green Place.»

«Forse volevano farmi credere che qui c'era un vagabondo per indurmi a pensare che fosse stato lui a rubare la Bentley. Comincio a credere che qui non c'è mai stato nessun vagabondo.»

«Magari hai solo... *Sue*izzato le cose» ha detto Joe, impietosito e sorridente.

L'ho guardato e la pelle d'oca alle braccia stava lì a segnalare che avevo appena subito una trasfusione d'amore.

*1° gennaio 1988*

«Ti prego, vieni subito zia Coral» ho detto, «e porta la chiave.»

Erano le due del mattino e nella stanza chiusa c'era di nuovo la luce accesa. Zia C era ancora un po' brilla dopo la festa e così ho dovuto trascinarla.

«C'è dentro qualcuno» ho detto.

«No, dev'essere l'impianto elettrico.»

Ma questa volta ero decisa. Il Gala, Joe, il corso di scrittura, tutto aveva la sua parte.

«Ciao, sono Sue» ho detto bussando. «Buon anno.»

Silenzio. Poi la luce si è spenta. Era chiaro che dentro c'era qualcuno.

«La prego, non si spaventi» ho detto. «Voglio solo sapere chi è lei.»

La luce si è di nuovo accesa e spenta, si sono viste delle ombre sotto la porta.

«Dammi la chiave» ho detto a zia Coral, e lei si è diretta verso la serratura della porta divisoria sul pianerottolo.

«Non è più qui» ha detto. Per tutto quel tempo aveva tenuto la chiave nella serratura dell'altra porta! Ma non ho avuto il tempo di fare domande.

«Ciao» ho detto, bussando un'altra volta. «Sono Sue Bowl.»

A quel punto, molto lentamente, la serratura è scattata e la maniglia ha cominciato ad abbassarsi. Poi la porta si è aperta e ci siamo trovate davanti un vecchio con i capelli lunghi illuminato dalla luna.

«Dio mio!» ha detto zia Coral, stringendosi fra le braccia come se avesse visto un fantasma.

«Johnny?»

Ha dovuto riprendere i sensi prima di avviare la seguente conversazione.

«Sono sicura che capirai se vado dritta al punto. Mi chiedo, cosa diavolo ci fai qui?»

Il vecchio ha guardato prima lei, poi me. Doveva avere sessant'anni, ma aveva ancora uno sguardo vivace.

«Mia moglie è morta, io ero malmesso e così ho trovato una stanza a Egham...» Esitava a raccontare e parlava con la voce rotta dall'emozione.

«Vai avanti» ha detto zia Coral.

«Mi sono ricordato dei bei giorni trascorsi in questa casa, e mi sono chiesto se eravate ancora qui. Volevo tornare a rivederla, erano stati giorni felici.»

«Da quanto sta qui?» ho chiesto. Il mio calendario mentale vorticava.

«Più o meno da giugno» ha risposto, dando ragione a Joe, quando dice che a Green Place potrebbe vivere una famiglia di sei persone senza che noi ce ne accorgiamo.

E così, lì davanti a me, ecco la probabile spiegazione di tutto: le salsicce, le luci, la doccia, e anche i soffitti crollati.

«Ma perché sei rimasto qui per tanto tempo? Non avevi un altro posto dove andare?» ha detto zia C.

Sembrava riluttante a rispondere, ma con un certo sforzo ha continuato.

«Vedi, ho sognato che c'erano delle tracce della mia presenza in questa stanza, e che qualcuno stava aspettando. Ma i miei sogni non sono mai quello che sono, e non sono mai proprio chiari. Però quello tornava spesso, c'era qualcosa – qualcuno che aspettava. Ti prego di perdonarmi, non intendevo rimanere.»

«Non posso negare che tu sia un profeta» ha detto zia C, «me lo ricordo bene. Ma quello che vorrei tanto sapere è: *chi ti ha detto dov'era la chiave della stanza di Cameo?*»

«Sì, vorrei saperlo anch'io» ho detto.

In quell'istante ha cambiato espressione, mezza fronte gli si è contratta in un palpito d'ansia. Sembrava che zia Coral avesse colpito al cuore della questione.

«Ti prego di perdonarmi» ha detto sconsolato. «So che ero inadatto.»

Zia C ha reagito con calma, ma sentivo i suoi piedi battere all'impazzata sotto la superficie di un fiume in piena.

«Al contrario, un uomo che ha l'anima di un poeta era adattissimo a Cameo» ha detto.

Era già entrata in quell'ordine di idee, in sintonia con il contenuto di quelle rivelazioni, ma io faticavo a capire.

«E ha scoperto cosa volevano dire quei sogni?» ho chiesto. «C'era qualcuno – o qualcosa?»

Immaginavo fantasmi di tristi signore in camicia da notte di lino che piangevano dentro la stanza chiusa. Ma lui ha indicato una macchia nera sulla coperta, come se *quella* fosse la prova che cercava.

«È carbone di quarant'anni fa» ha detto. «Ti prego di perdonarmi.»

«Quarant'anni fa» ha ripetuto zia Coral. Mi guardava con lo sguardo che la caratterizza quando spera che io la capisca al volo. C'era qualcosa di inesprimibile per lei, e quindi doveva comunicarlo con l'espressione del volto. Siamo rimaste in silenzio per un po', mentre nove mesi di supposizioni si intrecciavano con tre generazioni di cose non dette.

«Mia madre avrebbe avuto quarant'anni» ho detto.

Il volto del vecchio era un quadro.

«E penso che zia Coral stia solo cercando di dirle, se non vado errata, che lei è mio nonno.»

«Credo che le cose stiano proprio così» ha detto zia Coral.

Ha annaspato e ha cominciato a barcollare per lo shock. Si è stretto fra le braccia per sostenersi. Non so chi fosse più sbalordito, zia Coral e io per averlo scoperto, o lui, per la bomba che gli aveva appena rivelato chi era.

Poi, mentre il suo volto assumeva un'espressione sempre più seria, ho riconosciuto i tratti della mamma. Li vedevo nei suoi occhi, come se lei mi stesse guardando, e ho pensato che non sarebbe stato sbagliato buttarmi fra le sue braccia, anche se era in pessime condizioni e puzzava come una rapa marcia. Anche lui è scoppiato a piangere, le lacrime avevano sostituito le parole, lacrime non solo di gioia e dolore, ma anche di soggezione. Era una cosa incredibile ed emozionante abbracciare un estraneo che era sangue del mio sangue.

«Sei tu la chiave dei miei sogni» ha detto.

Mi ha preso il volto fra le mani ed è quasi caduto sotto il peso di antichi dolori e di sconvolgenti sorprese. «Mi somigli!» ha detto, allibito, anche se era quasi accecato dalle lacrime.

«Lo so!» ho detto, e gli somiglio davvero. Era quello che immagino provi un dottore quando solleva in aria un neonato.

«È tutta suo padre» avrebbe detto quel dottore, salvo che qui era saltata una generazione.

«Ma dov'è lei? Dov'è la figlia di Cameo?» ha detto.

«Credo che abbiamo tutti bisogno di bere qualcosa» ha detto zia Coral.

Siamo scesi a parlare, perché dovevamo metterlo al corrente di numerose vite e numerose morti. È stata dura per lui scoprire la bambina, la ragazza, e la donna che non aveva conosciuto. In un solo istante ha festeggiato la nascita e pianto la morte della figlia che non ha mai conosciuto.

«Mi sembra di averla sempre avuta al mio fianco, e adesso tu la incarni» ho detto. «Ti ha mandato per farmi sapere la verità, anche se tu non la sapevi.»

«Troppi segreti non sono mai una buona cosa» ha commentato zia Coral.

Poi ha aperto una bottiglia del suo miglior whisky terapeutico per aiutarci ad alleviare il dolore. Non dimenticherò mai con quanta dolcezza guardava me e il mio nuovo nonno, anche se credo che si sentisse un po' esclusa in questa grande svolta della vita.

*Merc 6 gennaio 1988*

Mancano pochi giorni alla mia partenza per la Grecia, e fa un freddo polare.

Lunedì sono andata a consegnare la mia lettera di dimissioni al *Toastie*, e Mrs Fry mi ha invitato a entrare per bere un caffè. Il locale era ancora chiuso per le vacanze, ma Icarus era al lavoro, scontava la sua pena per aver mentito facendo dei servizi socialmente utili – lavare i piatti.

Mrs Fry si è scusata per essere stata tanto severa nel passato, e ha detto che posso chiederle di tornare a lavorare al *Toastie* quando voglio, se in futuro ne avrò bisogno. Mi sono sentita una del gruppo, un membro della squadra, un ufficiale di carriera, e lei ha detto che sono una cameriera di prim'ordine. Poi, come se fosse stato tutto combinato, Icarus è venuto a sedersi di fianco a me e lei è stata *richiamata altrove*.

«Mi spiace» ha detto, «non volevo farti del male. È stata Loudolle a obbligarmi.»

«Capisco» ho risposto, ed era vero, perché lei l'aveva proprio ammaliato. «Possiamo ancora essere amici.»

«Infatti, mi stavo proprio chiedendo se non ti andrebbe di andare fuori a bere una cosa insieme, prima che tu parta.»

Se mi avesse proposto una cosa simile qualche mese fa, il mio cuore sarebbe uscito dal *Toastie* ballando il tango. Ma adesso il panorama è cambiato, le montagne sono coperte di Joe.

«Grazie» ho risposto, «sarebbe stato bello, ma sto partendo e tornerò solo in aprile.»

«Ad aprile allora.»

Come zia Coral a volte dice, non amiamo tutti un vincitore? Ma sento di dover essere leale ad altro, adesso, e tutto sommato ho cambiato preferenze!

«Mi spiace molto, Icarus, ma non credo che siamo sulla stessa lunghezza d'onda.»

«Cos'è una lunghezza d'onda?» ha chiesto.

Loudolle non è riuscita ad affrontarmi direttamente, ma mi ha lasciato una cartolina artistica sul letto prima di tornare ad *Alpen*. Mi ha dato fastidio che sia entrata nella mia stanza, ma mi sono raddolcita quando ho letto le sue parole. La cartolina raffigurava una boccetta di profumo d'epoca disegnata da Yves Sean Laurent, e dietro c'era scritto:

*Ciao, genietto,*
*volevo solo dirti che mi spiace di aver perso la testa. Penso che tu sia davvero fantastica, e volevo scrivere come te. Spero che nel cuore troverai modo di perdonarmi. La prossima volta che torno da queste parti*

*andiamo a pranzo insieme. Spero che saremo sempre amiche.*

*Con tanto amore da*
*Loudolle X*

Sì, proprio, a pranzo insieme! Come se fossimo zia Coral e D sul punto di diventare amiche per sempre! Ci voleva molto di più che una semplice, malsicura cartolina! Il perdono non è immediato, ma ci proverò per il bene di Delia.

A questo proposito, Delia è peggiorata dopo il Gala, e zia C ha detto che dobbiamo vigilare su di lei. Io non penso che tutti quelli che hanno attraversato un momento difficile debbano per forza suicidarsi, ma quando poi succede non sai più fartene una ragione. Ho trovato una delle sue lettere a se stessa in giardino, un po' spappolata ma ancora leggibile. Dice che sente di *aver vissuto per rassicurare le coppie felici che è possibile sopravvivere vivendo da soli*.

Ma non tutti i mali vengono per nuocere, cara Delia, perché tu in fondo hai trovato l'ammiraglio Gordon. Si è scoperto che il loro amore è cresciuto in tutto il tempo che hanno dedicato all'italiano. Non so se siano mai andati a letto insieme o roba simile, ma fanno sicuramente dei progetti. Lui la porterà a conoscere la sua tata, che ha novant'anni e vive in una grande villa.

Abbiamo fatto fare una targa per la mamma con lettere d'oro e l'abbiamo messa di fianco a quella delle bambole di Cameo, come aveva chiesto espressamente, dove il vento le accarezza e il sole fa risplendere il suo nome.

IN MEMORIA DI BUDDLEIA ROSE
15 maggio 1947 – 23 settembre 1986

Se avessi le stoffe ricamate del cielo,
intrecciate di luce d'oro e d'argento,
le stoffe azzurre, e le opache e le scure
della notte, della luce e del buio,
le stenderei sotto i tuoi piedi:
ma io sono povero e non ho che i miei sogni;
ho steso i miei sogni sotto i tuoi piedi;
cammina leggera, perché cammini sui miei sogni.

W.B. YEATS

Appesa la targa, abbiamo reso l'ultimo omaggio. Avevamo il volto e il cappotto coperti di pioggia così fine da penetrare fin nelle ossa. È venuto anche Johnny-sulla-luna, indossava il suo vestito migliore. Dovevamo formare uno strano quadretto, con la testa abbassata ricordando il suo nome. Figlia, zia e padre, sono sicura che sarebbe stata piuttosto meravigliata.

Negli anni a venire, quando saremo tutti deceduti, forse passerà di qui uno jogger che penserà di essere finito sulle tombe di animali di famiglia. Mitzi, Mae, Cameo, Buddleia, strappati all'affetto dei loro cari.

«Torniamo in casa» ha detto zia Coral poco dopo. Ha sempre avuto un limite massimo per queste tristezze, e adesso credo di capire perché.

Ci restava da salutare Johnny, che doveva partire. L'ho guardato camminare giù per il viale, come se fosse la prima volta che lo vedevo. Si è diretto verso Clockhouse Lane ed è sparito un'altra volta, come per magia.

«Spero che torni» ho detto.

«Anch'io» ha aggiunto zia Coral.

Abbiamo passato le ore successive a preparare una torta, godendoci il calore che proveniva dal forno, e abbiamo approfittato di quei momenti per una delle nostre belle chiacchierate.

«Perché pensi che Cameo abbia puntato il dito sul maggiore Laine?» le ho chiesto. «Mi sembra una cosa orribile, sapendo che era stata a letto con Johnny.»

«Forse credeva che Laine potesse essere il padre. Forse era offesa e arrabbiata, forse voleva proteggere Johnny, forse aveva confuso le date. Forse è stato un po' di tutto questo. Abbiamo tutta la vita per fare supposizioni.» L'ha detto con un'aria di stanca affettazione, rompendo malamente un uovo in una ciotola.

«Credi che sia andata a letto con entrambi?» ho detto.

Mi ha sorriso in modo strano, un sorriso di solidarietà e simpatia.

«Un maggiore già sposato e il ragazzo che portava il carbone. Papà avrebbe dato di matto.»

«Ancora non capisco» ho detto, incalzandola con sempre nuove domande, «perché non ti abbia detto niente di Johnny. Tu non l'avresti spifferato a nessuno, no?»

«Perché mi voleva bene» ha risposto zia Coral. «Guarda nel mio zibaldone.»

«L'ho letto, ma non se ne parla mai.»

«Rileggi la lettera che ho scritto a Johnny quando è stato mandato al fronte.»

«Ho letto anche quella, è una bella lettera, piena di notizie.»

«L'ho scritta quando c'erano la censura, le spie e gli spioni» ha continuato. «Non mi sentivo sicura nell'esporre i miei veri sentimenti, così ho deciso di scriverla in codice. In quel modo ero certa di poter dire quello che volevo senza che Johnny capisse il messaggio. Era una cosa che volevo esprimere senza subire le conseguenze del fatto che *tutti* sapessero. Era il mio piccolo segreto, da custodire gelosamente nei miei pensieri. Papà e il dottor John comunicavano tra loro in codice, e gli ho rubato l'idea. Ho stabilito che la prima parola di ogni certa frase andava a formare un'altra frase. Dovresti trovarla al 12 agosto 1944, se non vado errata...»

Più tardi, dopo aver ricordato le antiche fiamme, stavamo mangiando la torta quando tutt'a un tratto zia C ha muggito: «Fermati! No, aspetta. Lascialo stare».

Il fatto è che l'ammiraglio, dimenticando le buone maniere, stava per far fuori un ragno. Paragonato al mistico Johnny, credo che l'ammiraglio non sia una soluzione probabile per zia Coral. Ma resta pur sempre una possibilità, e zia Coral vive di possibilità, forse più che di realtà. Se lei riuscisse a farsi affascinare dal problema dei parcheggi e l'ammiraglio riuscisse a essere un pochino più romantico, e rispettoso dei ragni, forse potrebbero diventare una di quelle coppie che, dopo un'amicizia di decenni, si decidono per il matrimonio. Laddove invece l'ammiraglio Ted ha fatto l'esatto contrario, rimanendo sposato per secoli e poi dedicandosi esclusivamente al cricket. Poi ci sono quelli come la mamma, che ha avuto una relazione clandestina, cioè nascosta, e quelli come nonna Cameo, che è vissuta di brevi passioni. Prima che a ognuno di questi succedesse quello che poi è successo, avevano davanti solo delle possibilità. E allora concordo con zia C, quando dice che le possibilità sono da preferirsi ai fatti.

## Zibaldone di Coral: Volume 5

*Green Place, 6 gen 1988*
*(65 anni, ma sembrano molti di più!)*

Anno nuovo, nuova malattia. Dall'orecchio è sgorgata un'orrida sostanza appiccicosa e non si trova un dottore, se non per le emergenze. Nel mio sonno intermittente ho sognato che Green Place era un college dove si studiava Romanticismo, Letteratura e Cavalleria. Papà non avrebbe apprezzato. Come non avrebbe apprezzato se mi fossi tenuta l'eredità di Sue. A questo proposito, c'è qualcosa che devo fare. Devo metterla in cima alla mia lista.

Nelle ultime settimane ho passato molte ore a piangere, come non ho mai fatto per anni. Johnny ha sbloccato le ultime rimaste.

Sue una volta mi ha chiesto: «Perché credi che abbiamo una memoria? È per farci ricordare chi siamo e qual è la strada di casa, o perché così possiamo continuare a vivere dopo che siamo morti, nel ricordo di chi ci ha amato?».

Mio Dio, è troppo giovane per questo genere di cose.

Comunque, è iniziato un nuovo anno e non voglio cedere alla malinconia. Il sole brilla in cielo come una fragola gigante, sono le sette del mattino ed è di un rosso purpureo. Ho appuntamento con l'ammiraglio nel pomeriggio per andare insieme in città ad ascoltare la banda che suona.

Vorrei tanto averlo conosciuto prima, mi piacerebbe che, quando mi guarda, vedesse nelle mie rughe degli ospiti occasionali, ricordando la venticinquenne radiosa che ero. Vorrei che avesse questa in mente ogni volta che mi vede. Ho riempito ogni angolo di fotografie in cui sono ritratta nel mio massimo splendore per metergli sotto gli occhi l'intera galleria delle Coral che non ha mai conosciuto. Ma non è la stessa cosa che conoscersi da una vita. O ricordarla. Forse Johnny può vedermi in questo modo. Anche se lui aveva occhi solo per Cameo.

Ci sono voluti quarant'anni per far sparire le differenze tra noi. Se non altro lui adesso sembra il più vecchio. Una donna di sessantacinque anni e un uomo di sessantatré è una cosa che non fa nessun effetto, ma una ragazza di sedici e un ragazzo di quattordici sì. E la differenza fra il ragazzo del carbone e la ragazza di Green Place non è più quella di un tempo. Anche se non siamo "nati uguali", lo siamo diventati attraverso le piccole battaglie e i piccoli trionfi che hanno costellato le nostre vite.

Ecco Sue, è appena scesa lungo il viale in un completo color pesca, piena di voglia di vivere, e mi ritrovo a pensare che mi basteranno qualche notte di sonno e qualche pasto di meno, seguiti magari da una bella corsa in giardino, per tornare a essere come lei. Il fatto è che, se anche fosse possibile a sessantacinque anni, voglio ancora mangiare e bere a sazietà, e far tardi la notte bevendo dei cocktail. Ricordo di avere chiesto una volta a papà, il giorno in cui compiva ottant'anni, come ci si sente ad avere quell'età, e lui mi ha risposto: «Non lo so».

Comunque, sono molto contenta di avere avuto qui Sue in quest'ultimo anno. È meraviglioso vivere con la speranza della giovinezza, anche se ha già conosciuto le tristezze della vita. La sua innocenza, e il suo modo di guardare il mondo come se fosse un'aliena appena giunta sulla terra. Mi ricorda che non devo smettere di meravigliarmi e di guardare.

*Ogni amico costituisce un mondo dentro di noi, un mondo mai nato fino al suo arrivo, ed è solo trami-*

*te questo incontro che nasce un nuovo mondo. (Anais Nin)*

**MOSCOW SLAMMER**
indicato nei casi di raffreddore
con infezione all'orecchio

1 Far bollire: semi di finocchio, semi di samudra methi (dal negozio indiano), 6 limoni, zenzero
2 Lasciar macerare
3 Aggiungere miele

Berne almeno tre tazze.

Dopo qualche ora il paziente si sentirà molto più vispo e in grado di tornare a vivere.

***Un'istantanea dei dintorni di Egham***
Luna precoce nel cielo del pomeriggio, ping pong in un lontano garage. Fronde di felci che si distendono, tappeti di bucaneve. Chiazze di felci fiancheggiate dai noccioli. Una volta ne ho strappato un rametto. Lo conservo in fondo al mio libro e spesso cade quando lo apro, un pezzo di 1930 nel 1988, come il sussurro di voci lontane in questa casa, da non dimenticare mai.

***Da fare****:*
*-Scrivere testamento**
*-Gonfiare pneumatici*
*-Pulire la casetta dei pipistrelli*
*-Smistare gli incarichi*

# *Sue*

*Lun 11 genn, ancora tre giorni*

Oggi sono andata a Titford per riparare a un torto. La città si crogiolava in una mattinata di sole inconsueta per la stagione, e in molti ne avrebbero tenuto memoria nei loro diari. Papà ha detto che era merito di Ivana, era stata lei a portare il sole. Ho dovuto trattenermi. Ho provato una certa tristezza per loro, venendo dalla grandiosità di Green Place; con i loro piattini e le porte che sembrano di carta.

Non ho detto niente di quello che ho trovato nell'armadietto di sicurezza – devono aver pensato che alla fine ho cambiato idea – ma papà sembrava molto sollevato e contento che ci stessimo nuovamente parlando. Continuava ad abbracciarmi, come se fossi un collie perso da tempo e ritrovato in una vicina fattoria. Si è anche mostrato interessato al corso di scrittura, e mi ha chiesto se volevo leggere loro il mio racconto.

Ricordando i commenti di Ivana ai miei tentativi precedenti ho premesso: «Vi prego di non interrompermi».

«Certo che no» ha detto lei. «Prima ascolterò, poi dirò quello che avrò da dire.»

Ho letto *Brackencliffe* dall'inizio alla fine, rallegrandomi di averlo portato con me – ero stata sul punto di lasciarlo a Green Place, temendo di rimanere troppo delusa se papà non mi avesse chiesto di leggerlo.

«*Fine*» ho detto arrivata in fondo, e si sono messi entrambi ad applaudire.

«È bellisimo, tesoro!» ha detto papà. «Perché non telefoni alla libreria?»

«E per quale motivo?»

«Per chiedere se vogliono venderlo.»

Ogni tanto penso che non abbia la minima idea di come va il mondo.

«Ho un cugino in Danimarca» ha detto Ivana, «che ha una poesia pubblicata in un libro.»

Sono sicura che stessero facendo del loro meglio, ma in qualche modo riescono sempre a spegnere i miei entusiasmi.

Dopo un'eternità Ivana mi ha lasciato sola con papà, e abbiamo parlato di cose serie, anche se un po' di corsa perché non sarebbe di certo stata via a lungo. Gli ho detto che mi spiaceva di non essere andata al matrimonio e di aver frugato nella sua corrispondenza. Poi mi ha rivelato una cosa che ha cancellato di colpo tutti i miei pregiudizi: era al corrente di Mr Edgeley – ma la mamma non ha mai saputo che lui sapeva.

Come può essere che un marito e una moglie non sappiano delle cose tanto importanti l'uno dell'altra? Eppure condividono lo stesso letto, lo stesso frigorifero, la stessa tavola. Zia Coral ha ragione quando dice che non si conosce mai davvero una persona.

«Ma Aileen è al corrente?» ho chiesto, senza tanti preamboli.

«Non...»

Ha fatto il gesto di tapparsi la bocca perché Ivana stava tornando con delle tartine. Una roba danese su un pane speciale che non sembra neanche pane, e che papà trova pericolosamente squisito.

Abbiamo ripreso la nostra conversazione più tardi, quando Ivana ha riportato il piatto in cucina.

«Perché non me l'hai mai detto?» gli ho chiesto.

«Avrei voluto, ma tu non volevi parlarmi. Ci ho provato.»

«Perché Mrs Edgeley ti ha mandato quella cartolina d'auguri per il compleanno?»

«Penso che forse aveva capito e voleva farmelo sapere. Però, Sue, c'è dell'altro. Ivana aspetta un bambino.»

Ivana aspetta un bambino. Era come subire una commozione cerebrale a causa di quattro paroline.

«Aspetta un bambino? Sei sicuro che sia tuo?»

«Certo che è mio! Non sei contenta, tesoro? Avrai un fratellino, o una sorellina.»

«Congratulazioni!» ho detto, ma non avevo voglia di festeggiare.

In questi casi ci si aspetta che uno affronti la questione con grande calma, si comporti da adulto, anche se in un istante il suo mondo viene messo sottosopra e deve trovarsi una nuova identità.

«Congratulazioni!» ho ripetuto quando Ivana è tornata. «Papà mi ha appena dato la notizia.»

«Grazie. Ero preoccupata, sai? Perché non è che avessi più molte possibilità.»

Quella notizia mi ha fatto pensare. È strano come nelle famiglie si sviluppino delle tradizioni come la differenza d'età. Ho sempre desiderato avere un fratello, ma naturalmente che fosse figlio di mia madre.

Aileen ha telefonato molto tardi dopo che ero rientrata a Green Place, e abbiamo parlato di suo padre e mia madre. Naturalmente Aileen aveva sospettato tutto.

«Tua mamma l'ha fatto a causa di mio padre. Mi spiace, mi spiace molto» ha detto.

«No, è stato un insieme di cose, le ragioni sono molte» ho detto. «Ormai l'ho capito e l'ho accettato. Con tutti i suoi limiti, so che ha fatto del suo meglio.»

«Sì, naturalmente» ha risposto, come se stesse parlando di uno qualsiasi, venuto a prendere le bottiglie del latte. Sono sicura che non ha capito cosa intendevo dire.

Poi le ho raccontato di Johnny-sulla-luna, e non riusciva a crederci! Devo ammettere che non capita spesso di trovare il tuo nonno vagabondo nascosto nella stanza di tua nonna defunta.

Aileen aveva da comunicarmi delle novità sulla sua vita sentimentale. Ha trovato un nuovo amore, uno che fa il muratore, chi l'avrebbe mai detto! (Deve aver fatto riaffiorare dei ricordi.)

Ancora non capisco perché la mamma, fra tutti gli uomini possibili e immaginabili, abbia scelto proprio Mr Edgeley. Zia Coral dice che una relazione è qualcosa di misterioso, nessuno sa cosa c'è dentro.

È tutto nuovo, il vecchio è completamente sparito. Una madre diversa, un nuovo fratello, un nuovo nonno – mi sembra di camminare all'indietro.

*Mart 12 gen 1988, ancora 2 giorni*

Zia Coral e io abbiamo litigato a proposito dei soldi della mamma. Non era contenta che avessi pagato Glenn e il giorno dopo il Gala si è scusata con lui, chiedendogli di riaccreditare la somma sul mio conto corrente. Ha insistito che non poteva tenerli. Ho insistito che doveva. Così siamo giunte al compromesso di considerarlo un *prestito*. Io mi tengo solo mille sterline per poter andare al corso di scrittura. Il resto è stato ridato a Glenn per i lavori. Lui è piuttosto confuso e pensa che l'abbiamo abbindolato. Ha detto solo due parole: «Accidenti!» e «Donne!».

Zia C da quel momento è un turbine. Sta programmando di risistemare cinque di sei possibili stanze. Se Green Place deve mantenersi con i propri mezzi dovrà usare le stanze migliori, e con le novemila sterline della mamma, che sono ufficialmente un prestito, dovrebbe riuscire a farlo – se non decora le pareti in foglia d'oro.

Deve ancora mettere a posto la stanza di Cameo, ma dal giorno di Capodanno la porta è ufficialmente aperta. Quando ci sono entrata, ho realizzato che non c'era niente di triste dietro quella porta, a parte l'intonaco che si staccava in certi punti e delle macchie scure di umidità un po' dappertutto. Ha solo un aspetto tetro e stanco, e odora di stantio. Una panca a due posti con dei cuscini se ne sta abbandonata sotto la finestra, che guarda dall'alto sulla buddleia.

Ho fatto scorrere lo sguardo intorno alla stanza, come una cinepresa sul passato. La coperta sul letto era scolorita e la macchia di carbone era lì da vedere, presagio, a pensarci con un po' di sentimento, del giorno della mia creazione. Le bambole di Cameo erano ancora sul letto e giuro che una di esse mi guardava, terrorizzata all'idea che potessi portarla in giardino per seppellirla.

«Non si può chiudere una porta per sempre» ho detto.

«C'è del vero in quello che dici» ha commentato zia Coral.

Secondo me intendeva dire che se c'era del vero nelle mie parole, c'era anche un po' di menzogna – avrebbe tranquillamente potuto restare chiusa per sempre, perché dimenticare è spesso una benedizione.

«Dimmi che non diventerai mai una di quelle anziane signore che non sopportano di condividere la loro casa con degli estranei» le ho detto.

«Anche con ospiti di cui non ero a conoscenza!» ha risposto.

«Mi chiedo se Johnny ha mai capito cosa intendevi davvero dirgli nella tua lettera.»

«Forse un giorno lo capirà» ha detto allegramente.

«Ammiro la tua *joie de vivre*, non credo che sarei mai riuscita a essere così tranquilla per la faccenda di Icarus e della foto del suo occhio» ho detto.

«O per Joe» ha risposto, con un'insolente strizzatina d'occhio. «Comunque» ha soggiunto, tornando all'argomento di prima, «mi piace avere gente intorno, senza nessuno è solo una grande casa vuota. Oggi arriva un certo Mr Hart dal Texas, un collega di Mr Tsunawa, e un certo Hugh di Chertsey ha telefonato per dire che ha appena divorziato.»

«Pare che siano tutti uomini» ho detto.

«Davvero?»

*Merc 13 gen 1988, ultimo giorno*

Stamattina mi sono svegliata con il segno di una borsa della spesa sulla faccia. Come sia finita lì è un mistero.

Ho comprato dei regali d'addio: per zia Coral un'inutile borsa di pelle rosa con dei fronzoli. Stavo per non dargliela perché con quella avrei fatto un figurone al corso, ma è un genere che a lei piace, ha un sacco di tasche per metterci le cianfrusaglie.

Il Gruppo Irsuto di Egham ha fatto una colletta, perché mi possa concedere qualcosa di superfluo.

«Devi farlo per il bene del Gruppo!» hanno scritto sul bigliettino.

Zia C ha disposto in bell'ordine sul letto delle cose da mettere in valigia: lozioni, bikini, pareo, e alcuni esercizi pensati appositamente per il clima greco e scritti di suo pugno.

C'erano anche degli incipit da sviluppare e completare, a cui non vedo l'ora di mettere mano:

Disfece la valigia, poi indossò una camicia bianca e pulita, e si mise del rossetto...

«Compro sempre qui i miei abiti di nozze» disse Margo Chinnery...

Joe è arrivato poche ore fa portando la borsa da viaggio di Mrs Fry in cui aveva messo il suo spazzolino da denti e il necessario per la notte. Sembrava in tutto e per tutto Atlante, che regge la terra sulle spalle.

Domani mattina presto mi accompagna all'aeroporto.

«Tre mesi sono un attimo» ha detto. «Passeranno in un batter d'occhi.»

Era una cosa che avrebbe potuto dire un fratello, ma lui è molto, molto di più di un fratello.

«Grazie Joe, e stai sereno» ho detto. Non sapevo bene cosa volesse dire, ma stavo solo cercando di non svelare i miei sentimenti.

*Gio 14 gen 1988, primo giorno in Grecia*

Joe mi ha lasciato un messaggio in valigia fra i pigiami, l'ho trovato solo quando sono arrivata qui. Era scritto sul lato inutilizzato di un cartoncino già scritto:

*Sono contento che ti siano piaciuti, Sue, è stato un piacere.*
*Joe X*

Dall'altra parte c'era scritto:

*Caro Ospite,*
*grazie mille per i fiori. Spero che lei abbia tutto ciò di cui ha bisogno.*
*Con i miei migliori auguri*
*Sue*

Allora erano di Joe! Oh, sono così ingenua. Mi colpisce che effetto sconosciuto può avere una persona sulla vita di qualcuno. Forse io ho avuto effetto su Joe.

È facile vedere che effetto ha avuto zia Coral su di me. Chissà cosa sarebbe successo senza di lei. Una cosa tira l'altra, e le conseguenze sono infinite. Siamo i creatori gli uni degli altri e non lo sappiamo, anche se spero che zia Coral se ne renda conto.

È il momento di rientrare alla Taverna O'Carroll, sulla spiaggia di Shabany Bay.

Le finestre della mia camerata sono sporche di escrementi dei gabbiani greci. Stelle morbide e vellutate fanno capolino in un tramonto *blu pacifico*. Pacifico è una parola che mi piace, perché mi fa venire in mente l'oceano popolato di sirene, come seta che fluisce verso il paradiso, e queste parole fluiscono verso altre parole – verso bianchi cavalli salmastri e lidi lontani, parole che al momento non puoi esperire e che quindi hanno in sé una vena di nostalgia. *Joe* fluisce in *cena*, *lume di candela*, *uomo* e *ragazzo*... *Zia Coral* fluisce in *casa*, *rifugio*, *pantofole* e *camicia da notte*...

Che strano, mi pare di avere appena visto la mamma camminare sul mare nel fascio di luce di un faro. Indossava un caftano intessuto di arcobaleni, ed era immensa, come una leggenda.

L'aria del mare gioca proprio dei brutti scherzi, temo.

## Zibaldone di Coral: Volume 4

*Green Place, 15 gen 1970*

Ricevuto un telegramma da Buddleia e Nick!

16 GEN 1970.
6 DEL MATTINO IN MACCHINA!
FEMMINA.
SUSAN OLIVIA 3,4 KG.
TUTTO BENE.
IL SIGNIFICATO DI SUSAN È "GIGLIO"
CHE VUOLE ANCHE DIRE "GIOIA DELLA VITA".

Questo volume è stato stampato nell'aprile 2015
da Rotolito Lombarda - Milano